彼女の隣で、今夜も死《し》人《びと》の夢を見る

竹林七草

角川文庫
23778

目次
Contents

1章　彼女の隣で、水死者の夢を見る

1

その夜は、確かに酔っていた。だが酔っていたとはいっても、そこそこだ。意識はしっかりしているし、足どりだって問題ない。

だから、信号を見間違えるはずなどなかった。

そのとき間違いなく、俺が渡っていた横断歩道の歩行者用信号は青だった。

にもかかわらず、その車はほとんどスピードを落とさぬまま交差点を左折してきた。ウィンカーも出さぬまま、ショートカットの内回りでもって、狙ったようにまっすぐこっちにやってくる。

ブレーキ音はなかった。視界は上向いたライトのせいで全て真っ白になり、どちらに動いていいかもわからずに足が止まってしまう。

——そして。

次の瞬間、猛烈な衝撃とともに身体が飛んだ。健康診断ではBMI値の高さを指摘され「痩《や》せろ」と書かれていたのが嘘だと思うほどに、軽々と真横へと飛んでいった。最初にアスファルトに着地したのは首だった。首の骨と肩の骨が同時に砕け、続いて背中で滑っている最中に脇腹が破けた。人間は中身の詰まった袋だなんて喩《たと》えを昔の小説では良く見かけたけれど、それを実感した。破けた腹から、中に詰まっていた何かが重力に負けてドサリと地面に落ちる。

不思議と感触はあっても痛みはない。それが自分で思っているよりもずっと多くの酒を飲んでいたせいなのか、はたまた首が折れると同時に神経も切れていたからなのかはわからない。

でもそのせいで、俺の頭はどこか客観的に自分の身体の状況を把握していた。手足はもう動かない。首も動くわけがない。心臓はまだ動いているものの、脈動するたびにボトリ、ボトリと裂けた脇腹から血がこぼれ落ちていく。その度に体温も抜け落ちていき、どこまでも身体が冷たくなっていく。

あぁ……寒い、寒い。

もはやピクリともしない首で俺が見上げるのは、自宅から僅《わず》か二〇〇メートルの場所の交差点の景色だった。

――こんな何の変哲もない場所で、俺は死ぬのか？

娘はまだ小学校二年生だ。家のローンもまだ二五年は残っている。嫁と娘は、これからどうやって生きていくことになるのか。それを思えば、こんな状況なのに二人のために涙しそうになった。

もはや目玉すら動かなくなりつつある俺の視界に、一組の男女の顔が映る。男は日に焼けて少し浅黒い肌をしているが、顔色は真っ青だった。激しく唇が震えていて、顎《あご》の輪郭がぼやけて見えるのが少しだけ不思議だった。女もまた血の気が引いた顔をしていて、目を潤ませながら首を左右に振り続けていた。どちらも若い。二十歳かそこらの年齢だと思う。

察するに、この二人が俺を車で轢《ひ》いたのだ。

こいつらが——間もなく俺を殺す、犯人どもだ。

「わ、私は関係ないからねっ！　運転中なのに……あんたが勝手に変なところを触ってきて、勝手に人を轢いただけだからねっ！」

はだけた肩からずり落ちた下着の紐《ひも》を直しつつ、女がギャンギャンと自分の無罪を主張する。対して男は声が出ないようで、ただただ俺の惨状を見ながら歯の根をカチカチと鳴らし続けていた。

——いいから助けろよっ！

そう叫ぼうとするも、喉《のど》が動かない。ただ口だけが緩慢にパクパクと開いては閉じる感覚があり、その様を目にしたカップルが「ひぃ」と悲鳴を上げて後退《あとじさ》った。

——助けろ！　助けろ！　助けろっ！

さっきから、もう寒くて仕方がない。今頃になってから、微《かす》かに痛みも感じ始めてきた。照明の調光を落としたように、視界はどんどんと暗くなっていく。

二人は俺を介抱するどころか、触れもせずにただ愕然《がくぜん》とし震えているだけだ。サイレンの音も聞こえてこない。救急車を呼んですらいないのだろう。

きっと、もうすぐ終わる。

どう考えたって、助けが間に合うはずがない。

――頼むよ！　死にたくねぇんだ、おまえら俺を助けろよっ!!

既に自然と呼吸することをやめた肺を振るわせて、渇望と絶望がぐちゃぐちゃに混じった最後の声を喚《わめ》こうとする。

でも無情にも喉が動くことはまったくなく、断末魔どころか泣き声の一つもあげることさえできずに――こうして俺は死んだ。

2

――その瞬間、

「……ぶはっ！」

と、まるで五分ぐらい潜水してから水面に顔を出したかのように、湊斗《みなと》は大きく息を吸い込んだ。

しかし湊斗の肺は空っぽでなかったため、追加で大量の空気を吸い込んだ影響によって膨れた肺が痛み、反射的に咳《せ》き込む。

――激しい脳の欲求と、肉体状態の乖離《かいり》。

それは〝死人《しびと》の夢〟を見た直後にはよくある、湊斗にとって当たり前のことだった。

同時に自分が講義中に居眠りしていたことを悟った湊斗は、口の中だけで小さく「……やっちまった」とつぶやいた。

念のため自分の首に手を添えてみて、確かに骨が繋《つな》がっていることに安堵《あんど》する。

それから湊斗は自分が誰だったかをしっかり思い出すため、自らの頭の中を整理した。

そう――今は四月で、湊斗は大学二年生だ。現在は前期における履修の選択期間中であり、とるかとらないかを判断するため試しで上代文学の講義を聴講していた最中となる。現在の時刻は午前一一時手前、二限であるこの講義が始まってからまだ三〇分と経っていない。つまりこの講義がつまらず、湊斗はうたた寝をしてしまったのだ。

湊斗は、自宅付近の交差点で暴走した乗用車に轢かれ頸椎《けいつい》骨折と内臓破裂をしながら路上に倒れている――わけでは決してない。

さっきのあれは――〝死人の夢〟。

湊斗が自らそう名付けた、霊の死の瞬間を追体験する夢の出来事に過ぎないのだ。

ではどうして、そんな夢を見たかといえば、

「ねぇ。三限がなかったらさ、部室でいっしょにお昼を食べようよ」

「……イヤに決まってんだろ。おまえの部室になんか行ったら、人轢いたっていう元彼の先輩もいるんじゃねぇの？」

湊斗の一つ前の席に座った男女が、小声で耳打ちをし合っていた。

「そんなわけないじゃん。あんな奴、部にいられなくして追い出してやったもの。――っていうかさ、自分で事故を起こしたくせに、人のせいにすんの！」

講義中にもかかわらず僅かに声を荒らげた女子の右横には、首が折れた上に腹から腸を垂らした、小太りの男の霊が立っている。


「あぁ、もうすっごいムカつく。違反を注意しなかった同乗者にも賠償義務が発生するとかさ、弁護士が何言ってようが知るかよって感じだよね。示談にするから保険で足りない分の賠償金を負担しろって言われても、私は少しも悪くないんだから払うわけないじゃん。あいつの顔なんてもう二度と見たくないっ！」

声のボルテージが上がった女子を教鞭《きょうべん》をとっている講師がギロリと睨《にら》み、小太りの男の霊も九〇度の角度になっている顔を女子に近づけていっそう睨《ね》めつける。

――湊斗は男の霊に見覚えがあった。といっても、自身の網膜で男の姿を見たわけではない。あくまでも夢の中で視ただけのこと。

もっと正確に言えば男の姿を見たのではなく、前の席の女子に憑《つ》いている男の霊の死の瞬間を追体験してしまったのだ。

迂闊《うかつ》だった。湊斗は先週に手ひどい風邪を引いたため、前期に受ける講義を決める大事な履修選択期間中なのに数日に亘《わた》って休んでしまった。ゆえに取捨選択する講義を見極めるべく、ここ数日は一限からフルに講義を詰め込んでいた。

体調もまだ本調子ではなく、加えて講師が念仏のようにテキストを読むだけのこの講義は単調で、ついつい油断してうたた寝してしまったのだ。

こういうときのため、湊斗は休み時間を全て潰《つぶ》して教室の一番後ろの角席を確保している。一番後ろの角なら背後に人がくることもなく、横も一方向だけを気にすればいいだけだからだ。最後尾の端の席ならば、霊を憑けた人間が自分の周りにいるかいないかも格段に確認がしやすくなる。

その考え通りに、湊斗はこの講義でも教室の一番後ろにある角席に陣取っていた。だからこんな目立つ外見の霊を憑けた女が近くにいたらすぐに気がつくのだが……さすがにうたた寝してから遅刻してきた奴には気がつかなかったということだ。

「部室がイヤだったらさ、午後の講義サボろうよ」

講義の最中なのに、猫撫《ねこな》で声を出した女子の手が男子の腿《もも》の辺りをまさぐる。

途端に、隣に立つ霊が真横に傾いた顔を憤怒の形相へと変えた。

その様を見て湊斗も首の折れた男の霊の末期を思い出し、猛烈な首と脇腹の痛みがぶり返す。隣の男子の方を向いた女子の横顔を見ているだけで胃がひっくり返りそうな吐き気が襲ってきて、たまらずにガタンと音を立てて口を押さえながら立ち上がった。

音に驚いた女子が振り返り、顔を青くして嘔吐《えず》きそうになっている湊斗を目にすると、穢《きたな》いものを見るような目つきで眉間《みけん》に皺《しわ》を寄せた。

「……やだ、こんなところで吐かないでよ」

女子が椅子を引いて湊斗と距離をとる。その動きは奇《く》しくも、横に立つ男の腹から垂れている腸を踏むような仕草となり、顔を水平に向けた男の霊の表情をいっそう憎悪で歪《ゆが》ませた。

いよいよ限界を迎えた湊斗は手で口元を覆いながら、教室のドアへと急ぐ。廊下に飛び出ると、そのままトイレに向かって走った。

走っていてやたらと視界が横にぶれるのは、さっきの夢で見た男の首が折れていたからだろう。あるいは片側から腸がはみ出ていたせいで、身体の左右のバランスが狂っているのかもしれない。どちらにしろまだ脳と心が錯覚していた。

とにもかくにも講義時間中で無人のトイレに辿《たど》り着いた湊斗は、個室に入って鍵《かぎ》をかけるなり、喉元《のどもと》までせりあがっていたものを全て吐き出した。

さらには吐いたものの中に朝食で食べたウィンナーの欠片《かけら》を見つけ、はみ出した腸を思い出してもう一度吐いた。

「……これだから、〝死人の夢〟を見るのは嫌なんだよ」

ようやく少しだけ落ち着いた湊斗は、個室のドアに内側からもたれかかりながら、ずるずると座り込んだ。

そのままタイル張りの床に腰を落とすと、膝《ひざ》を抱えて胎児のように丸くなる。

――湊斗が自身の特異体質を認識したのは、いつのことだったか。

自分にだけ視えている人がいるらしいと感じたのは、おそらく幼稚園の頃だったと思う。同じクラスの園児たちからは嘘つき呼ばわりをされ、先生からは腫《は》れ物扱いをされて散々だった記憶があった。

それでも小学生のときはまだ誰かがわかってくれるんじゃないかと、必死に訴えた。でも無駄な努力だったので、中学生のときはひたすら視えないふりをした。

高校生になるとそれにも無理が出てしまい、もうぼっちでいいやと開き直った。

というのも霊が視えるだけでも十二分に異常な体質なのに、湊斗にはもっと奇怪で奇妙な体質が存在していたからだ。

それが――〝死人の夢〟。

できるものなら記憶に留めたくないその夢を見るとき、湊斗は霊の死の瞬間を追体験するはめになってしまう。

〝はめになってしまう〟と表現するのは、それが湊斗の意思などお構いなしに強制的に襲ってくる怪異だからだ。決して見たくて見るのではない。知りたくなくても現実と似た密度で、まざまざと一人の人間の死の瞬間を味わわされてしまう。

今回の夢のように、ときには引き摺《ず》られて身体に痛みが出ることもある。気が滅入《めい》って、半日立つこともままならなくなることだってざらだ。

しかしそれも当然だろう。なにしろ生きた人が命尽きて無念にも彷徨《さまよ》うことになる、死霊となった瞬間を味わう夢なのだから。

まだ生者である湊斗が、心にダメージを負わずに平然としていられようはずがない。

その〝死人の夢〟を湊斗が見るときは、必ず二つの条件が重なっている。

――一つは死の瞬間の夢を見せる霊が〝人に憑依《ひょうい》している霊〟であること。

――もう一つは〝その霊に憑依された者の近くで、湊斗自身が眠っている〟こと。

理由は湊斗自身にもわからない。人に憑依する霊はとかく何か言いたいことがある場合が多いので、近くにいる湊斗の夢を使って自分の死の苦しみを主張してくるのではないかと思っているが、今一つこの理由も腑《ふ》に落ちてはいない。

だが理由はどうあれ二つの条件が嚙《か》み合ったとき、自らの身に起きたのと同じ生々しさでもって、湊斗が夢の中で他人の死の瞬間を体験することになるのは確かだった。

ぶり返してきた吐き気のままに、湊斗は三度《みたび》嘔吐する。さすがに三度目ともなると、もはや胃液しか出なかった。

胃の中が空となって少し楽になった湊斗は、口元を拭《ぬぐ》いつつ天を仰ぐ。

「……ほんと、人が一番厄介だよな」

――同乗した彼氏の車で轢《ひ》き殺した男がすぐ隣にいるとも知らずにしれっと他の異性を誘惑する、生きた人。

――運転していた彼氏の隣に座っていかがわしいことをしていたのに「私は少しも悪くない」と主張する女を睨み続ける、死んだ人。

そのどちらの人も、湊斗は得意ではなかった。

「とりあえず、上代文学の講義は切りだな」

湊斗はそう独りごちながら、上代文学が必修科目でなくてよかったと心底から思った。あの霊の恨みは相当だ。たぶん憑いた相手から簡単に離れたりはしないだろう。あんな強烈なモノを憑けた女子が受講しかねないのに、眠気を誘発する講義なんてされたら湊斗としてはたまったものじゃない。

憑かれた女子は霊の存在にまるで気がついていなかったが、あんなのが憑いていて何もないわけがない。いずれは何かしらの影響が、彼女の身にも起きるはずだ。

憑いた死者の想いが生者に障りを起こす、俗に言う霊障というやつだ。

とはいえ湊斗にできるのは視ることだけ。

〝死人の夢〟を含め、湊斗には見ることしかできない。

あれはよくない霊だと感じても、湊斗には霊を除《のぞ》ける力なんてない。

だがもし仮に湊斗にそんな力があっても、加害者側なのに怒るだけの女子と、憎しみしか残っていない男の霊と、そのどちらとも関わりたくはないと感じるだろうが。

――やっぱり、人はどっちも嫌だよなぁ。

生者は湊斗の体質のことなど少しも斟酌《しんしゃく》してくれず、死者は自分の存在をわかってくれと夢を通じて湊斗に訴える。

この体質の辛《つら》さをわかってくれる人など生きた人間にも死んだ人間にもいないわけで、世界には自分一人だけがいればいいんだと、湊斗はしみじみ思い直した。

3

湊斗がどれだけ一人がいいと感じていても、現代の日本に生まれたからには一人で生きていくことは実質的に不可能だ。だが将来的にはなるべく人と交わらずに生活できるような職に就く選択肢を増やすためにも、湊斗はしっかりと大学卒業のための単位を取っていく必要があると考えていた。

ようやく首と脇腹の痛みも落ち着いた湊斗は、無人のままのトイレの洗面台で口をゆすいだ。

鏡を見れば、ひどい顔だった。やや長めに揃えた前髪は脂汗で額に張りつき、朝にはなかったクマがうっすらと目の下に浮かび上がっている。もともと白めの肌は、血の気が引いているようでなおのこと白くなっていた。

とりあえず顔を洗い、前髪を整える。黒のスリムジーンズの尻《しり》についた床の汚れを払い、肩からずり落ちていた紺のカーディガンも直す。

ため息とも深呼吸ともとれる大きな呼吸を何度も繰り返してから、湊斗はようやくトイレを出た。

二限の時間帯は既に終わっていて、早くも昼休みは半分以上が過ぎている。よって湊斗が上代文学の講義が行われていた教室に戻ったときには誰もおらず、教室の角席には開いたままの湊斗のノートとテキストが捨て置かれていた。親切心を起こした誰かが回収してくれて事務局に届けられたりしても困るが、何も手つかずで放置されているのもこれはこれで切ない。

湊斗は人付き合いをしたくないし、目立ちたくもないのだが、しかし他人から無視をされたかったり、いないものとして扱われたいわけでもない。

一人がいいとは思っていても、それでも厄介なことに寂しさは感じてしまう。

我ながら面倒な性格だよな、と湊斗自身も思ってはいた。

とりあえず机の上の荷物を、愛用のバックパックに放り入れて教室を出る。

三限の講義が始まるまではまだ時間があった。食堂は無理でも、購買で売っているパンぐらいなら食べる時間はあるだろう。

だがしこたまトイレで戻したこともあって、今の湊斗は食欲がなかった。むしろ油断すると腹からこぼれ出た腸の感覚を思い出してしまい、また吐き気がぶり返しそうになるぐらいだ。

だから湊斗は校舎を出ると食堂と購買の前を素通りして、キャンパスの対角線上にある大教室棟へと急いだ。

履修を検討している次の比較文化人類学は、二限で受けた上代文学と違って人気の講義だ。そのため開かれるのは室内が階段状になっている、大教室という名の講堂となる。

まだ講義開始までには時間があるが、履修予定の学生が多いこともあって、湊斗が大教室に入ったときにはもう三〇〇人から入れる部屋の席はほぼ埋まっていた。

当然ながら湊斗が狙う最後尾の角席など空いているはずもなく、それどころか階段状の室内の最上段から見渡せば、空席があるのは広い教室内でもはや一角だけだ。

「……嘘だろ」

そこは湊斗がもっとも苦手な、教卓のすぐ前の区画だった。

このまま回れ右をして教室から出て行きたい誘惑に駆られるが、そこはなんとか踏みとどまり、雑談する学生たちで埋まっている机と机の間の通路を下りていく。

途中で妙な霊を憑《つ》けている奴はいないか、横目で確認することも怠らない。幸いなことに二限で前の席に座ったあの女子のように、凶悪な霊を憑けている輩《やから》はいなかった。

ほんの僅《わず》かに胸を撫《な》で下ろしつつ、湊斗がカバンを置いたのは教卓のまっすぐ目の前から一つだけ後ろに下がった、二列目の席だった。

一番前じゃないだけマシだと思おうとするも、座った瞬間に背中にざわめきを感じてそんな考えは一瞬で吹き飛んだ。

背後から大勢の声が聞こえるこの状態は、湊斗はやっぱり苦手だ。まずどんな奴が後ろにいるのかわからないのが不安になる。さっき視た限りでは、この席の周りに霊に憑かれた学生はいなかった。しかし二限のときのように遅刻してきて席と席の隙間に無理やり誰かが座るかもしれない。そしてそいつが、さっきの女子のようにとんでもない霊を憑けているかもしれない。

そう考えただけで振り向いて確認したくなってしまうが、当然それをすれば後ろの席の人間と目が合って「なんだ？」と不審に思われてしまうし、背中に目がない以上は前に向き直ればまた後ろが気になってしまう。

さらには背後の学生たちの視界に常に自分が入っている、というのも前の席が苦手な理由の一つだ。自業自得というか因果応報というか、憑いている霊がいないかチラチラと他人を盗み見ることが多いため、湊斗は自分がおかしく見られていないか常に人の目が気になってしまう。

もしかしたら自分の霊感体質のことはバレていて、背後では陰口をたたかれて後ろ指をさされているんじゃないのか？　――そんな疑念が湊斗の胸の中で渦巻き始めてしまう。

しかし、この席に座るのは今日だけだ。上代文学は履修しないことに決めたので、次からは廊下で昼休み前から待機しておいて最後列の席に陣取ればいい。

そう自分に言い聞かせて堪えていると――教室内の雰囲気が一転した。

まずガヤガヤとしていた談笑の声がぴたりと止まった。まだ教授は入ってきていないのに、教室中が水を打ったようにしーんとなる。

　コツン、コツンという音が教室の後ろの方から聞こえた。それは誰かが教室の中央の通路を教壇側に向かって下りてくる足音で、それだけのことのはずなのに、湊斗は背筋にぞわりとした怖気《おぞけ》をなぜか感じた。

「……やだぁ、高原玲奈《たかはられいな》じゃない。この講義とってんだ」

「私さぁ、今年の選択の単位足りてないんだよね。……この講義、どうしよ」

　僅かに教室内のざわめきが戻ってきて、あちらこちらでヒソヒソとした声が行き交う。

「っていうかさ、あの変な噂って本当なの？」

「あぁ、聞いた聞いた。どうも本当のことらしいよ、一〇年間も行方不明だったたって噂。やっぱり――〝神隠しから帰ってきた女〟、なんだよ」

　――神隠しから、帰ってきた女？

　その不穏な言い回しを耳にした途端、座っている湊斗の横に人が立った。

　恐る恐るといった感じでちらりと横を盗み見た瞬間、湊斗はギョッとしてしまう。

　そこに立っていたのは女子だった。しかもとびきり綺麗《きれい》な女子だった。

　艶《つや》の深い黒髪は肩甲骨の辺りまで伸びたロングヘア。細面な左右の頬のラインと平行にすっと伸びた鼻筋と、軽く尖《とが》った顎《あご》。惜しむらくは桜色の唇がへの字に結ばれ、細い眉《まゆ》の下の目がやや吊《つ》り上がっていることだが、そんな険しい表情を差し引けば文句なしの美人だった。

　だが湊斗が驚いたのは、彼女が目の覚めるような美人だったからではない。

むしろ湊斗の目線は整った彼女の顔のすぐ隣、左の肩へと向いていた。もっと正確に言えば肩ですらない。彼女の肩の上に顎を乗せた——もう一つの女の顔を視ていた。

まるで群青の塗料を塗りたくったような、真っ青な顔色。毛束になった前髪は額に張りつき、シャギーの入った横髪も頬にべったり張りついている。目はどこまでも虚《うつ》ろにただ天井の方へと向いていて、唇の色はもはや青も紫も通り越し黒ずんですらいた。

歳の頃としてはおそらく三〇歳ぐらいだろうか——それは間違いなく死者のかんばせで、つまり湊斗の横に立つこの女子にべったりと憑いている霊だった。

「ねぇ、前いい？」

あまりに幽霊然とした霊の形相に気をとられていた湊斗が、はっと我に返る。

「——えっ？　前？」

「そうよ。あなたの前の席に座ってもいいかって、そう訊《き》いたの」

湊斗の視界の中だけで二つ並ぶ顔のうち、血色が良くてより整った側の顔が角度のきつい目尻《めじり》をさらに吊り上げながら、もう一度口を開いた。

「前の席ね。……あぁ、もちろんどうぞ」

「そう。ありがとう」

空いている教卓の真ん前の席を湊斗が手で示し、彼女が椅子に腰掛けたその瞬間——ガタガタガタッと、湊斗を除いた周りの学生たちが固定式の椅子の上でお尻を滑らせて、一様に彼女から距離をとった。

今の今まで普通に座っていた学生たちが肩を寄せ合って離れたために、彼女を中心とした周りにちょっとした空間ができあがっていた。

湊斗が「……なんだ、いきなり」と内心で動揺していると、

「あなたは、移動しなくていいの？」

前の席の彼女がいつのまにか振り向いていて、物憂げな目で湊斗に話しかけてきた。

まるで沈む舟に取り残されたような雰囲気に、湊斗は意味がわからず周囲を見回すが、やはり教卓前付近以外には空いている席はない。

できるものなら、湊斗もこんなヤバそうな霊を憑けた女子とは距離をとりたいのだが、

「……他は座れそうにもないから、ここでいいよ」

「そう。だったら、私ともっと離れたほうがいいんじゃない。後から文句を言われるのはごめんだわ」

最後に「忠告したからね」と意味のわからない台詞《せりふ》を言い残し、彼女が再び前へと向き直った。

湊斗はさっぱり状況が呑《の》み込めない。彼女の言葉の意味も理解できなければ、距離をとる周囲の連中の行動もまったくもって意味不明だった。

単純に——自分の前に座るツンケンしたこの女子が嫌われている？

それは往々にしてある気はする。彼女は美人だが、なんだかやたらと刺々《とげとげ》しい。周りが腫《は》れ物のように扱うのもわかる話だ。

でもそれだけが理由では、遠巻きで彼女を見ている連中の目つきが妙だった。周りの連中の目から汲《く》み取れる感情は、どちらかと言うと恐怖だ。大なり小なりあれども、みんな彼女に対して怯《おび》えているように感じられたのだ。

一瞬、自分以外にも彼女が背負った女の霊が視えているのかとも思ったが、湊斗はすぐに思い直した。もし本当にそうならこの程度の怯えかたのはずがない。

彼女が背負った女の霊は、厚手のセーターにロングスカートという出《い》で立《た》ちをしている。顔色が青いと表現したものの、セーターの襟から覗《のぞ》く首筋も、袖《そで》から突き出た手の色も同じで、おまけに頭のてっぺんから足先まで全身が濡《ぬ》れている。おそらく冬の海か川にでも落ちて亡くなった溺死体《できしたい》――湊斗の目には、そうとしか視えなかった。

ゆえにもしもこんなモノが本当に他の学生にも視えていれば、もっともっとパニックになっているだろう。少なくとも距離を置いて周りを取り囲みながら様子をうかがう、なんて状況ですむはずがない。

だったらどうして――と、湊斗が疑念を抱いていたら、ガチャリと大教室の教壇側のドアが開き、渋めの茶色いジャケットを着た初老手前の男性が入ってきた。

中肉中背の体格で、頭には白いものが微《かす》かに混じり、神経質そうな銀縁の眼鏡がなんとも印象的だった。

「えー、みなさんはじめまして。比較文化人類学の講義を担当する駒津《こまつ》と申します」

と、神経質そうな印象とは裏腹な穏やかな声で、駒津と名乗った教授が満員の大教室の学生たちに向かって挨拶《あいさつ》をする。

教室のヒソヒソ話はすぐにやみ、人気講義にふさわしい流暢《りゅうちょう》な弁での教授の講義が始まった。

履修選択期間中にふさわしく比較文化人類学とは何かを、そもそも比較をする前の文化人類学とは何かを駒津教授が語っていると——ピチョンと、一滴ばかりの水が床に滴る音が耳に届き、湊斗は急にはっとなった。

というか教授の声が教室内に響き渡っている中で、そんな微かな音が聞こえようはずもない。これはきっと自分にしか聞こえていない音だと悟った直後、うっかり上がりそうになった「うわっ」という驚きの声を湊斗は必死で押し殺した。

前の席に座った彼女の背中に張りつく溺死体の霊が、空に向かってもがいていた。

大教室の天井——いや、おそらくその先にある天に向かって右手を差しのばしながら、溺死体の霊が自身の胸を左手で必死に掻《か》き毟《むし》っている。その顔はさっきまでの無表情とまるで違い、苦悶《くもん》に満ちて歪《ゆが》みきっていた。

『あぁ、ああああああああっ!!』

湊斗の耳にしか聞こえていない断末魔の声とともに、突き出した右手の中指がピンと伸びきった瞬間、ザバーンと激しい水音が教室内に響き渡った。

今度の水音はどうも現実の音だったらしく、講義をしていた教授の声も止まる。

床に広がっていく水たまりが、スニーカーを履いた湊斗の足元にまで届いた。

あまりのことに湊斗は声も出なかった。声も出ないほどに、驚愕《きょうがく》していた。私ともっと離れたほうがいいんじゃない、と言っていた前の席の彼女が、まるで頭からバケツの水をひっかぶったかのようにずぶ濡れになっていたのだ。

教室内の時間が静止する。動いているのは前の席の彼女の髪から机の上へと垂れる、水滴だけだ。いきなり濡れた彼女自身もまた、ペンを握ったまま硬直している。

一拍以上の間を十分に置いてから、彼女の周囲を取り巻いた誰かが「ひぃ」という短い悲鳴を上げた。

それが引き金だった。同時に周りの誰もが自分の荷物を抱えて、いっせいに濡れた彼女との距離を広げようとする。

彼女を中心とした教壇付近の学生たちが混乱をする中、さすがというか駒津教授はすぐに冷静さを取りもどして最前席である彼女の前につかつかと歩み寄った。

「高原玲奈さんですね？　君の噂は聞いています」

「何の噂かは知りませんが、確かに私は高原玲奈です」

「――なるほど」

高原玲奈と呼んだ女子の顔を感慨深そうに眺めてから、駒津教授はほんの少しだけ含みのある笑いを浮かべた。

「とりあえず、君が悪戯《いたずら》好きであることはよくわかりました。だがそれを講義中にするのはすこぶる感心しません」

「悪戯？　違いますよ。私の全身が濡れるこれは、ただの怪異です」

彼女、あらため――玲奈の〝怪異〟という単語に、湊斗は思わずドキリとする。

「怪異？　今君がびしょ濡れになっているのは、君がしでかした手品の類《たぐ》いではなくて、怪奇現象の類いとでも主張するのですか？」

「そうです。制御できない本物の怪異ですから、私自身にもどうにもできません」

困り顔の教授に対して、玲奈が抑揚のないしれっとした声で言い返した。

途端に、玲奈と湊斗を取り巻くように座っている学生たちの間で囁《ささや》き声が飛び交い始め、駒津教授が僅《わず》かに眉《まゆ》を顰《ひそ》める。

一方で、玲奈は涼しい顔だった。まったく気にしないと、少しも気にならないと、そう主張するかのように微塵《みじん》も顔色が変わらない。

「とりあえず今は、君と怪異のなんたるかの議論をするのはやめましょう。ですが仮に故意ではないにしても、君の周りで起きていることで落ち着いて講義を受けられなくなる学生がいるのは理解できますね？」

教授の声は穏やかではあったものの、しかし同時にぐうの音も出ない正論でもあった。

これには玲奈も反論の言葉がでなかったようで、小さく「はい」とだけ答える。

「それがわかっているのなら、とにかく今は着替えてきなさい」

「……わかりました」

玲奈が傍らに置いてあった黄色のトートバッグを肩に下げて立ち上がる。

湊斗は一連の流れをただ唖然《あぜん》としながら傍観していると、

「なに？」

シャープな顎《あご》の先から、バッグの肩紐《かたひも》を手でつかんだ袖口《そでぐち》から、さらには足に張りついたスカートの裾《すそ》からも、ボタボタダラダラと水を滴らせ続ける玲奈が、階段状の通路で足を止めて横に立ち、座った湊斗を冷たい目で見下ろしていた。

「……えっ？」

「あなた、さっきからずっとじろじろと私の顔を見ているでしょ」

言われて気がついた。でも、違う。湊斗が見ていたのは玲奈の顔ではなくその横、玲奈が背負っている霊の顔を視ていたのだ。

溺死しただろう女の霊と、ずぶ濡れになっている玲奈——その両者の今の姿はびっくりするほど似ているのだが、よもやそんなことを口にできるはずもない。

「いや……気に障ったのなら、謝るよ」

湊斗が軽く頭を下げると、玲奈はふんと鼻から息を噴きつつ、そっぽを向いて通路を上り始めた。

やがて後方にあるドアがバタンと音を立てると、教室内のざわめきのボリュームが一気に増した。

「……本物の怪異とかさ、あいつ頭おかしすぎだよね」

「でも、どこからあの水を出しているのかわかんないんでしょ？」

「そうそう、奇術研究会の連中も首を傾げているらしいよ」

「その理屈でいけば、トリックが暴けないマジックは全部が怪異ってことになるぞ」

「おまけにあの年齢の噂、ほんとなの？」

「ほんとだとしてもさ、それってただの若作りなだけじゃん」

――曰《いわ》く、玲奈はきっと目立ちたいだけの変人だ。

――曰く、講義を邪魔して楽しんでいる愉快犯だ。

――曰く、水に濡れた姿を人に見て欲しい変態だ。

どれもこれもが玲奈の悪口だった。

本人が教室からいなくなり、誰も彼もが玲奈のことを好き勝手に言い合う。

でも――本当のことは一つもない。

誰も彼もが玲奈の身に起きている現象が人の手によるものだろうと疑い、真相に辿《たど》り着けていない。

湊斗にはわかる。湊斗にだけは理解ができる。

あんな強烈な物理現象を伴う怪異なんてこれまで見たこともなければ、今もまだ信じられない気持ちは僅かにあるが、それでも間違いはない。

玲奈が水浸しになった原因は、背負ったずぶ濡れの霊によるもの――いわゆる、霊障というやつだった。

「ほら、講義に戻りますよ！」

と、駒津教授が声を張り上げて文化人類学のなんたるかの説明を再開する。学生たちの声はトーンダウンしたものの、しかしそれでもヒソヒソ話は止まらない。

一〇分ほどして玲奈が教室に戻ってくると、ようやく玲奈への陰口が止まった。

玲奈がさっきまでと同じく教卓前の席に座る。ちなみに玲奈の服装はトレーナとジーンズで、乾かすのではなく本当に着替えていた。たぶん肩から下げていたバッグの中に、着替えが入っていたのだろう。そんな用意をしていれば、学生たちから自作自演を疑われるのも当然だ。

大教室内でもっとも目立つ席に座った玲奈の背中に、学生たちの視線が集まっているのが湊斗にもわかる。

だがそれだけの目があっても、湊斗以外には玲奈の背に張りついている女の霊は視えていない。霊障を起こしたときと違って今はもう悶《もだ》えておらず、玲奈の背負った霊が大人しくなっていることに気がついている者など一人もいないはずだ。

本物の怪異ですから――と語った、玲奈の言葉に偽りはない。でも霊障にしてはあまりにもはっきりし過ぎた物理現象で、誰も玲奈の言葉を信じられないのだろう。

湊斗は、辛《つら》かった。

玲奈への種々雑多な目線が自分に向いているわけではないのはわかっている。でも一つ後ろの席に座っている自分の背中にまで、玲奈を見ている学生たちの視線は注がれている。それだけでまるで自分が嘲笑《ちょうしょう》されているような、あるいは嫌悪の対象になっているような気がして、湊斗は不安でたまらなくなってしまう。

なのに玲奈の様子は、いたって普通だった。


あれほどの騒ぎを起こしたばかりなのに、散々陰口を叩《たた》かれていることだってきっと知っているだろうに、それでも今は真剣な顔つきで、黒板とノートの間で視線を行き来させながら板書をしている。

自分にはとても無理だと思った。過去に〝死人の夢〟を他人に話して馬鹿にされるだけでも耐えられなかったのに、あんな物理現象を伴う強烈な霊障が人前で起きてなお平然としていられる自信など、湊斗には微塵もない。

あい変わらずずぶ濡《ぬ》れの女の霊を背負いながらも、動じることなく講義を受けている玲奈を、湊斗はすごいと心から驚嘆していた。

4

高原玲奈——という名前を大学の裏サイトで検索したら、山ほどひっかかってきた。

どうも学内では相当に有名人だったようだ。にもかかわらず今日の今日まで玲奈の存在を知らなかったのは、湊斗がぼっちだからだろう。友達なんて一人もいないから、学内で誰とも話さないから、同じ講義を受けるまで有名な玲奈の存在を知らなかった。

我ながら悲しい学生生活だなと湊斗は思うも、教室の隅で一人を貫く自分の行動をあらためる気はない。人との距離を縮めた結果、自分の体質がバレて変な目で見られたり、もしくは知り合いになった相手が霊に憑依《ひょうい》されて〝死人の夢〟を見るリスクが上がったりするぐらいなら、一人でいるほうがずっとましだと感じているからだ。

とりあえず考えれば考えるだけ憂鬱《ゆううつ》になりそうな自分の身の上はさておき――湊斗は玲奈に関わる書き込みを一通り読んでから整理する。どうやら玲奈は湊斗の通う大学を一度退学していて、今年になってから再入学をはたした学生らしい。

別に再入学など珍しい話でもない。海外への長期の留学でやむなく退学したが帰国をしたため、あるいは在学中に出産したから退学したが子どもがある程度大きくなったため、そんな理由で再び大学に戻ってくるケースはよくある。

だが玲奈の場合、退学せざるを得なかった理由が普通ではなかった。

湊斗たちの通う大学は決して偏差値は低くはない。だからそれなりに頑張って受験をし、晴れて入学をはたしたであろうに――半年しか経っていない一年生の後期の授業期間中に、高原玲奈は忽然《こつぜん》と姿をくらましたのだそうだ。

置き手紙も、友人へのメールの一つもない。

同居の家族もまるで心当たりがない。

それこそ何の変哲もない普通の日曜日に、玲奈は都内の山へと登山に行くと言い残して出掛けたきり、消息を絶ったらしい。

向かった先が山のため、当初は遭難と判断されて山の捜索もされた。だが見つからず、しばらくして捜索も打ち切られたのだそうだ。

後に行方不明という理由で、玲奈の退学届が両親の手で事務局に提出された。

しかしある日、隣県の山中の湖畔で玲奈が発見される。

ハイカーに通報されて保護されたとき、玲奈は呆《ほう》けてわけのわからないことを話していたらしい。だが着ている服装から、以前に行方不明者届の出されていた高原玲奈だと警察はすぐにわかったそうだ。

玲奈が消えた山と発見された湖の付近までは、関東山地《かんとうさんち》で繋《つな》がっている。普通に考えれば、遭難した玲奈が方向感覚を失いながらも歩きに歩いて、隣県の山の麓《ふもと》にまでどうにか辿り着いたと考えるべきだろう。

だが警察関係者は、誰もが首を傾げた。

もっと言えば、信じられない事実におののいた。

というのも玲奈の行方不明者届が出されたのが、発見された日から一ヶ月や二ヶ月前などではなかったからだ。

実に——一〇年前のこと。

都内の山中で消息を絶った高原玲奈は、つまり一〇年にも亘《わた》って山の中を徘徊《はいかい》し続けていたことになる。

にもかかわらず、玲奈の服装は行方不明者届が出されたときとまったく同じだった。

一〇年も経てば新品のウィンドブレイカーだって色褪《いろあ》せようものだが、足元の靴から被《かぶ》ったニット帽まで、何一つとして当時と変わっていなかったのだ。

さらには――行方不明者届に添付された写真が、担当した警察の人間たちの顔をさらに蒼白《そうはく》にさせた。

正直、自作自演なり偽装工作なりで、消息を絶ったときと同じ服装を用意することは可能だろう。でも顔は別だ。整形をしようとも、どうやったところで人間は歳をとる。一年や二年ではなく、一〇年も経てば人はまったく同じ容姿ではいられない。

なのに発見された玲奈の顔は、一〇年前の写真と何一つ変わっていなかったのだ。

どこの誰がどうやってこんな情報を得たのかわからないが、しかし裏サイトの掲示板にはあちらこちらである単語が躍っていた。


――神隠し。


お伽噺《とぎばなし》の浦島太郎《うらしまたろう》のごとく、現実とは時間の流れが違う山中の異郷から高原玲奈は帰ってきたのだと――ゆえに高原玲奈は〝神隠しから帰ってきた女〟なのだと、信じる信じないと様々な思惑はあれど、そんな呼称が面白おかしく書き散らされていた。

さらには今日の比較文化人類学の講義のことも書かれていた。

正確には今日の講義のことだけじゃない。復学をした数ヶ月ほど前から、どうやら午後の講義を受けている際に、玲奈はいつも頭からバケツの水を被《かぶ》ったように全身がびしょ濡れとなるらしい。

玲奈の身を襲うその謎現象に対する学生の反応は様々だが、おおむね共通している思いは「迷惑だ」というものだった。

講義を邪魔されて腹立たしいという意見が多いなか、玲奈の隣に座ったことで実際に水がかかったという書き込みもあった。その水は水道水のような真水ではなく泥臭くて藻も交じりとても汚かったと、買ったばかりのレギンスを汚されたその学生は、裏サイトの中で玲奈に対して罵詈雑言《ばりぞうごん》をぶちまけていた。

どうしてそんな真似をするのか？ ——何人かが玲奈本人にも訊《き》いたらしい。

でも返ってくる答えは「私が知りたいわよ」と、いつも同じだったそうだ。

再入学してきた当初こそ、午後の講義中に玲奈がいきなりずぶ濡れになる現象を面白がっていた学生も多かったようだが、今はもうそれを楽しんでいる者はいない。

何度見ても仕掛けがわからなければ理由もわからない玲奈の奇行——というか怪異に、今では誰もが気味悪がり近づきたがらないからだ。

——昼間の講義のときの、周りの学生たちが玲奈に向けていた怯《おび》えた目線を湊斗は思い出す。

掲示板や本人を前にしない噂話なら〝神隠しから帰ってきた女〟だなんだと、みんな好き勝手に書いたり言ったりできるのだろう。

でも実際の怪異を前にしたら、誰もが口を噤《つぐ》んでしまう。

一〇年前と同じ容姿で神隠しから帰ってきたらしい女子の身に起きる、人体発火現象ならぬ人体水没化現象——その異常さに、怪現象を信じていない者ですらも本能的に戦《せん》慄《りつ》して、玲奈を忌んでしまっているのだと思った。

——この状況を理解したとき、湊斗は目眩《めまい》がした。

湊斗が見た限り、たぶん玲奈は自分の肩に乗ったもう一つの女の顔に気がついていない。それはつまり霊が視えていないということで、水浸しとなる現象が自分に憑《つ》いた霊によって起こされている霊障だとは思ってもいないだろう。

でもそれが当然だ。轢《ひ》かれた男の霊に睨《にら》まれていた女子がそれでも普通に過ごしていたように、憑かれた霊による強い影響が出ることのほうがまれだ。まして物理法則を無視するような霊障なんて、今もなお信じがたいほどだ。

あんな霊障に理不尽に襲われ続けたら、湊斗ならきっと心が挫《くじ》けるだろう。

——それなのに。

周囲の有象無象の学生なんて眼中にないと言わんばかりだった、玲奈のツンとすまして平然としていた表情を、湊斗は思い出す。

それから背後の霊を視ていたのを勘違いされて敵意を込めて湊斗を睨んできたときの表情を、騒ぎを起こした直後なのに気にしないとばかりに真剣に講義をうける真面目な表情もまた、湊斗は思い出した。

どうすれば、あんな風に威風堂々としていられるのか。

自分と同じく霊に悩まされているのに、ましてや怪異の原因すらわかっていないだろうに、なぜに玲奈は肩を窄《すぼ》めることなく胸を張っていられるのか。

知りたい——と、湊斗はそう思った。

自分と違って、人目から逃げずに真っ向から向かっていく玲奈のことをもっと知りたいと、湊斗は自然にそう感じていた。

5

玲奈のことを知りたい——なんて思っていたからだろう。

次に玲奈の姿を目にしたとき、湊斗は思わず目を瞠《みは》り固まってしまった。

それは玲奈と初めて同じ講義になった日から二日後のことだった。

やはり三限の講義で、五〇人規模の教室の最後尾の角席を陣取り、湊斗は第二外国語の候補にしているドイツ語の講義が始まるのを待っていた。

そこに引き戸の大きな音をガラリと立てて、玲奈が教室内に入ってきたのだ。

教室に一歩踏み入るなり、小さめのレザージャケットにロングスカート姿の玲奈がギロリと教室内を睥睨《へいげい》する。

それだけで三〇人弱の学生たちがみんな談笑をやめて、いっせいに玲奈から目を逸《そ》らした。

驚きで反応の遅れた湊斗だけが目を背けそびれ、玲奈と目が合ってしまう。

瞬間、玲奈は目を細めてから、不快そうにフンと鼻を鳴らしてそっぽを向いた。

――たぶん一昨日《おととい》の比較文化人類学の講義で湊斗と会話したことなど、覚えてもいないのだろう。玲奈にとってじろじろ見られることはたぶん日常茶飯事で、湊斗のことも興味本位で自分を観察してくる十把一絡《じっぱひとからげ》の男子の一人としか思っていないはずだ。

ちなみに玲奈の背中には、先日と変わらずずぶ濡《ぬ》れの女がべったり張りついていた。その様子も変わらずで、もがいてこそいないものの虚《うつ》ろな目で天井を見つめている。

――そんな霊を玲奈が憑けているなどとは、誰も知らぬまま。

玲奈が引き戸を閉めて教室内を歩き始めると、途端に空気がピンと張りつめた。それは自分のほうに来るなよと、誰もが緊張している気配ゆえのものだった。

あらためて、裏サイトの書き込みの通りだと湊斗は感じる。やはり誰も彼も、玲奈のことを快く思っていない。大教室と違って小さな教室だからか、先日のように陰口こそ飛び交っていないものの、それでも玲奈と関わり合いになることを誰もが言外に拒んでいた。

針の筵《むしろ》と称していいような教室の雰囲気の中――しかし玲奈は、いたって涼しい顔だった。湊斗以外の全員が無言で向ける悪意などまるでそよ風とでも言わんばかりに、玲奈は背筋を伸ばし、つんと顎《あご》を上げて教室の中を闊歩《かっぽ》する。

目が合わぬよう誰もが顔を伏せている中で、机と机に囲まれた教室のど真ん中の通路を一人で歩む様はまるで女王だった。

そして一昨日と同じ黄色のトートバッグを玲奈が置いた席は、最後列の端っこに座る湊斗からはもっとも距離がある、教卓の真ん前の席だった。

先日の比較文化人類学の講義であれば他に空席はなかったから仕方がない。でもこの講義では、まだ半分近く空席がある。それなのに玲奈が座ったのはもっとも目立ち、周りからの視線も受けることになる席だった。最前列は元から空席も多いので、玲奈と距離をとるために移動するような者も別にいない。

あえて一番目立つ席に座る理由がわからず、湊斗が遠目から観察をしていると、玲奈が一際分厚い辞書を机の上にゴトリと置いた。他にも教本にノート、それから参考テキストと次々バッグから取り出して積み上げていく。

その量の多さに、湊斗はちょっとだけ驚いた。

今日の湊斗はノートしか持ってきていない。第二外国語の講義は選択必修のため、履修変更をする可能性もある今はまだ購入する必要がないからだ。

だが仮に履修を決めても、湊斗は辞書まで買うつもりはなかった。単純にスマホにドイツ語辞書のアプリを入れ、それで代用するつもりだった。というのも本は重いからだ。特に辞書は重くて荷物になる。講義のときに、いちいち辞書を持ち運びたくはない。

その考えは他の学生もおおむね同じようだ。教室内のほとんどの学生がノートだけか、あるいはそれすら机の上にはない学生さえいる。

それなのに玲奈は一番前のもっとも講義を聴きやすい席に座って、テキストと辞書を一人で山のように積み上げている。その姿は、湊斗にはただ真面目に講義を受けようとしているだけに見えた。

……玲奈がもっとも目立つ教卓前に座る理由とは、ひょっとして誰よりも真剣に講義を受けようとしているからではないのか？

湊斗がそんなことを思っていると、教室の前のドアがすーっと開いた。

ドイツ語の講師が教室に入ってくる——と思いきや、入ってきたのは学生事務局の制服を着た女性職員だった。

「えー、ドイツ語の講義を履修予定のみなさん。さきほど講師の先生から事務局まで連絡がありまして、急遽《きゅうきょ》で申し訳ありませんが本日は休講となります」

黒い丸眼鏡が特徴的な職員が教壇の上に立って声を張り上げたのとほぼ同時に、一三時半の三限開始を告げるチャイムが鳴った。

同時に教室内が、ガヤっとざわめいた。無駄足を踏まされぼやく声と、講義が急に自由時間に変わったことに気もそぞろとなった声が半々というところだろう。

ちなみに角の席を確保するため、昼休みをこの教室で過ごした湊斗としては前者だ。もう少し早く言ってくれよと思いながら筆記具をカバンにしまっていたところ、談笑が始まっていた教室内で、座ったますっと手を挙げた者がいた。

玲奈だった。積み上げたテキスト類をまだ机の上に出したまま、玲奈が事務局の女性へと発言の許可を求めるように、真上にピンと右手を伸ばす。

玲奈のいきなりの挙動に再び教室がしーんとなり、職員も動きが止まる。

面食らった職員が何も言わないため、玲奈は手を下ろすと勝手に口を開いた。

「本日の休講のことはわかりましたが、補講の予定は決まっていますか？」

そこまでは想定していなかったのだろう。生真面目なその質問に、職員の目が丸くなった。しかし質問してきた学生の顔をまじまじと確認すると、丸眼鏡の向こうにある目に妙な光が宿る。

「あなた……高原玲奈さんね？」

脈絡もなく名前を呼ばれ、玲奈の眉間《みけん》に皺《しわ》が寄った。それでも努めて冷静な声で、玲奈が「そうです」と答える。

「あなたに関しては、何人もの教授や講師の先生方から講義妨害をされたとクレームが上がってきています。あなたがいきなり水を被《かぶ》って、先生方の貴重な講義に水を差すことを事務局は由々しく捉《とら》えています」

壇上に立った職員が、一番前の席に座る玲奈を鋭い目で見下ろした。

「あなたは自分が何をしているのかちゃんとわかっていますか？　これ以上講義妨害を続けるのであれば事務局としても会議にかけて、学校側から正式にあなたに処分を出しますよ。それでもいいんですか？」

ここぞとばかりに職員が捲《まく》し立てるが、しかし玲奈の返答はどこまでも冷静で淡々とした口調だった。

「……すみません。今は私が先に質問をしていたはずなのですが。告知もない突然の休講ですが、補講の予定はないのでしょうか？」

職員の目が一気に吊《つ》り上がる。そのまま感情にまかせて口を開こうとするが、しかし寸前でかろうじて呑《の》み込むと、いっそう強くキッと玲奈を睨《にら》みつけた。

「補講の有無に関しては、講師の先生と話をしてから掲示をだします！」

まるで捨て台詞《ぜりふ》のごとくそう言い捨て、職員はドスドスと大きな足音を立てながら教室を出ていった。

固唾《かたず》を呑んで成りゆきを見守っていた学生たちも、玲奈に関わるのはごめんだと言わんばかりに足早に教室を出ていき始める。

誰も彼も、玲奈にはひと言もない。でも本当は、この教室にいた学生たちは少しは玲奈に感謝してもいいと湊斗は思う。講師の都合でいきなり休講となったからには、補講は授業料を納めている学生にとって当然の権利だ。それを事務局の職員に確認してくれた玲奈は、本来ならありがたいはずだ。

だが誰一人、玲奈に声をかける者などいなかった。

お礼を口にするどころか、こぞって玲奈を避けるように教室を出ていく薄情な学生たち――でもそれは、湊斗も同じだった。

湊斗には、玲奈に話しかけられる勇気はなかった。

おそらくこの教室内で玲奈に話しかければ、他の学生たちは驚くだろう。そして玲奈に話しかけたことで、きっと湊斗の方にまで目を向けてくるに違いない。

湊斗には、それが怖かった。

大量のテキストなどをカバンにしまってから、玲奈が足早に教室を去っていく。

何も言えぬままその背を見送ってから、湊斗も席から立ち上がり教室の外へと出た。

ちょっとだけ自分の情けなさに自己嫌悪しながら、肩を落として廊下を歩く。今日の講義はこれで終わりなので、このままアパートに帰ろうかと思いながら玄関口にまで辿《たど》り着くと、校舎の外では猛烈な雨が降っていた。

「……しまった」

そういえば確かに今朝のニュースで、今日の午後からは雨になると気象予報士が言っていたような気がする。

他の学生たちはちゃんと覚えていたのか、あるいはネットで調べていたのだろう。あらかじめ用意していたビニール傘や折り畳み傘をさして、地面の上で跳ねるほどに大きな雨粒が降っているキャンパス内を、最寄り駅の方面に向かって小走りで駆けていく。

購買まで走って傘を買いに行こうかとも湊斗は思案するも、今いる文学部棟から購買までの距離はもう正門前の駅までとさして変わらない。どちらに行こうがこの雨の勢いでは下着まで濡《ぬ》れるのはほぼ確実で、先週に風邪で倒れて数日も学校を休まざるを得なかった湊斗としては風邪がぶり返すのだけは勘弁だった。

「まぁ、仕方ないか」

よって湊斗にとれる残りの手段は、雨が小降りになるのをこの文学部棟の中で待つことだ。昼休みをまるごと使って席を確保したのに休講になり、さらには雨で外に出られず同じ教室でただ過ごすとか、時間の無駄遣いにもほどがあるが致し方ない。

それでも屋根があるところで時間を潰《つぶ》せるだけマシだよなと無理に思いながらも、湊斗が踵《きびす》を返したところ、

「はい、これ使っていいわよ」

湊斗のすぐ後ろに、高原玲奈が立っていた。しかも手には女物の折り畳み傘を握っていて、柄の部分を湊斗の方へと向けている。

話しかけることもできず玲奈を見送った湊斗としては、玲奈側からのいきなりの声かけにフリーズしてしまう。

「困っているようだから貸してあげるって言ってるんだけど……なに？　私みたいな気味の悪い女からは傘も借りられない？」

目を白黒させて動かなくなった湊斗を前に、玲奈の目が不機嫌そうに細まっていく。

その冷たい視線に晒《さら》されて我に返った湊斗は、慌ててブンブンと首を左右に振った。

「……そんなことはないけど」

「そう、だったらどうぞ」

湊斗の方へと、玲奈がさらに傘を突き出す。

自分でも気づかぬうちにごくりと生唾《なまつば》を呑んでから、玲奈の勢いに負けたように湊斗が傘を受け取った。

ナイロン地の赤い傘を手にし、でも湊斗はすぐに気がついた。

「でもこの傘を俺が借りたら……」

玲奈の手には他の傘はない。さらには貸してくれたのが折り畳み傘である以上、もう一本カバンの中に入っているとも考えにくかった。

湊斗が玄関口へと再び目を向ける。激しい雨足はまだ弱まる気配がなかった。

「あぁ、私はいいの。どうせ、もうすぐ傘なんて必要なくなるから」

――どういう意味だろうか？

湊斗がそう思った瞬間――会話をしている間も、ずっと玲奈の左肩に乗っていた例の女の顔が、いきなり激しく歪《ゆが》んだ。

驚き声が出そうになるのを、湊斗はかろうじて抑え込む。

玲奈に憑《つ》いた女の霊はみるみる悶《もだ》え苦しみ始め、そして最初に視たときと同じように空に向かって腕を突き伸ばす。

『あぁ、ああああああああっ!!』

湊斗にだけ聞こえるその断末魔の声を耳にした次の瞬間、なみなみと水の入った盥《たらい》をひっくり返したような、ザッパーンという激しい水音が辺りに響いた。

湊斗の目の前で、水垢離《みずごり》でもしたかのように玲奈の全身が水浸しになっていた。

外では激しい雨が降り続いているものの、湊斗と玲奈が立っているのは玄関口の中だ。にもかかわらず、コンクリートの床の上に玲奈を中心とした水たまりが広がっていく。

玲奈の前髪から水が滴っていた。裏サイトに書かれていたように突然に湧いた水は真水ではなく、玲奈の長い髪にはところどころに藻のようなものがついている。レザージャケットの裾《すそ》からはボタボタと糸のようになって水が垂れ、白かったロングスカートは文字通り濡れ鼠の色となっていた。

「……ほらね。傘なんて不要になったでしょ」

湊斗に向けて、玲奈がなんとも苦い笑みを浮かべた。

かける言葉が見つからずに立ち尽くす湊斗の前で、玲奈が踵を廻《めぐ》らせた。

そのまま「それじゃ」と玲奈はひと言だけ口にすると、ずぶ濡れになった姿を誤魔化すかのように土砂ぶりの雨の中へと飛び出した。

傘を差して校内を歩いている学生たちの合間を、傘も差さずに玲奈が駆け抜けていく。中には走ってくるのが高原玲奈と気がついて、逃げるように道を空ける学生もいた。

激しい雨で霞《かす》んだ視界の向こうへ玲奈の姿が消えてから、湊斗はいまさら気がつく。

「……この傘の礼、ちゃんと言わないとだよな」

呆気《あっけ》にとられて「ありがとう」すら言えていなかった自分が、少しだけ恥ずかしい。

湊斗は借りた傘をまじまじと見る。ふと目に入ったのは、傘を持つ手に着けた時計だった。今の時刻は一三時四五分――思い返せば、一昨日《おととい》の講義のときに玲奈に憑いた霊が悶え始めたのも、確かこれぐらいの時間のはずだった。

6

その夜、湊斗は玲奈の夢を見た。

場所は昼間の教室だった。休講が決まって早々と学生たちは出ていったのか、教室には一番前の席に座る玲奈と、一番後ろの席に座る湊斗の二人だけしかいなかった。

二人きりの教室の中で、玲奈がすっと席から立ち上がった。

そしてカツカツと靴音を響かせて湊斗の目の前にまでやってくると、

「ねぇ、私の身体のことを知りたくない？」

と、いつものキツイ印象からはとても想像のできない小悪魔的な微笑みを浮かべた。

思わずドキリとしてしまう内心を隠し、湊斗が「……いきなり、なんだよ」と答えると玲奈がクスクスと笑った。

湊斗のことをからかっているかのような玲奈の言動に湊斗は少し苛立《いらだ》つも、玲奈は湊斗の渋面などまるで気にせず勝手に真隣の席に座る。

玲奈は長机の上で両肘《りょうひじ》を突くと組んだ手の甲の上に自分の顎《あご》を乗せ、艶然《えんぜん》とした笑みを浮かべたまま湊斗へと流し目を向けてきた。

「神隠しに遭ってしまった私の身体には〝本物の神隠し〟が焼き付いてしまっているの」

「……えっ？」

「一〇年の歳月をたった一日で過ごしてしまったことで、私の身体には現実の法則と異界の法則が共存してしまったの。そのために本来ならささいな干渉を起こすのがやっとの死者の想念が、私の身体を介することで強烈な霊障となって現世に具現化してしまう。神隠しの後遺症で、私の身体は異界との繫《つな》がりが強くなり過ぎているのよ」

あぁ、それでか——と、湊斗は胸の中で独りごちた。

玲奈に憑いた女の霊が起こした、何もない空間から人をびしょ濡れにするほどの水を生む強力無比な霊障——本当にあそこまでの激しい物理現象が起きる霊障なんてありえるのかと、見えないモノを視てなお疑念が払拭《ふっしょく》しきれなかった湊斗だが、今ようやく得心した。

あの霊障の激しさには、神隠しによって変化した玲奈の体質が影響していたわけだ。

自然とうなずいた湊斗の様子を目にし、玲奈が「うふふ」と小さく笑う。さらには舌なめずりでもするかのように、玲奈のピンクの舌がチロリと出て自らの唇を舐《な》めた。

……湊斗はまだ玲奈と二回しか会話をしたことがない。おまけにそのうちの一回は、一方的に文句を言われただけだ。だからそんな関係で何がわかるのかとも我ながら思うが、それでも目の前にいるこの玲奈は湊斗の中にある玲奈のイメージとあまりにかけ離れていて、猛烈な違和感に襲われていた。

——そして。

「ねぇ、あなたには死者が視えているのでしょ？」

そう言われた瞬間、湊斗はこれが夢だとやっとわかった。

玲奈が湊斗の霊感のことを知っているわけがない。そもそも奥津《おきつ》湊斗という個人が、玲奈の中で認識されているかすら怪しいと思っている。

湊斗を湊斗とすら知らないのに、どうして湊斗に死者が視えているとわかるのか。

だから、これは夢だ。

夢と気がついた今は、ただの明晰夢《めいせきむ》だ。

夢の中であれば玲奈の雰囲気が違うのは納得だし、別に隠したり誤魔化したりする必要だってない。

「あぁ、視えているよ。でも死者が視えるから、それが何だっていうんだ」

現実では誰に向けても吐けないだろう強気の台詞《せりふ》を、夢と悟った湊斗が口にした。

湊斗の言葉に玲奈が僅《わず》かに目を瞠《みは》るも、すぐに再び目尻《めじり》を垂らし、まるで強がりを見抜いて小馬鹿にするように微笑む。

「そんなの決まってるじゃない。死者が視えているのなら、私を助けて欲しいの」

「助ける？　俺が、君を？」

「そうよ。あなたのその力でもって、私の身体を通して煩わしい霊障を発露させている霊を取り除いて欲しいの」

憑いた霊を取り除く――つまり除霊というやつだ。

目の前にいるこの玲奈の望みを理解した湊斗だが、しかし自嘲《じちょう》するように鼻で笑ってから大きく首を横へと振った。

「悪いけど、それは相談する相手を間違えている。除霊とか浄霊とか、そんな霊を祓《はら》うような力なんて俺にはない。俺にできるのは、せいぜい霊の姿を視てどんな霊なのか推測するぐらいだ。除霊をしてもらいたいのなら俺なんかじゃなくて、どこぞのちゃんとした霊能者の夢の中に出るべきだな」

というか、霊を除いたり祓ったりする芸当ができれば、湊斗はこんな日陰に寄った日々をそもそも送っていない。身の回りで霊に憑かれた人がいても何も対処できないから、湊斗はなるべく人とも関わらないようにしているのだ。

だが玲奈は、そんなことはわかっているとばかりに、いっそう口元を微笑ませた。

「いいえ、とぼけたって無駄よ。あなたの力は死者が視えるだけじゃないでしょ？」

「嘘なんてついてない。本当に霊を除けるような力は俺にはないんだ」

「そうね……確かにあなたには霊を除くことも祓うこともできない。でも死者が視えるだけじゃないわよね？　あなたには死者が死んだその瞬間を、自分の身で体感することのできる力がある」

――これは夢だ。

夢なわけだから、湊斗しか知らないことを玲奈が知っていても不思議はない。

だけれども〝死人の夢〟――その湊斗にしか備わっていない、たぶん唯一無二であろう特異体質のことを指摘され、湊斗の呼吸が停止する。

まばたきさえも止まった湊斗の頬を、すっと伸びてきた玲奈の手が優しく撫《な》でた。

「私の身体には〝本物の神隠し〟が焼き付いてしまっている。そして神隠しに遭いやすい体質なんて言葉があるように、神隠しは神隠しを引き寄せてしまうの。

それは夜道に一本だけ立った街路灯が辺りの羽虫を集めるかのごとく、〝本物の神隠し〟と行き遭ってしまった私の身体は、同じく神隠しに遭った者たちの霊を呼び寄せる。そして神隠しに惹《ひ》かれて私の身体に憑依《ひょうい》した霊は、おそらく霊能者と呼ばれる連中であっても剝《は》がせない。なぜならば普通の憑依ではないから、神隠し同士が引き合ってしまった結果で憑いているのだから」

湊斗の頬を撫でる玲奈の手は冷たかった。触られた感触こそまるで絹のようなのだが、それでも死人の手ではないかと疑いたくなるほどに冷たかった。

「でもね、私が行き遭ったような〝本物の神隠し〟なんてまず他にはない。そもそもこの世の怪異はたいてい偽物だもの。だから私の身体に群がってくる神隠しに遭った霊たちも、そのほとんどが〝偽りの神隠し〟と遭遇したに過ぎない」

「〝偽りの神隠し〟？」

死者のような手に撫でられながら、湊斗がふと疑問に感じた語を口にした。

「そうよ。虚偽で、欺瞞《ぎまん》で、ときには生者が縋《すが》りついて固執する、決して本物なんかではない紛《まが》い物《もの》の神隠し。例えば雪の積もった冬山で、あるいは嵐で荒れた海辺で、ときにはビルに囲まれ人目のつかない都心の片隅で、忽然《こつぜん》と人が消息を絶ってしまったきりそのまま何年にも亘《わた》って帰って来なければ、遺《のこ》された人たちは消えた者のことをどう思う？」

「まぁ……事故に遭ったか、事件に巻き込まれたんじゃないかって、考えるだろうな」

「えぇ、普通はそう思うわ」

普通という部分を強調して口にしながら、玲奈が湊斗の頬から手を離した。

「でもね、人はときに普通の思考を拒否することがある。遭難した雪山で消えた息子の死体が発見されなければ、きっとどこかでまだ生きていると母親は信じる。高波に攫《さら》われた父親の死体が打ち上がらなければ、きっと遠くに泳ぎ着いていると娘は願う。それが人の心の機微というものであり、遺された人の想いの寄る辺こそ――神隠しなのよ。

人が消えたまま死体が見つからないというのは残酷だわ。あの人はここではないどこかでまだ生きている。あの子はどこか遠くの場所できっと幸せになっている。ときにこんな妄想からいつまでも解放されなくなる。死んだ証明となる死体がなければ、この世に遺された者たちは神隠しの可能性を完全には否定しきれない。普通に考えればどう考えてもまず死んでいるだろうに、それでもどこかの異郷で生きているという希望を捨てきれなくなってしまう」

「つまり〝偽りの神隠し〟っていうのは、何らかの理由で亡くなったのに死体が発見されていない、神隠しとも解釈できる行方不明事件のことを言っているのか？」

的を射たらしい湊斗のひと言に、玲奈がいっそう口角を上げて微笑む。

「その通りよ。だからこそ、あなたにしか頼めないの。私の身体に焼き付いた〝本物の神隠し〟は神隠しを引き寄せる。それは〝偽りの神隠し〟であっても同じこと。今のままなら、集まってきた〝偽りの神隠し〟によっていずれ私の身体は押し潰《つぶ》されてしまうわ。でもあなたであれば真相を暴ける。どこで眠っているかもわからない行方不明者の死体を見つけて〝偽りの神隠し〟をただの事故や事件へと貶《おとし》めることができる」

「……どういうことだ？」

「簡単な話よ――私のために〝死人の夢〟を見てくれたらいいだけのこと」

瞬間、湊斗の背筋をゾワゾワした怖気《おぞけ》が駆け抜けた。

湊斗にとって〝死人の夢〟を見ることがどれほどおぞましいことか、他人の死の瞬間を味わうことでどれほど正気を削られるか、玲奈は――この女は、ちゃんとわかって言っているのだろうか。

――わかっているのだろう。

こちらの心の内を見透かしたようなその目の色を見れば、湊斗が苦しむことをわかった上で言っていることは、一目瞭然《いちもくりょうぜん》だった。

「〝偽りの神隠し〟に遭ったままの霊たちの夢を見て、その末期の光景から死体の在処《ありか》を見つけてほしいの。死体が見つかれば、その瞬間に神隠しは神隠しでなくなる。私の身体に纏《まと》わり付いてくる霊どもは、自然と離れていく」

「なんで俺が……他人のために〝死人の夢〟を見なくちゃいけないんだよ」

ともすれば激昂《げきこう》しそうになるのを堪《こら》え、湊斗が吐き捨てた。

だが今にも怒り出しそうな湊斗を前に、玲奈は少しだけわざとらしく目を丸くした。

「あら、そんなわかりきったことも気がつかないの？」

「……わかりきったこと、だって？」

「そうよ――だってあなた、私のことをもう好きになりかけているでしょ」

そのひと言を最後に、湊斗は目を覚ました。


目を覚ましたとき、湊斗は見たばかりの夢の生々しさに打ちひしがれ、日の光が隙間から差すカーテンを開けるのも忘れてしばしベッドの上でぼーっとしてしまった。

――なんだったんだ、今の夢は。

夢は湊斗にとって特別だ。何しろ湊斗は〝死人の夢〟を見る。無念を抱えた霊にとってはおそらく最も鮮烈に残っているだろう死の間際を、湊斗は夢を通すことで自らの体験として味わうことになるのだから。

現実と変わらない濃密な感覚と情報量を湊斗に与えてくる――〝死人の夢〟。

だが今見た玲奈の夢は、その〝死人の夢〟と同等以上の生々しさがあった。

自分の頬に触れた、心地よくも異常に冷たい玲奈の指の感覚。玲奈の顔が近づいてきたときに鼻先に感じた吐息、そして微《かす》かに鼻腔《びこう》をくすぐった玲奈の髪の香り。どれもこれも頭の中で反芻《はんすう》できそうなほどに、湊斗ははっきり覚えていた。

だがどれほどリアルであっても、夢なことには違いがない。

何しろ夢の中の玲奈は、霊が視える湊斗の体質のことを知っていた。あまつさえ誰も知るはずのない〝死人の夢〟のことさえもわかっていた。

おまけに玲奈に対する強烈な違和感。まだ知り合いの域にも到達していないが、それでも夢の中の玲奈を「あれは違う」と湊斗は思っていた。

湊斗から見た高原玲奈の印象は、ひと言で示せば〝苛烈《かれつ》〟だ。

方向性は違っているが、強烈な霊障に見舞われる玲奈もまた霊感と呼ぶに足る能力を有しているのだと湊斗は思っている。たまに羨《うらや》ましがる者もいるようだが、しかし湊斗にとって霊感というのはハンデだ。普通の人なら何ごともなく過ごせる日々を、霊感があるだけでこの世の者ではないモノたちに煩わされ、悩まされることになってしまう。

それなのに、死者によって被らされる迷惑を誰も理解はしてくれない。むしろ口にすれば、それだけでおかしい人を見る目で冷たくあしらわれる。

だからこそ湊斗は目立つことのないよう、誰にも自分の異端を悟られることのないように、教室の片隅でひっそり一人で過ごしている。

——それなのに。

玲奈は自身の身に起きる怪異を、微塵《みじん》も隠そうとしない。憑《つ》いた霊の引き起こす霊障なんて意にも介さないとばかりに人前に出て、教室中の誰からも気味悪がられて避けられているのに眉《まゆ》一つ動かさず涼しい顔をしている。むしろそんな玲奈の正面に立てば、今にも喰《く》ってかからんばかりの勢いで嚙《か》みつかれそうになる。

こんな玲奈を〝苛烈〟と称さなければなんと称そう。――あるいは〝孤高〟。

怯《おび》えて誰とも接しようとしない湊斗の一人ぼっちが孤独であれば、霊障を隠すことなく堂々と胸を張って人を寄せ付けない玲奈は孤高だった。

そんな毅《き》然《ぜん》とした玲奈が、媚《こ》びを売るようなあんな表情や仕草をするわけがない。

だからこそ、さっきのは夢なのだ。

――だってあなた、私のことをもう好きになりかけているでしょ。

夢の終わりに告げられた玲奈からの言葉も思い出すが、それも含めて夢だ。

断じてあれは、ただの夢に決まっている。

だから――もう忘れよう。

ぐだぐだながらも思考を整理したことで、ようやく気持ちの落ち着いてきた湊斗はベッドから這《は》い出て立ち上がる。

着替えるべく部屋の隅のチェストに向かおうとして、枕元にバックパックと一緒に置いておいた物を目にし「……あぁ」と自然に声がもれた。

「……そうか、こんなものを置いたからかもな」

それは玲奈から借りた、赤い折り畳み傘だった。

返しそびれないようにと寝る前に枕元に置いておいたのだが、そのせいできっとあんな夢を見たのだろう。

――だってあなた、私のことをもう好きになりかけているでしょ。

再び玲奈の声が内耳の奥から聞こえたところで、湊斗は熱を持ちかけた頬をパンとはたいて気持ちを切り替える。

今日は一限がなくて本当に良かったと、湊斗は切に思った。

7

玲奈の傘をバックパックにしまったままキャンパスに通うこと数日。

あれから玲奈と講義がかち合うことはなかった。

まあ、いざ一人の人間を捜そうとしても簡単には見つからないのがキャンパスだ。何しろ学生だけでも一〇〇〇〇人からいる。ましてや今は前期で受ける講義を決める履修選択の時期だ。試しであちこちの講義を受ける学生は多く、加えて四月のこの時期は新入生もいて、普段以上にキャンパス内は人でひしめき合っている。

特に校舎が建ち並んだ表側の通りの人の多さに湊斗はげんなりし、とても玲奈を捜そうなんて気力も湧かなかったのだが――今日は違う。

今日は初めて玲奈を見かけてから、ちょうど一週間。つまり比較文化人類学の講義がある日だ。まだ履修登録の確定前だが、一度受けたのだから履修候補なわけで、玲奈が受講する可能性は高いだろうと思っていた。

とはいえ湊斗としては、前回のように最前列に近い席に座るのは御免《ごめん》だった。だから前の授業が終わらぬうちから入り口で待ち構え、昼休みになるなりいの一番で大教室へと入った。その甲斐《かい》あって、今日の湊斗は最後列の窓際の席を確保している。

講義が始まるまでまだ一時間近くあるが、それはまあ気持ちの安らぎを得るためのやむをえないコストと湊斗は割り切っていた。

昼休み前に購買で買っておいたパンを囓《かじ》っていると、ちらほらと学生たちが集まってきて、みるみる湊斗の周りの席も埋まっていく。三限開始の一〇分前ともなればもうほとんど空席はなく、かろうじて教卓の前付近だけがぽっかりと空いていた。

それは講義開始前のギリギリの時間でこの大教室に入った先週と同じ状況で、湊斗はあのときの背中に刺さる視線の不快さを思い出し嫌な気持ちになっていたら——大教室中にひしめいていた学生たちによる喧騒《けんそう》が急に静かになった。

それだけで何が起きたのかを察し、湊斗はドアの方へと目を向ける。

大教室の後ろのドアの前——案の定、そこに玲奈が立っていた。

多くの学生が口を噤《つぐ》み、玲奈を睨《ね》めつけている。休講になったドイツ語の講義のときは玲奈を凝視する学生などいなかったが、人が多いと気も大きくなるのだろう。侮蔑《ぶべつ》と嫌悪と奇異がぐちゃぐちゃに入り交じった無数の目線が、遠慮会釈なく玲奈の身に注がれていた。

だが玲奈も負けじと一番高い後部側から、教室の中の学生たちをしばし睥睨《へいげい》した。それから無言で、刺すような視線を一身に受けつつも玲奈は教室の真ん中を歩き始める。向かうは教壇側。玲奈は迷うことなく階段状の通路を下りきると、教授が立つ教卓に一番近い、そしてこの教室内でも一番目立つ席へと座った。

まったくの前回の再現で、教壇周りの学生たちが傍らに置いていた荷物を手に慌てて玲奈から離れる。

怖《お》じない、恥じない、怯《ひる》まない――自分を厭《いと》う学生たちの視線や態度など気にもせずに、玲奈はやはり自分の座りたい、もっとも講義を聴きやすい席に座っているのだろう。

湊斗は机の下に置いたカバンに手を入れ、玲奈から借りた傘を握る。

玲奈が教室に入ってきたとき、湊斗はじっと玲奈の顔を見据えてみた。でも玲奈は湊斗になんて目もくれなかった。あの様子では気まぐれに傘を貸した相手の顔なんて、覚えていないだろう。本当にこの傘を返したほうがいいのか、湊斗は躊躇《ちゅうちょ》しそうになってしまう。

いくらか声を潜めながらもあちこちで玲奈の陰口が再開されている中、教壇側のドアが開いて初老の男性が入ってきた。

前回の講義のときにも顔を見た、比較文化人類学の担当の駒津教授だ。

だが今日は教授の後ろに連れだって、もう一人入ってくる。制服姿のその女性は、急に休講になった先週のドイツ語の講義で、補講はあるのかという質問を玲奈から受けたが答えられずに目を吊《つ》り上げていた、あの事務局の女性だった。

事務局の女性が最前席に座る玲奈の姿を見つけるなり、不敵な笑みを浮かべたのが遠目で眺めていた湊斗にもわかった。

女性は駒津教授とアイコンタクトをとると、手にしていたパイプ椅子を教室の通路で広げる。そして玲奈のすぐ隣、肩がぶつかりそうなほどの距離で座った。

いきなりのことに玲奈が目を白黒させ、隣の女性職員に怪訝《けげん》な顔を向ける。

教壇に立った駒津教授が、驚いている玲奈に向かって告げた。

「事務局から相談がありまして、今日の講義に彼女が同席することを許可しています」

「……どういうことでしょう？」

まるで意味のわからない話に、玲奈が駒津教授へと問い返した。

「前にも言いましたが、君が水浸しになる原因が本物の怪異だという話を私は頭から否定しません。というよりも、怪異が本当にあるかどうかを議論する気は毛頭ありません。君が故意か故意じゃないかはさておいて、しかし講義中にいきなり水浸しとなることで、迷惑を感じている学生や落ち着いて講義を受けられず腹を立てている学生がいるのは確かです――そのことは理解できますね？」

静かではあるが有無を言わせない力がこもった駒津教授の正論に、玲奈は少しだけ悔しそうにしながらも「……はい」と大人しくうなずく。

「実際に他の教授からも君の件は事務局にクレームが入っているそうで、事務局としては講義中の君の素行や行動に問題がないか確認するために同席がしたいと、私に申し入れがありました。事務局の懸念はもっともなことですので、私もそれを許可したという次第です」

玲奈は何も言わない。というよりも言い返せないのだろう。すぐ隣で丸眼鏡のブリッジを押し上げてふんぞり返った女性職員から顔を背けながら、下唇を噛んでいた。

「それでは、本日の講義を始めましょう」

と、駒津教授の比較文化人類学の講義が始まった。

とはいえまだ履修のためのお試し期間ということで、前回の続きというか前回の復習のような感じだった。比較という言葉が冠に付く前の、文化人類学とは何かの概略。最初に事務局の立ち会いの件で時間を割いたこともあって、壁掛けのホワイトボードの上にかかった時計はまもなく一三時四五分になろうとしていた。

正直なところ、湊斗は時間が気になって仕方がなかった。

裏サイトには玲奈が水浸しになるのは午後の授業だと書かれていた。一週間前に初めて玲奈が水浸しになったのを見た比較文化人類学の講義も三限目だ。

湊斗はもう予想がついている。身体が水浸しになる玲奈の霊障が発露するのは、いつも決まった時刻であり、それがきっと一三時四五分。

それは玲奈から傘を借りたときに目にした腕時計の時刻で、自分でもその時間帯だと認識しているからこそ玲奈は湊斗に傘を貸したに違いない。

そして案の定、一三時四五分を迎えるなり、玲奈に憑《つ》いた女の霊が悶《もだ》え始めた。過去二回視たのと同じく、天に腕を突き上げて宙を掻《か》き始める。

女の霊が蠢《うごめ》き始めるとほぼ同時に玲奈は自分の肩を縮めて、

——ザッパーン！

駒津教授の声すらかき消すほどの、固い床に液体が叩《たた》きつけられる激しい音が響いた。

直後に大教室内が静寂に包まれる。すると今度はボタボタ、ピチョンピチョンと玲奈の身体の各所から床に滴る水音だけが聞こえてきた。

講義用のピンマイクをつけたまま、駒津教授が大きなため息を吐いた。

「あらかじめ言いましたよね、君のその行為は他の学生の迷惑になると」

「ですが、これは私の意思ではどうにもなりません」

その玲奈の声に反論したのは、すぐ隣のパイプ椅子に座った事務局の女性だった。

「そんなことあるわけないでしょ。人間はいきなり水浸しになったりはしません。もしも本当にそう主張するのなら、小学校からやり直したほうがいいと思いますよ」

「ではすぐ隣でじっと見ていたあなたには、私が水浸しになるこの現象の原因もわかったわけですよね？」

売り言葉に買い言葉——玲奈が事務局の女性に食ってかかり、例のあの目でギロリと睨《にら》まれた女性は「……それは」と口ごもった。

「そうですよね、わかるわけないですよね！　だって私自身にもわからないんですからっ!!」

玲奈がヒステリックに叫ぶ。

今にも荒れそうなこの状況を収拾させたのは、駒津教授だった。

「二人とも言い過ぎです。少し落ち着きなさい」

そう言われて、立ち上がって怒鳴り返しかけていた事務局の女性が腰を落とした。

「それで——高原君、私はこうも言ったはずですよ。怪異が本当にあるかどうかを議論する気はない、とね。私には君が水浸しになる怪異の真偽など、どうでもいい。問題なのは君が今ここにいることで、迷惑を被っている学生がいることです」

途端に玲奈の表情が固まった。どこか狂犬めいた雰囲気すら有している玲奈が、奥歯を噛《か》んで言い返したいのを堪《こら》えている。

「出ていってください、高原君。君は講義を受けたい他の学生の邪魔になります」

淡々とした駒津教授の物言いに、いても立ってもいられない様子で玲奈が立ち上がる。

「待ってください！　濡《ぬ》れた服ならば、すぐ着替えて戻ってきます。私はこの講義が受けたいんです。講義を受けたい学生を拒否するのは横暴です。私には学生として、教授の講義を受ける権利があります」

必死になって駒津教授に反論する玲奈だが、事務局の女性がしたり顔で水を差す。

「いいえ、事務局は駒津教授の主張を正当と認めます。今日は事前に教授からの注意があったにもかかわらず、汚水を教室内にまき散らしました。これは高原さんが講義中に何度も迷惑行為を繰り返している証拠だと判断し、事務局として訓告処分を言い渡します！」

おそらくは、これを言うために講義に同席していたのだろう。ずぶ濡れとなった玲奈を前に、言い逃れはできないとばかりに事務局の女性が高らかに主張した。

目を吊り上げて言い返そうとする玲奈だが、その言葉を制したのは駒津教授だった。

「高原君、君の学びたいという姿勢は理解しました。でも君によって今も講義は止まっていて、そして事務局としてもそれを問題視し訓告にすると主張しています。

——残念ながら、今日のところは退席をしてもらえますか？」

一拍の沈黙が訪れ、それから怒りを主張していた肩を、玲奈がすとんと落とした。机の下に置いてあったトートバッグを投げやりな動作で雑に手にすると、完全に力のなくなった肩へとひっかける。

「……わかりました。それでは今日は退席します」

駒津教授に向かって小さく頭を下げ、玲奈が階段状の教室の通路をゆっくりと上り始める。濡れた玲奈の身体からは飛沫《しぶき》が散り、通路際に座っていた学生たちは一様に汚いものを避けるように玲奈から距離をとった。

最後に後部のドアを開けて玲奈が出ていって、戻ってきたドアがバタンと音を立てると、それを引き金に教室内がいっきにざわめき始めた。

「めちゃめちゃ、ざまぁって感じだよね！」

「ほんと、ほんと。わたしちょっとすっきりした！」

湊斗の前の席に座った女子二人が、ケラケラ笑いながらそんな会話を交わす。

他も似たり寄ったりだ。湊斗以外の、この教室にいる全ての学生が笑っていた。

「静かになさい！　私はあなたがたにおしゃべりをさせるために、高原君を退席させたわけではありません！」

騒がしくなった学生たちを駒津教授が黙らせようとするが、教室内はちょっとした興奮状態に包まれていて、まったく静まる気配がなかった。

——何が、そんなにおもしろいのだろう。

玲奈はただ真面目に講義を受けようとしていただけだ。さっきの茶番は、一人の真面目な学生が濡《ぬ》れ衣《ぎぬ》を着せられて講義から追い出されただけに過ぎない。

——そんなものが、こいつらはおもしろいのだろうか？

確かに講義中に突然ずぶ濡れになるなどたちの悪い悪戯《いたずら》だと、講義妨害だと普通は思うだろう。だが玲奈はちゃんと主張をしている。その現象は本物の怪異なのだと、自分でも制御ができないのだと、そうしっかり言っていたはずだ。

玲奈の言葉に嘘偽りはない。

湊斗の目から見ても、玲奈は本当のことしか言っていない。

なのに誰もそれを信じない。

　ここには玲奈の味方など一人もおらず——だからこそ、もし仮に玲奈の味方になれる者がいたとすれば、それは湊斗だけだ。

　湊斗だけが、霊障を引き起こす玲奈に憑いた女の霊が視えている。

　湊斗だけが、霊によって理不尽に与えられる玲奈の苦悩を理解できる。

　学生たちの煩わしい笑い声が、鼻についた。

　本当のことを知らず、事実を知ろうという気もなく、笑っている連中に吐き気がした。

　玲奈への嘲笑《ちょうしょう》は収まらない。どいつもこいつも、教室内に玲奈がいないのをいいことに「いい気味だ、いい気味だ」と口にし続けている。

　——だから。

「おまえら全員うるさいんだよっ！　見えなければ何も信じられない連中が、彼女を笑ってんじゃねぇよっ!!」

　駒津教授の声ではまるで収まらなかった教室内が、即座にしーんと静まり返る。

　三〇〇人からいる学生の誰もが驚きの表情で振り向いている光景を目にし、湊斗はようやく今の一喝が自分の声だったことを理解した。

　——どうして俺が叫んでるんだよ、と。

　——なんで俺が怒っているんだよ、と。

　湊斗は目立たぬことを信条としているはずなのに、しかし教室内の注目を一身に浴びているこの状況に、いつのまにか立ち上がっていた足が竦《すく》んでいた。

丸く見開かれた無数の目と目と目が、ただじーっとこっちを見ている様を前にして、湊斗の頭の中が真っ白くなる。

うわぁと叫びたくなる衝動を抑え、湊斗は自分の机の上のテキストをバッグに放り込むと、そのまま脱兎《だっと》の勢いで教室の外へと飛び出した。

湊斗は呼吸をするのも忘れて廊下をひた走り、突き当たりにまで辿《たど》り着いたところで足がもつれて無様に転んだ。慌てて振り向いて、誰も追いかけてきていないことを確認すると、湊斗は壁に背をもたれさせながらその場に座り込む。

玲奈は――いつもあんな視線の中に身を置いているのか？

見えなければ何も信じられない連中が――なんて迂闊《うかつ》なことを口走ったときの連中の目は、異物を見る目だった。いきなりのことで驚いていたこともあるのだろうが、それでも理解のできないものを気持ち悪いと感じて拒絶する目だった。

「……やっぱり、俺には無理だよ」

自然と声が出た。たった一度あんな目を向けられただけで、湊斗は声すら失って逃げ出した。だからどんな視線に晒《さら》されても胸を張り続ける玲奈の真似はとても自分にはできないと、そう感じた。

真横に頽《くずお》れそうになった身体を、湊斗は床に手を突いて支える。

と、ふと手に冷たさを感じて気がついた。

湊斗が座ったすぐ近くの床に、小さな水たまりがあった。その水たまりは突き当たって曲がった廊下のさらにその先にある、校舎の出口に向かって点々と続いている。今日の天気は雨じゃない。これはきっとびしょ濡れになった玲奈の身体から滴った、水の跡だろう。

――玲奈と、話をしてみたい。

ふと湧き上がったその感覚が、湊斗の中で瞬く間に大きく膨れ上がっていく。

どれほどの非道《ひど》い陰口を叩《たた》かれようが、悪意と敵意が混じった目線を向けられようと、まったく揺るがず怯《ひる》まずに玲奈は教室内を堂々と闊歩《かっぽ》している。

認めよう――自分と違って他人に臆《おく》さず、引け目も感じず、胸を張り続ける玲奈に、湊斗は強く憧《あこが》れていた。

まだ力の入らない足で、湊斗は無理やり立ち上がる。そして床に滴った水がまだ乾いていないのを確認すると、その跡を追って歩き出した。

8

校舎を出てからも、水滴の跡は点々と続いていた。表通り側から校舎の裏へと続き、そのままキャンパスの出口にまで繋《つな》がっている。

出口とはいえそれは最寄り駅のある正門側ではなく、利用する者のほとんどいない北門の方だ。北門側は正門側と違って店もなければ民家すらもなく、ただ小山が聳《そび》えているだけだ。玲奈の水跡は、その小山の中に入る舗装道路の上へと続いていた。

なんでこんな何もないほうに——と、不審に思いながらも湊斗は玲奈の後を追う。

少し歩いただけで、辺りは薄暗くなった。何しろ小山の中を突き抜けていく道だ、左右は鬱蒼《うっそう》とした森に挟まれている。おまけに自動車がすれ違うには減速が必要なほどの狭さの道幅で、そんな悪路のためか人通りはまるでない。このすぐ近くに一〇〇〇〇人を超す学生が在籍するキャンパスがあるのが信じられないほど、静かでもあった。

スマホの地図を見れば、この小山を抜けてもその先にあるのは住宅ばかりだ。それなのに濡れたままの格好で、玲奈はどこへ向かおうというのか。

疑問に思いながらも湊斗が追い続けていると、ちょうど上り坂が終わったところで点々と繋がっていた水跡が途切れた。

この先は小山の先に抜ける舗装された下り坂。でも——よくよく見れば湊斗の左手側には、土の地面に丸太を埋めて階段にした上り道があった。見上げてみれば上の方に木でできた鳥居がある。たぶんこの先は神社なのだろう。

アスファルトの上なら黒く残る水滴も、土の地面に落ちれば染みてわからなくなる。だからこそ玲奈が向かったのはこっちだと、湊斗が丸太の階段を上っていくと、

「なんでよっ!!」

山の木々が揺れそうなほどの喚《わめ》き声が、辺り一帯に木霊《こだま》した。

驚いた湊斗は、最後の数段を足音を忍ばせて上ると鳥居の陰に身を潜めた。身を隠し

たままこっそり鳥居の向こう側に目を向ければ、そこにいたのはやはり玲奈だった。

おそらくここは小山の頂上だ。森を少し切り開いた境内に、古く小さな社が佇《たたず》んでいる。その社の格子戸の前に、こちらに背を向けて玲奈が立っていた。

「どうして私だけが、こんな目にあわなくちゃいけないのよっ！」

濡《ぬ》れそぼっている髪を振り乱し、再びの大声で玲奈が天に向かって吠《ほ》える。あまりの大声に近くの梢《こずえ》から、山鳩が数羽ほど飛び立った。

「私、何もしてないじゃない！　何一つ悪いことしていないでしょ！　なのになんでこうなるのよ、自分でなんとかできるならとっくにやってるわよっ！」

空気とともに肺腑《はいふ》から想いの丈を吐ききった玲奈が、肩ではぁはぁと息をする。

ほんの少しだけ静かになったと思った瞬間、いまだに滴が垂れているシャツの袖《そで》でもって、玲奈が何度も何度も自分の顔を拭《ぬぐ》い始めた。

どんな噂を囁《ささや》かれようがまるで鉄面皮を崩さなかったあの玲奈が、泣いていた。

本当なら誰の耳にも届かず消えて行く山の中へと弱音を喚き散らしてから、まるでただの少女のように声を殺して涙をこぼしていたのだ。

鳥居に背を預けていた湊斗が、思わず「――あぁ」と呻《うめ》いた。

玲奈は自分と違って孤高で気高い女王なんだと、湊斗は勝手に思っていた。

でも、何を勘違いしていたのか――陰口をたたかれ、悪口をささやかれて、それで傷つかない人間なんているわけがない。

当たり前ながら、玲奈も苦しんでいたのだ。

ただほんの少しだけ、玲奈は湊斗よりも心が強かっただけだ。心が強いから、だから負けてたまるかと、虚勢を張って誰の前でも威風堂々と歩いていただけのことだ。

でも本当は、忌避と奇異の視線と噂が充満した学内を歩くたびに、心の傷を増やし続けていたに違いない。玲奈は気丈に、ただそれを隠していただけのことなのだ。

誰も寄りつく者のいないこの社は、きっと玲奈の秘密の場所なのだろう。キャンパスからほど近いが人気《ひとけ》がない空白地帯、ゆえに王様の耳はロバの耳とばかりに誰もいない森に向かって、玲奈は人には聞かせられない本音を叫んでいたのだと思う。

ならば湊斗にできることは、何も見なかったことにしてひっそりと去ることだ。

そう思って丸太の階段を下り始めようとしたところで、

「私は、ただ神隠しから帰ってきただけなのに……」

ぼそりと漏らしたその言葉を耳にした途端、去りかけていた湊斗の足が止まった。

――ただ神隠しから帰ってきただけ。

湊斗の手が自然と自分の口を押さえた。

今、湊斗の脳裏によぎっているのは、先日見た玲奈の夢だった。

夢ではあるがとても夢とは思えない、玲奈らしからぬ玲奈が語った生々し過ぎる夢。

湊斗にとって――夢は特別だ。

他人の死を夢で追体験する湊斗にとって、夢は決して夢だけでは終わらない。

夢は古今東西、神託の場でもある。正夢という言葉だってある。

だとしたら――あの夢も、本当のことなのか？

夢の中の玲奈は神隠しが焼き付いた身体が、死体の発見されていない行方不明者の霊、すなわち〝偽りの神隠し〟を引き寄せると言っていた。

それが本当なら、今も玲奈の背中に張り憑《つ》いているあのずぶ濡れの女の霊は、玲奈の身体に引き寄せられた〝偽りの神隠し〟に遭った霊ということじゃないのか？

――でも。

「……わかってるよ」

どうしたらいいのかは、既に夢の中の玲奈が教えてくれている。

――〝死人の夢〟。

他人の死を追体験してしまう湊斗だけのあの特異体質なら、死に様と同時に霊がどこで死んだのかの光景だって見える。

湊斗ならば、玲奈に纏《まと》わりつく〝偽りの神隠し〟を暴けるのだ。

自分の考えの怖さに足の力が抜け、湊斗は自然と鳥居に背を預けてしまう。

他人の死を味わうというのは、本当に辛《つら》いのだ。死への恐怖に、生への絶望、ときに激しい後悔や自身の身が焼かれるような憎悪を味わうこともある。

人の死は、生涯に一度きり。

一度きり味わえば、全てが終わる体験。

できるものならいつか来る自分のときまで、湊斗は〝死〟なんて味わいたくはない。

「神さまでも誰でもいいから、お願いだから……私を助けてよ」

本物の神隠しに遭ったはずの玲奈が、神さまなんぞに懇願していた。

それが単なる玲奈の弱音なことは理解している。玲奈自身、神さまだろうが誰だろうが助けてくれるなんて微塵《みじん》も思ってはいないだろう。

だがそれでも湊斗は玲奈の本音を耳にして——覚悟を決めた。

「あぁ、わかったよっ！」

湊斗が空に向かって叫びながら、隠れていた鳥居の陰から飛び出した。

誰も聞いていないことを前提にこれまで喚いていただろう玲奈が、湊斗の姿を目にするなり一瞬で凍りつく。

だが覚悟を決めた湊斗にはもう関係ない。

ずんずんと境内を歩いて進み、唖然《あぜん》とした玲奈の前へと立った。

「その霊障、俺がなんとかしてみるよ」

理解が追いつかずにぽかんと開いていた玲奈の口が閉じ、ギリッと奥歯を噛《か》む。見られたくないところを盗み見されたと認識したからだろう、普段から鋭い目に込めている険を五割増しにして湊斗を睨《にら》みつけていた。

「あなた、誰？」

「高原さんと同じ大学に通っている、二年の奥津湊斗だ」

「そう……知らないわね、聞いたこともない名前だわ」

「だろうね。高原さんは俺のことなんて認識もしていないと思ってたよ。でも俺は高原さんのことを知っている」

「……あなたも裏サイトにある私への書き込みを読んだ口？　もしくはあちこちで囁かれている噂を聞いたか、あるいはあなた自身が私の流言を吹聴して回っている側とか？」

玲奈が腹立たしげにフンと鼻から息を噴く。

他人と関わりたくない湊斗の性格からして、こんな態度をとられたらすぐにでも回れ右をしたくなる。

でも今の湊斗はもう玲奈の気持ちを知っている。玲奈の弱さも目にしている。

その上で――やっぱり強がっているほうが玲奈らしいなと、そんな思いが湊斗の脳裏をよぎってしまい、口元が勝手にゆるんでしまった。

そんな表情が気に食わなかったのだろう、玲奈の眉間《みけん》にぐっと皺《しわ》が寄る。

「……俺に傘を貸してくれただろ」

「傘？」

「まだ先週のことだけど、やっぱり覚えてないか……自分はこれから濡れるから必要がないって、俺に折り畳み傘を貸してくれただろ」

湊斗に言われて思い出したらしい玲奈が、ほんの少しだけ目を丸くした。

「あぁ、休講のときの……あなた、あのときの人だったのね」

「だからあの傘の礼に、今度は俺が高原さんがずぶ濡れにならないように、なんとかしようかって言っているのさ」

「何を言っているの？　私ですらどうしてああなるかわからないのに、どうして他人のあなたが……って、そもそも私がずぶ濡れになるのは自作自演のたちの悪い悪戯《いたずら》とは疑っていないわけ？」

「そんなの最初から疑ってないし、自分で言っていたようにあれは高原さんのせいでもない。あの現象は今も高原さんの背中に張り憑いている霊が引き起こしている——霊障だよ」

湊斗を睨んでいたはずの玲奈の目が、こぼれ落ちんばかりに見開かれた。

「——霊障、ですって？」

「そう。だから〝死人の夢〟でこれから〝偽りの神隠し〟を暴いて——水浸しになる霊障を起こしているその霊を、高原さんから引き剝《は》がすんだよ」

呆気《あっけ》にとられる玲奈を前に、湊斗はここぞとばかりに宣言した。

9

「つまり奥津君には幽霊が視えていて、私の背中には全身びしょ濡れの女の霊が憑いていると。それでその女の霊が一三時四五分になると苦しみ始めて、その直後に私までも同じようにずぶ濡れになる――と、そう言いたいわけね？」

社の縁側に座った玲奈が、膝《ひざ》の上に肘《ひじ》をつき組んだ両手の上に自分の額を乗せながら、湊斗が語った内容の要約を口にした。

玲奈のすぐ隣、同じく縁側に腰掛けている湊斗からは顔を伏せた玲奈の表情はうかがえない。でも混乱していることは間違いがなかった。

「にわかには……信じ難い話ね」

まあ無理もないだろうと、湊斗自身ですら思う。

霊が視えるというのは、結局のところは湊斗の主観だ。

湊斗には死者の姿が視えているのだが、他の人には視えない。

湊斗は〝死人の夢〟を見るが、他の誰もそんな夢を見ることはない。

湊斗だけにしか視えないからこそ、湊斗にはそれを証明する手立てがない。嘘だと言われたとしても、ただの水掛け論にしかならない。

生まれつき霊が視える体質だった湊斗はそれをよくわかっている。だからこそ中学生になる頃には自分の霊感のことを人に話すのをやめたのだ。わかってもらえないのを理解しているからこそ、なるべく他人と距離をとるようにしてきた。

「ねぇ、奥津君……あなたって、困ってくると随分と冷めた表情をするタイプね。友達とかいないでしょ？」

さっきまで湊斗の話に困惑していた玲奈が、気がつけば湊斗の顔を横から覗《のぞ》き込んでいた。

一瞬、湊斗は何を言われたのかよくわからなかったが、すぐに友達がいないとか玲奈にだけは言われたくないと思いいたって「どの口がっ！」と言い返そうとするも、それより早く玲奈が顎《あご》に手を添えてクスリと笑った。

困り顔でも苦々しいわけでもない、初めて見る玲奈の普通の笑顔に湊斗はふと毒気を抜かれてしまい、喉《のど》まで出かかった言葉をつい呑《の》み込んでしまう。

「まぁ信じられない話だけれども、でもそれは以前の私だったらという前提ね。今は違うわ。――奥津君は、私が何歳なのかを知っている？」

玲奈に気づかれないよう、湊斗が小さく息を呑んだ。

裏サイトの情報が正しければ玲奈は一〇年もの間、神隠しに遭っていた。当たり前ながら、消えていた間の期間が戸籍に反映されるわけがなく。

「その顔は、知っている顔ね。――そう、学内で出回っている噂は本当。私の年齢は二九歳。二十歳前だろう奥津君と違って、気がついたら三十路《みそじ》手前になってたの」

玲奈がどうにも困ったように苦笑する。その顔つきや肌の質は、どう見たって湊斗よりも一〇歳も上には見えない。気がついたら、というその言葉は時の早さを表現した比喩《ひゆ》ではなく、そのままの意味の言葉なのだろう。

「私には、消えていた間の一〇年間の記憶がない。というよりも、いつ消えたのかもはっきり覚えていない。消える前後の記憶がとてもあやふやなの。聞いた話によれば、私の服装は消えた日のものと同じで、外見もまるっきり変わっていない。家を出る前にとった写真から、髪は一ミリだって伸びていなかった。医者が言うには、見つかったときの私の胃の中には消えた日の朝に食べたものがまだ消化されずに残っていたらしいの。

だから奥津君が言う、私の身体には〝本物の神隠し〟が焼き付いているという話は、認めたくないけど理解できるの。私の全ては神隠しを境に変わってしまった。神隠しに遭ってからの私という存在は、神隠しから戻ってきた事実を抜きにはいっさい説明ができなくなってしまった。悔しいし腹立たしいけれども、どんなに抗《あらが》ってもそれは間違いないの。むしろ私の身体はなんとかこの世に帰ってこれたけれども、でも魂と心はまだ神隠しに囚《とら》われたままなんじゃないかって――そんな風に思うときすらあるわ」

遠い目で語っていた玲奈の目線が、くるっと回って湊斗の顔へと戻る。

「それで――死体を見つけることができたときには、私に憑《つ》いている霊障を起こす霊は自然と離れていく、ってことでいいのよね？」

「〝偽りの神隠し〟を暴いてただの事件や事故にしてしまえば、〝本物の神隠し〟が焼き付いているその身体にもう引き寄せられることはないはずなんだ」

それは湊斗が夢で見た方法だ。だから本当はそれで玲奈の身体から霊が離れる確証はない。でもこれは直感だが、湊斗はまずだいじょうぶだろうとも感じていた。

「……奥津君の言うことを信用しないわけじゃないけれども、でもどこのだれかもわからない行方不明者の死体を見つけなければならないってことでしょ。そんなものをどうやって見つけたらいいの？」

「だからこそ〝死人の夢〟を見るんだ」

「しび……って、なにそれ？」

「〝死人の夢〟――生まれつき俺は霊が死んだ瞬間を追体験できるんだ。夢の中で死んだ人間になり代わり、その霊の死の状況を味わうことができる。まあ――味わわされる、と言ったほうが個人的には正確なんだけどな」

何一つとして〝死人の夢〟にいい思い出のない湊斗は、つい自嘲《じちょう》してしまう。

「今一つイメージがつかめないんだけど……要はその〝死人の夢〟とやらを奥津君が見れば死体を見つけるヒントが得られる、というわけね？」

簡単に言ってくれる――と、湊斗は苦笑する。

湊斗は〝死人の夢〟を見ることがどれほどおぞましいことかを、説明してはいない。言えばそれなりに気にするだろう。どの道、覚悟はもう決めている。だからあえて言う必要はないと、湊斗は思っていた。

「その通りだよ。――でも俺が〝死人の夢〟を見るには、条件が二つある」

「二つ？」

「一つはその霊が、誰かに憑いている霊ということ。――経験上、霊ってのはたいがい誰かに自分の存在を知って欲しがっている。特に人に憑いた霊は、常に何かを訴えているのだと思うんだ。たぶん俺はその想いをキャッチして、死の瞬間を霊の記憶から読み込んでしまうんだろう──と、そんな風に勝手に解釈している。

それでまあ、とりあえずこっちの条件は問題がない」

湊斗が玲奈の顔のすぐ真横へと目線を移した。そこには変わらずに、玲奈の肩に顎を乗せている濡れた女の霊の顔がある。

そんな湊斗の視線の意味を察してか、玲奈がちょっとだけ身震いをした。

「それでもう一つの条件だけれど、〝死人の夢〟と名付けたように見るのは夢なんだ。夢である以上、人に憑いた霊とそれなりに近い距離を保った状態でもって、俺が寝ていなければならない」

「それって、私のすぐ側で奥津君が寝ないとダメってこと？」

「そういうことになる」

玲奈の目が僅《わず》かに細まった。鋭い目つきからして、なんとなく玲奈が妙な誤解をしているように湊斗は感じる。

「近くで寝るって……ねぇ、変な気持ちはないんでしょうね」

「あったらもっと別な方法を考えているさ。それに寝るのは俺一人だけだ。高原さんは起きていてもらわないとむしろ困る。──高原さんが身体が勝手に水浸しになる霊障を制御できないのと同じことだよ。俺にとって〝死人の夢〟は自分でもどうにもできない現象なんだ」

湊斗が少し悲しい目をすると、玲奈は急に素直になって「悪かったわ」と頭を下げた。

そんなつもりはなかった湊斗が僅かに焦っていると、玲奈が自分のトートバッグを漁《あさ》って、二個並びで包装シートに包まれた錠剤を取り出した。

「ねぇ——これ、使えない？」

玲奈の手に載っているそれは、睡眠導入剤だった。

「神隠しから戻ってきたときに、心療内科にも何軒か通わされたの。当時、不安で寝付きが悪いときがあったから、そこで処方されたものよ。そんなに強力ではないし安全だから、これなら今すぐここで眠ることもできるわよね？」

どことなく期待に満ちた玲奈の顔。でもそのすぐ横には、真っ青な顔で額から現実のものではない滴を垂らし続ける女の顔があった。

覚悟は決めたはずなのに、それでも湊斗はため息が出そうになる。

だからといって、もう後に引く気もない。

「……わかったよ。それじゃ、ここで今から〝死人の夢〟を見ようか」

10

——その日は、とにかく夜勤明けでへとへとだった。

普段であれば交代での仮眠時間があるが、昨夜は容態の急変する患者が大勢出て、自分だけでなく宿直の看護師全員が眠れなかった。だからこそ下手な泣き言も口にできず、人手が足りないのがわかっているから、その後の残業だって断れなかった。

おかげで昼過ぎに解放されたときにはもはや、とにかく早く家に帰りたい、という気持ちしか心の中にはなかった。家に帰って、まずはシャワーを浴びたい。

本当は仮眠をしていくべきだとは思う。でも今夜もまた夜勤で出勤しなければならないので、ここで仮眠をとると家に帰ってベッドで寝る時間がほとんどなくなる。今夜もしっかり働くためにも、今は少しでも早く家に帰って休むべきだ——それが都合のいい解釈なのはわかっていながらも、今はもう帰りたい気持ちを抑えることができなかった。

ナース服から私服に着替え、寝不足で少しだけふわふわする足で病院の外へと出た。

勤めるこの病院の最大の難点は、山の中腹にあることだ。多くの病床と広大な駐車スペースを確保するためだったのだろうけれども、自宅のある麓《ふもと》の街までのアクセスが悪すぎる。おかげで実質的に車通勤以外の選択肢はとれない。

コートの襟元を合わせながら五〇〇台は停められる駐車場を歩き、先月にローンが終わったばかりの軽自動車のドアを開けたときだった。

「嘘……夕方からって話だったじゃん」

鈍色《にびいろ》の空からちらほらと雪が降り始めていた。

この辺りは山の中であるため、降り始めるととにかく積もる。通勤車だから当然タイヤはスタッドレスにしてあるが、それでも本格的に積もってきたらチェーンを巻かなければ勾配《こうばい》的にも山道を走るのは無理だ。

大粒の雪は瞬く間に勢いを増していて、運転席に座ってエンジンをかけたときには、もうワイパーを動かさないといけないほどに激しくなっていた。

「急がないと……」

誰にともなく口にし、車を発進させる。すぐに駐車場を出て相互二車線の道を走り出すも、無情にも雪の積もる速度は加速していて、早くもセンターラインがどこなのかもわからなくなっていた。

対向車もスピードを上げて急いでおり、自然と焦る気持ちがどんどん募る。

そのため私は普段は曲がらない場所で右ウィンカーを出すと、車両一台がとおるのがやっとの細道へとハンドルを切った。

——この先のダム湖沿いにある道は狭くて好きじゃないのだが、でもこの道であれば家までの時間を五分はショートカットできる。いつもは楽に運転できる二車線の道で帰るのだが、今日はその五分が明暗を分けるかもしれない。

「お願いだから、向こうから来ないでよね……」

対向車が来る前にこの道を抜けたいという焦りと、早く横になりたいという欲求に駆り立てられ、気がつけばアクセルを強めに踏んでいた。

左手にダム湖、右手は剝《む》き出しの山肌という道をしばし進むと、やがてダムの上を横断する長い橋が遠くに見えてきた。緩やかなカーブを抜けかけたところで、山肌でブラインドになっていた右手側の視界もいっきに開ける。幸いなことに橋にいたるまでの道のりに、他の車両も見当たらなかった。

あの橋を越えれば道はまた太くなる。このまま急げば対向車とすれ違わずスムーズに細い道を抜けられる——そんな風に考え、もう少しだけアクセルを踏んだ瞬間だった。

「えっ⁉」

僅かに右にハンドルを切っているのに、車体はまっすぐ斜面を走って行く。前輪がスリップしていた。慌てて急ブレーキを踏むも、早くも数センチの厚さに積もっている雪と傾斜のせいで、車体はなおもまっすぐ走り続ける。

「うそ、うそ、うそっ‼」

運も悪かった。ダム湖沿いの道にはほとんどガードレールがあり、悪くたって衝突の自損事故で済むはずが、車が突き進む先はガードレールの切れ間だった。

迫ってくるダムの恐怖に耐えきれず、とうとうハンドルから手を離して目も閉じる。直後、浮遊感が襲った。だが時間にしてそれは一秒もない。すぐに猛烈な衝突音とともに激しい勢いで下から突き上げられ、シートベルトをしているのに頭頂部が天井に打ちつけられた。次いで車体が前方向にぐるりと回りだし、シートの背もたれが真下にきた状態のところで、強烈な水音がして回転が止まった。

ほんの少しだけ意識を失っていたと思う。でもすぐに意識は戻って、後部シート側から湖の中へと車が沈み始めているのが体感でわかった。

「どうしよう……どうしよう……」

落ちる前、対向車は見えなかった。バックミラーにも車は映っていなかった。民家などあるような場所ではなく、外からの助けなんて望めない。

沈み始めている後部シートの側から、ごーっと渦巻く水の音がした。車体が沈んでいく速度が速い。一度崖《がけ》に叩《たた》きつけられた衝撃で、きっとハッチバックの窓が割れている。激しい恐怖に抗《あらが》いつつ、窓を開けようとするもパワーウィンドウが動かない。ドアのレバーを引いてみるも、水圧に邪魔されてまるで開かない。

冬の氷のように冷たい水が、仰向《あおむ》けの姿勢の襟足から早くも入ってきて「ひぃ！」という悲鳴が上がった。急速に体温を奪われ始め、怖気《おぞけ》なのか寒気なのかわからない理由で全身が震え始める。

――早く！　早く、開けないと！

震え出した手でドアのレバーを引いているうちに、こういうときのためにダッシュボードに強化プラスチックのハンマーを入れていたのを思い出した。

助手席の方に手を伸ばすが、ぐっと身体をシートに引き戻される感覚に襲われる。

ここにきて、自分がシートベルトを外し忘れていたことにようやく気がついた。最悪の失態に急いでバックルに手を伸ばすが、このとき水は仰向け状態の耳の内側にまで浸水するほどに迫っていた。手がかじかんで、既に冷水に浸ったバックルをなかなか外せない。何度もトライしてどうにか外したときには、喘《あえ》ぐ度に口の中に泥臭い水が大量に入り込むまでに沈んでいた。

水の中に潜るようにしてダッシュボードに手を伸ばす。ハンマーは幸いすぐに見つかった。コンマ一秒でも早くこの状況から逃れるため、ハンマーをすぐさまフロントガラスに叩きつける。

でも――既に半ば以上水に沈んでいたため腕に力が入らなかった。それどころかかじかんで握力の入らない手から、一回打っただけでハンマーが滑り落ちてしまう。私の顔のすぐ横を落下し、ガラスの割れたハッチバックより下の湖底に向かって落ちていく。

「あぁ、ああああああああっ!!」

絶望的な絶叫がゴボゴボという気泡になり、窓の隙間から抜けて湖面に逃げていく。代わりに肺の中へと入ってきたのは、冷たく藻が交じったダムの水だった。

車内はもう全てが水の中に沈んでいた。

――苦しい。

咳《せ》き込んでも咳き込んでも、むしろよりいっそう身体の中に水が入ってくる。もがいてフロントガラスをひっかく。でも頑丈なガラスには傷一つ入らず、むしろ手の爪が何枚も剝《は》がれて水の中を舞った。

あぁ……湖面が、遠くなっていく。

キラキラとした水面《みなも》が徐々に離れていくにつれ、車に閉じ込められた自分の身体は暗い暗い水底《みなそこ》に吸い込まれていく。

光る湖面はまだ見えるのに、どんなに手を伸ばしても僅《わず》か一枚のガラスが遮る。

寒い——寒い、寒い、寒い。そして苦しい。

もうちょっとで、家に帰ってシャワーが浴びられたのになぁ……。

切れかけて点滅するカーナビの液晶画面に表示された時刻は——一三時四五分。

それを目にしたのを最後に、車体とともに意識もまた昏《くら》く深い底に沈んで消えた。

11

「奥津君っ!」

悲鳴じみた玲奈の声に鼓膜をつんざかれ、ようやく湊斗は目を覚ました。

社の格子戸の前、昔の家屋の縁側に該当する板敷きの上で、気がつけば湊斗は横になりつつも半ば上半身をもたげて宙に向かって右手を突き出していた。

目を覚ますなり、最初に湊斗が思ったのは「フロントガラスは?」という疑問だった。

僅か数ミリ、透明で向こう側が透けていて、でも水の中では割るに割れなくて、明るい水面にまで逃げることを絶望的に阻んでいた壁——それがなかったのだ。

次いで湊斗が無意識に息を吸う。途端に激しく咽《む》せて咳き込んだ。酸素が、肺に刺さって痛かった。数瞬前まで肺は泥の混じった水で満たされていた——と思っていたのに、そこにいきなり普通の空気が入ってきて、脳と神経が著しく混乱をしていた。

ゴホゴホと激しく咳き込んで、床の上で湊斗が胎児のように丸くなる。

そんな湊斗の背中を、玲奈が「どうしたのよ、急に」と不安げな声をかけながら何度も擦《さす》ってくれていた。

——そうだよ。

自分は夜勤明けで車を運転し、ダム湖に転落して死んでなんかいない。

自分は——ただの大学生、奥津湊斗だ。

ここにきてやっとまともに頭が働き出した湊斗が、玲奈の手を押しやってからゴロンと仰向けになった。

「——気にしなくていい。〝死人の夢〟を見たあとは、いつもこんな風なんだ」

「いや……気にしなくていい、とか言われても」

「だいじょうぶだ。夢で見た死の瞬間を、俺の身体と脳みそが自分の身に起きたことと勝手に勘違いして混乱しているだけだから」

それでも今日のはちょっと重い。それだけ玲奈に憑《つ》いた霊の死に際の苦しみが深かったということだろう。

震えが出そうなほどに寒く感じているのは、決して気温のせいではない。さっきから必死で胃が吐き出そうとしている泥水も、実際には存在していない。

真っ青になっている顔色を見て、玲奈が狼狽《ろうばい》した表情を浮かべる。これ以上心配をかけるのも悪いと思った湊斗は、両手を床に突き身体を持ち上げて問題ないところをみせようとするも、身体を支えるはずだった両腕がまるで氷水にでも浸《つ》かっていたようにかじかんでいてまともに動かなかった。

結局、身体を持ち上げる途中で体勢を崩して再び倒れそうになり、そんな湊斗の背中を後ろから玲奈の腕が支えてくれた。

「全然、ダメじゃないっ！」

「……悪い。でも、もう少ししたら死の記憶も薄れて身体も元に戻るはずだから」

その声音は、湊斗自身でも驚くぐらいに弱々しかった。

困り果てた顔の玲奈が、何かを探すようにキョロキョロと辺りを見回す。

でも何もなかったようで、玲奈は天井を見上げてから諦《あきら》めたように小さなため息を吐くと、湊斗を背中から支えていた手をいきなり離した。

当然、堅い板の上に後頭部が落ちると思った湊斗だが——しかし予想とまるで違い、湊斗の頭は何か柔らかいものの上へと落ちた。

「わかったから……ちょっとそのままで休んでなさい」

湊斗の頭が下敷きにしていたのは、足を曲げて座った玲奈の両腿《りょうもも》だった。

突然のことに、湊斗の口がぽかんとなる。

はっきり言って感触はあまりよろしくない。濡《ぬ》れた玲奈のスカートはまだ乾いておらず、絞ればまだ水が滴るだろう生地の上に乗った後頭部は冷たくびちゃっとしていて、むしろ気持ちが悪いぐらいだ。

おまけに膝枕《ひざまくら》を強要してきたはずの玲奈が、上から凄《すさ》まじい目で湊斗のことを睨《にら》んでいる。でも同時に目尻《めじり》がほんの少し赤くもなっていて、その目のキッさは照れ隠しなのだとわかった。

あの玲奈が、膝枕で照れている。

そう気がついたとき、湊斗もまた自分の顔が火照りそうになるのを感じた。

だがそんな湊斗の気持ちに冷や水をかけたのは、真上から自分の顔を覗《のぞ》いている玲奈の顔に並ぶ――真っ青な女の顔だった。

虚《うつ》ろな目で虚空を、本当は湖面を見上げていた女の顔を目にし、息苦しさと寒さがぶり返して、湊斗は玲奈の膝の上に頭を乗せたまま身を震わせた。

夢で見た死に際のことをゆっくり思い出して整理し、それから湊斗が口を開く。

「――高原さんに憑いている霊さ、やっぱり水死だったよ」

「……そう」

「水の底に沈んで意識が途切れる寸前に、時間が見えたんだ。――一三時四五分。それっていつも高原さんが水浸しになる時間だよな？」

「……そうね」

「実は高原さんがびしょ濡れになる前に、その霊が天井に向かって手を突き出すんだよ。俺には空に向けて手を伸ばしているように見えていたんだけれど、本当のところは水面だった。その女の霊は沈みながら、フロントガラス越しに遠のいていく湖面に向かって手を伸ばし、絶望しながら溺死《できし》したんだ」

「――フロントガラス？」

夢の中の感触を思い出すように右手を突き出した湊斗に、玲奈が率直な疑問を投げた。

「あぁ、原因は雪でのスリップだった。運転していた車が、ガードレールのない場所からダム湖に落ちてさ、そのままあっという間に底に沈んじまった。激しい雪が降り始めていたこともあって、山道に他の車はなかったんだ。雪だったからスリップ痕《こん》もおそらく残っていない。あれじゃ、誰もダムの中に車が落ちたなんて気づかない」

ダムの底へと沈んだ彼女の家族構成まではわからない。でも二〇代後半から三〇歳ぐらいと思える年齢からして、親が存命している可能性は高いと思う。ひょっとしたら彼氏もいたかもしれないし、病院の職場には友人もいただろう。

そんな関係者たちからすれば、彼女は仕事先から帰宅する途中で忽然《こつぜん》と消えてしまったと捉《とら》えられているはずだ。人によってはどこかで事故を起こしたんじゃないかと、的を射た想像をしているかもしれない。あるいは何か事件に巻き込まれたんじゃないかと、そう心配しているかもしれない。どちらにしろ彼女を大事に思っている人ほど、彼女が無事であることを願って一縷《いちる》の望みを持っているだろう。

いつかひょっこり戻ってくると、そう信じている人がいるに違いない。

そしてそれこそがきっと――〝偽りの神隠し〟の正体。

「ダム湖ねぇ……その彼女が沈んだ湖ってのは、本当にダム湖なのね？」

「──そうだよ。間違いなく彼女の乗った車が沈んだのはダム湖だった」

「ならそのダム湖に、何か特徴はない？」

「特徴？　ダム湖なんてどこもかしこも似てるけど、そうだな……長い橋があった」

「他には？」

「……あとは、彼女の職場だった大きい病院が近くにあるはずだ。山の中腹の病院なんてたぶん珍しいと思う。通院する人が困らないように、とても大きな駐車場があった」

湊斗の説明を聞くなり、玲奈の表情が微妙に翳《かげ》る。

傍らにおいてあったトートバッグを引き寄せて取りだしたスマホを操作すると、まだ膝を借りている湊斗の鼻先へとスマホの画面を突き出した。

「その病院って、ひょっとしたらここじゃない？」

スマホの画面に映った病棟の写真を目にし、湊斗の口からは自然に「あっ」という声が漏れた。今も玲奈の肩に顎を乗せている彼女が、広大な駐車場を歩いているときに見えた勤め先の病棟と、それはあまりにもよく似ていたのだ。

「似てる……というか、たぶんここで合っていると思う」

湊斗の返事を聞くなり、玲奈が苦々しく笑う。

「私ね、半年前に山中で発見されたとき、どうもダム湖の畔《ほとり》に座っていたらしいの」

湊斗の目が丸くなった。そういえば、玲奈が神隠しから帰ってきたとき山中の湖畔で発見されたと、そう裏サイトに書かれていたのを思い出す。

「実はそのときの記憶ってかなり曖昧《あいまい》なんだけれど、でも見つかった直後に検査入院させられたのが、ダム湖から最寄りにあったこの病院なの。……自分の全身がいきなりびしょ濡れになる怪異を初めて自覚したのも、この病院でだった」

——繋《つな》がった。

一三時四五分になるとずぶ濡れになる玲奈と、同時刻に溺死した女の霊。玲奈が神隠しから帰ってきたとき畔に座っていた、湖の底で、彼女は今もなお沈んでいるはずだ。

「正直に言うと、私の背後に女の霊がいるとか、〝死人の夢〟だとか、まだ信じ切れてはいない。でもこの先——私は奥津君のことを全面的に信じることにしてみる」

横になったままの湊斗の顔を覗き込みながら、玲奈が微笑んだ。

皮肉の込められていない玲奈の笑みに——どうしてか、もうだいぶ肺の痛さも身体の寒さもとれてきたというのに、湊斗は少しだけ息が苦しくなった。

「その女性が運転していた車が落ちた、正確な場所はわかるの？」

「夢の始まりは病院を出るところからだった。さっき画像で見た病院まで行けば、たぶん落ちた場所までの道のりはたどれると思う」

「だったら、私を車の落ちた場所にまで連れていってくれる？」

「乗りかかった船だからな。もちろんそのつもりだ」

——そして。

「ありがとう」

玲奈の眦《まなじり》に、ほんの少し光るものが溜《た》まった。

「……いや、お礼は死体を見つけて、ちゃんと高原さんの霊障が収まってからだろ」

全ては湊斗の夢や感覚が根拠の話だ。本当にうまくいくという保証はない。

そう思うと、玲奈に膝枕をしてもらっている今のこの状況が急に湊斗は申し訳なくなってくる。

でも──もう少しだけ。

感触はよろしくないが、もう少しこのまま横にならせてもらおうと、湊斗は思った。

12

翌朝の午前八時半。

玲奈との待ち合わせ場所に指定した国分寺《こくぶんじ》駅の改札を出るなり、湊斗は「奥津君っ！」と知らない女性からいきなり手を振られた。

いや──知っている女性だった。何のことはない、高原玲奈だった。

しかし湊斗は、待ち合わせの改札前にまで小走りでやってくる玲奈を見て目を丸くしていた。

これまで湊斗が見たことのある玲奈の服装は、俗に言うところのきれいめ系の格好だった。白やベージュの柔らかな色合いを好み、長めのスカート姿が多い気がする。教室に入ってくるときはロングの髪をなびかせていて、とにかく女性的な印象が強い。

だが今の玲奈の服装は緑のハイキングパンツに、厚手のチェック柄のシャツ。髪は左右に二つ結びにしてあって、足元はゴツめのトレッキングブーツだった。

似合っているか似合っていないかで問われれば、答えは似合っている——なのは間違いないのだが、それでも普段とはあまりにも印象が違い過ぎて、湊斗は一目で玲奈とわからなかったほどだ。

「なに、どうしたの？」

名を呼ばれても返事もせず固まっていた湊斗に、玲奈が小首を傾げる。

「あ、いや……昨日までとあまりに雰囲気が違うからさ、ちょっと驚いて」

「はっ？　そんなの当たり前でしょ。山を舐《な》めちゃダメよ」

真剣な目をした玲奈が、生真面目そうに口を引き結んだ。

確かに口にしていることは正論なのだが、別に湊斗たちはこれから登山をするわけではない。単に舗装された道を通って、山の中腹にあるダム湖に行くだけだ。険しい山の中や登山道へと踏み入るつもりはなく、湊斗としてはちょっと辺鄙《へんぴ》な人里の端っこに行く程度の感覚だった。

それでもそれなりに動きやすい服装を心がけたつもりだが、着古したパーカーに履き慣れたスニーカーという湊斗の格好はキャンパスに赴く普段の姿とさして変わっていない。本格的なハイカーの格好をしている玲奈と並ぶと、確かに近所のコンビニにでも赴くような服装に思えた。

「そんな軽装で遭難しても、私は知らないからね」

足先から頭までをジロリと玲奈に睨《ね》めつけられてから、呆《あき》れたように言われた。

湊斗からすれば明らかに玲奈の服装の方が過剰だと思うのだが——案外に、学内で玲奈が浮いているのは霊障と気の強さだけが原因ではなく、この空気の読めなさにも一因があるのではないかと、湊斗は頬をヒクつかせながら感じた。

——それはさておいて。

普段着の湊斗とハイカー姿の玲奈の二人組は、国分寺駅のＪＲではなく私鉄側の自動改札を通ってホームへと移動する。

起点駅のためホームに既に停まっていた電車に乗るも、僅《わず》か四駅で終点となり慌ただしく別の電車に乗り換える。そうして所沢《ところざわ》駅にて特急列車に乗車するとようやく落ち着いた。

目的の西武秩父《ちちぶ》駅までは、小一時間ほどかかる。平日午前中の下り列車ということもあって同じ車両内の乗客は湊斗と玲奈だけであり、二人は先頭シートに並んで座った。

窓際の席に座った玲奈が、いつも学内で持ち歩いている黄色のトートバッグを膝《ひざ》の上に置く。上から下までばっちりハイカー姿の玲奈だが、しかしカバンだけは普段と同じもので、なんとなくそれに違和感を覚えた湊斗だが、間近で見てようやく得心した。

玲奈のトートバッグは厚手のビニール製で、つまり防水仕様のバッグだったのだ。学内だろうが山だろうが、どうして同じ防水バッグなのか。その理由は考えるまでもない。隣に座った玲奈の顔の横には、天井のさらに上へと焦点が向いた女の顔が今もある。そのびしょ濡《ぬ》れの霊のせいで、玲奈が水浸しになるからだ。革製や布製の普通のバッグでは中まで濡れてしまうため、基本的には防水バッグが手放せなかったのだろう。

本当に苦労していたのだろうと、湊斗は今さらながら察した。

「なぁ、高原さん」

「〝高原〟はやめて。呼ばれるのなら〝玲奈〟がいい」

ほどけた髪をヘアゴムで結び直しつつ、しれっと玲奈が口にする。

一方、突然すごいことを言われた気がした湊斗は、自分から話しかけたのに思考が停止して、思わず玲奈の横顔を凝視してしまう。

「私ね、双子なの」

「……えっ？」

「友達と遊ぶときも学校に行くときも、小さい頃から常に二人いっしょだったから、周りはみんな私たちのことを名前で呼んでいたの。おかげで同年代の人に高原って呼ばれるとしっくりこなくて。だから高原より玲奈って呼んでもらったほうがいいわ」

聞けば、なんということもない理由だった。

にもかかわらず一瞬でも妙に玲奈を意識してしまった湊斗は、感づかれぬよう静かに深呼吸を繰り返す。

平常心を心がけ、それから要望通りに下の名前で再び呼びかけてみた。

「それじゃ、玲奈……さん」

「他人行儀に感じるから〝さん〟も要らないからね、湊斗」

結び終えた髪を手で払って背中に流しつつ、玲奈がまるで頓着《とんちゃく》なく応じる。

——というか、湊斗は名前で呼んでくれなんてまるで頼んでいないのに、どうして自分の呼び方までもが〝奥津君〟から〝湊斗〟へと一足飛びで変わってしまうのか。

たぶん突っ込んだら負けだと湊斗は自分に言い聞かせ、要望どおりにあらためて玲奈の名を呼ぶ。

「だったら——玲奈」

「なに？　湊斗」

湊斗としてはそれなりに勇気を振り絞ったのに平然と返され、反射的に声が詰まりそうになる。でもどうにかこうにか堪《こら》えて、なんとか話を先へと進める。

「これは単純な疑問なんだけどさ、霊障で水浸しになる時間が決まっているのにどうして三限の講義に出席するんだ？　三限抜きでも単位はなんとかまかなえるだろ。わざわざあえて人前で水浸しにならなくても」

「そんなの受けようと思った講義があったからに決まっているでしょ。……まあ講義の邪魔して少しは悪いとも思うけど、なんで霊障ごときのせいで私が自分の履修を曲げなくちゃいけないの。私が水浸しになるのは、私のせいじゃないもの。何も悪いことをしていないんだから、三限にだって普通に出席するわ」

玲奈の目が、周囲の全てを敵とみなすいつもの鋭い目つきに戻る。

まあ玲奈らしいといえば実に玲奈らしい答えだが、湊斗は「そういうとこだよ」と思いつつも逆恨みを買いそうなので何も口にはしない。

「そんなことを訊《き》くってことは、ひょっとして湊斗はドイツ語以外にも私と被《かぶ》っている講義があるの？」

玲奈が真面目に首を傾げながら訊《たず》ねてきたので、湊斗は呆れて首を竦《すく》めた。

「あぁ、他にも被っている講義はあるよ」

「そうなの？　これまで湊斗の姿なんて全然みかけた覚えがないけど」

いやいや、比較文化人類学の講義で先に声をかけてきたのは玲奈だろうが——と、湊斗は苦笑するが、これも藪蛇《やぶへび》になる気がしたので声には出さない。

「玲奈と違って、俺はいつも教室の一番後ろに座るからさ。他の席が空いていても一番前に座る玲奈からだと、視界に入らないんだろ」

「なによ、それ。せっかく講義を受けるのに、なんでわざわざホワイトボードの字も見えにくい後ろに座るわけ？　意味がわからない」

「玲奈と違って目立ちたくないだけさ」

「私だって、別に目立ちたいと思って前の席に座ってないけど」

引くことを知らず面倒臭い玲奈に、湊斗の口から自然とため息がこぼれた。

「あのさぁ……目立《つ》っと人が近づいてくるだろ？　人がやって来ると、何人かに一人は霊に憑かれた奴がいるんだよ。霊に憑かれた奴が俺の近くにいると、それだけで〝死人の夢〟を見やすくなる。この体質を、俺は他人には知られたくないんだよ。霊から理不尽な苦しみを受けたこともない連中に、気持ち悪いものを見るような目で蔑《さげす》まれるのは、もうたくさんなんだ」

それは湊斗のことであり、そしてまさに今の玲奈の状況でもあった。

〝死人の夢〟を見る湊斗と〝偽りの神隠し〟に憑かれる玲奈は、ともに霊によって理不尽な悩みをもたらされた者同士だ。

――それなのに。

「情けないわね」

気持ち悪がられたくはないという湊斗の言葉に、玲奈が眉《まゆ》を顰《ひそ》めた。

「情けなくていいよ。俺は〝死人の夢〟を見なくてすむのなら、友達なんかいらない」

湊斗の冷めた物言いに、玲奈がむすっとする。

でもそれだけで、過激な玲奈にしては意外にもそれ以上は湊斗を責めず、窓の外を流れる景色をじっと眺めだした。

――そして。

「そんなに辛《つら》いのに……ありがとうね」

玲奈が、小さくそう口にした。

少しだけ驚いた湊斗だが、でもすぐに相好を崩して口元だけで笑った。

「だから礼を言うのはまだ早いんだって。でも……霊障なくなるといいな」

「えぇ、期待しているわ」

「俺は霊能者じゃないんだから、期待されたって困るよ」

「でも、私は湊斗のことを信じるって決めたもの」

窓から湊斗の方へと向き直った玲奈が、屈託のない顔で微笑んだ。

それは学内ではついぞ見たことのない玲奈の笑顔であり――湊斗は思わず「あぁ」と呻《うめ》かずにはいられなかった。

――いつもの渋面ではなくこの笑顔でもってキャンパスを歩けば、きっと玲奈の周りにはすぐに人が集まってくることだろう。

理不尽な霊障に悩まされることさえなくなれば、刺立《とげだ》った玲奈の心だって丸くなり、もう孤高でいる必要すらなくなるはずだ。

笑いかけてくれている玲奈の顔の横、肩に顎《あご》を乗せている女の霊に湊斗は目を向ける。

玲奈のために、霊障を起こすこの霊をなんとしても引き剝《は》がしてやりたかった。

13

西武秩父駅に到着し、駅前のロータリーで病院方面に向かうバス停を湊斗が探していると、いつのまにか玲奈がタクシーを捕まえていた。

「湊斗っ！　ほら、早く」

ドアが開いた後部シートに玲奈が消えるのを見て、湊斗も慌てて同じタクシーに飛び乗った。

独り暮らしの大学生である湊斗としては、タクシーとバスの差額を考えれば時刻表ぐらい見させてくれと思うが、じっとしていられない玲奈の気持ちもわかる。

「宇楽山《うらやま》病院までお願いします」

玲奈が行き先を告げるなりドアが閉まり、古めのエンジン音をたてながらタクシーが発車した。

タクシーは瞬く間に市街地を走り抜けて、窓から見える建物の数もみるみる減っていく。一〇分も走ったところで道が上り坂になると、そこはもうほとんど山の中だった。

道を挟みこむようにして繁った森の中、梢《こずえ》の切れ目から大きなダム湖が見えた。春も半ばのこの時期、雪解けの水をたっぷり蓄えたダムの水位は決して低くなく、周囲の森の色を映して緑の湖面を湛《たた》えている。

――あの湖のどこかに、今も玲奈の肩に顎を乗せているずぶ濡れの女の死体が沈んでいるはずだ。

気がつけば、膝《ひざ》の上に乗った玲奈の拳《こぶし》が強く握られていた。湊斗の目に映る玲奈の横顔に変化はない。でも本心ではやはり緊張しているのだろう。

やがて森が切り開かれて大きな病院が湊斗たちの目に映った直後、タクシーが広大な駐車場の中で停まった。

振り向いた運転手が料金を告げるよりも早く、裏面がプラチナ色のクレジットカードを玲奈が取り出していた。

「支払いはカードで」

言うが早いか運転席の横にある端末にカードを差し、玲奈が暗証番号を入力する。

同時にドアが開いて湊斗が先に降りると、後から防水のトートバッグを肩にかけた玲奈も降りてきた。

来た道を戻って行くタクシーを見送ってから、湊斗が気まずそうにつぶやく。

「半分払うよ。いくらだったか教えてくれる？」

「別にいいわ。そもそも湊斗は私に付き合ってくれてるわけだし」

それはその通りなのだが、独り暮らしでカツカツの生活をしている湊斗としては、安くない金額だったのでやはり気になってしまう。

対して払った側の玲奈は、いたってしれっとしたものだった。

そういえば、よくよく考えれば玲奈は自分が水浸しになるのがわかっているのに、いつも洒落《しゃれ》た服装で午後の講義を受けている。昨日着ていたレザージャケットだって、とても安物には見えなかった。もしも濡れるのが最初からわかっていたら、湊斗ならもったいなくて高めの服装なんてしない。

ちなみに玲奈の住所は調布市《ちょうふ》だそうで、大学まで乗り換えが必要な場所に住んでいるということはたぶん実家住まいだろう。さっきのどう考えてもただの学生が持てる色じゃないクレジットカードはきっと親が玲奈に与えているもので——ひょっとしたら、玲奈の家は相当に太いのかもしれない。

ちょっとした格差社会を感じた湊斗はこめかみの辺りをコリコリ掻《か》くも、今はそれどころではないと気をとりなおし、あらためて病院の方へと目を向けた。

夢の中で見た建物とまったく同じ。玲奈に憑いている霊が働いていた病院は、間違いなくここだった。

「それで、この先はどう行けばいいの？」

「とりあえずこっちだ」

玲奈を先導するように病院の駐車場を出ると、相互二車線の道路の脇にある歩道を湊斗が先に立って歩き始めた。

夢の中で運転しながら見た景色を思い出しつつ、湊斗が進む。夢を深く思い出すにつれて、肺の苦しさと手足のかじかむ感覚も思い出すが、そこはなんとか堪《こら》えた。

玲奈と連れだって一〇分も歩くと、信号もない場所で大通りから脇道へと入る細い道が見えてきた。そこが玲奈に憑いている霊が、夢の中で曲がった道だった。

湊斗は後ろを歩いている玲奈に小さくうなずくと、脇道へと足を向けた。対向車が来たらすれ違うだけでも苦労しそうな細い道路は、やはり夢で見た通りだ。少し進むと右手側が山肌となり、左手側にはタクシーで登ってくるときに梢の間からも見えた、あの大きなダム湖が広がっていた。

「……この辺りってこと？」

後ろを歩く玲奈が、少しだけ不安そうな声でつぶやいた。

「あぁ、もうすぐだ」

さらに先へと進んでいくと、山肌の陰になっていてこれまでは視界に入らなかった、ダム湖を横切る長い橋が道のずっと先に見えてきた。

――そうだ、あの時も橋が見えた。橋が見えて、でも他の車は見えなくて、それで対向車が来る前にってついスピードを出してしまったのだ。

思い出した恐怖に湊斗が呻きそうになっていると、後ろを歩く玲奈が急に悲鳴にも似た声を上げた。

「えっ？　――やだ！」

振り向けば、立ち止まった玲奈が自分の両手を開いて見つめていた。掌《たなごころ》を上に向けたその両手には水が溜《た》まっている。泥の混じった濁りのある水のため、手の平から湧いたその水が玲奈の汗ではないことは明白だった。

玲奈の背後に憑いた霊が、いつのまにか天を見上げて真上に手を突き上げている。

――彼女もまた察しているのだろう。ここが自分の死体がある場所の、すぐ近くだということを。

「玲奈はここで待っていたほうがいい。この先は俺だけで確認してくる」

額からも滲《にじ》み始めた水を拭《ぬぐ》いつつ、不安そうな表情を浮かべた玲奈が首を縦に振った。

湊斗が一人だけで、さらに先へと進む。視界に映ったこの道の先、右へと緩く曲がっていくブラインドカーブの突き当たりにはガードレールがなかった。ダム湖沿いの崖《がけ》側にはちゃんと長く繋《つな》がったガードレールがあるのに、今進んでいる道の真っ正面だけが歯抜けのようにガードレールがなくなっていた。

――間違いなく、あの切れ間だ。今歩いているこの道でタイヤがスリップし、停まることなく車ごとまっすぐあの切れ間から落ちたのだ。

湊斗の心臓が早鐘になる。足だって竦《すく》んで崩れ落ちそうになる。夢の中とはいえ、湊斗はこの場所で死を体験しているのだ。恐怖を感じないわけがない。

でもそれを、後ろで見ている玲奈に悟られたくなかった。今も不安だろう玲奈を、いっそう不安にさせたくはなかった。

ガードレールの切れ間に辿《たど》り着いた湊斗が、その場でしゃがんで下を覗《のぞ》き込む。

道路の外は六〇度近い角度のついた崖になっていた。崖の下にある湖面までの高さは一〇メートルぐらいだろうか。夢の記憶を辿れば、ここから飛び出した車は途中で斜面の上に落ちてから半回転し、後部シートの側から湖面に落ちた。だから死体はまだ沈んだ車内に残っているはずだ。

湊斗は角度を変えながらダム湖を覗き込みつつ、湖底にあるだろう車体だけでもなんとか見えないか試してみる。でも穏やかな湖面は辺りの森を映すばかりで、とても水底《みなそこ》なんて見通せなかった。

「……仕方ないか」

湊斗が湖に背を向け、崖の斜面へと片足を乗せた。スニーカー越しの感触から、無理をすれば下りられなくはないだろうと判断する。ならばこのまま湖面すれすれまで下りて湖を覗けば、落ちた車体の場所ぐらいだったら特定できるかもしれない。

「危ないわよ、湊斗っ！」

少し離れた場所にいる玲奈が声を張り上げた。

「心配しなくていい！　すぐに戻ってくるから！」

不安そうな玲奈に叫んで返してから、湊斗はゆっくりと崖を下り始めた。

下り始めてすぐ、湊斗は岸に拳大の穴が横並びに等間隔で穿《うが》たれているのを見つけた。なんだこれと思って考えてみたら、すぐに想像がついた。たぶんガードレールの支柱が収まっていた穴だ。

もともとはきっとここにもガードレールがあったのだ。でも工事ミスかあるいは他の車両による衝突の影響か、穴の下にあるだろう基礎が砕けて支柱が抜け、そのまま落下してなくなってしまったのだと思う。

とにかく滑落したガードレールは車通りの少なさから指摘されることなく、管理者からも見落とされ続け、結果としては人知れず不幸な事故が起きてしまい、車ごと人間が一人消えてしまったというわけだ。

それが玲奈に憑《つ》いている彼女の、〝偽りの神隠し〟の真相だ。

玲奈の背後に憑いた霊にほんの少しの同情の念を抱きつつ、湊斗はなんとか慎重に崖を降り切った。

足を伸ばせば、スニーカーの爪先《つまさき》が湖面と触れる距離にある。いまだ湖の側に背中が向いている湊斗は、どうやって身体を反転させようかと思案していたところ——不意に何かが右の足首に巻き付いた。

突然のことに「えっ？」という声が漏れ出た。

その感覚は芋虫に似ていた。細長くてぶよぶよしていて、でも芋虫と違って氷のように冷たい。——それが五本、かなりの力で湊斗の足首に張りついている。

恐る恐る自分の足元へと目を向けた瞬間、湊斗の顔が凍りついた。

それは——女の手だった。

ダム湖の水面から突き出た、青白くて細長い女の手。

春なのに真冬の水温と同じ温度の女の手が、湊斗の足首を握り締めていたのだ。

「うわぁっっ!!」

湊斗が悲鳴を上げた直後、青白い女の手が湊斗の足をぐいと引っ張った。

それだけで湊斗の手は崖の上を滑り、ドボンという激しい水音と水しぶきを上げて身体がダム湖に落ちた。

冷たく暗い水の中、背中側から落ちて仰向《あおむ》けに沈んでいく。湊斗の視界に映るのは、日差しを受けてキラキラと輝いている湖面だった。

思わず宝石でもつかもうとするかのように、湊斗は手を上へと伸ばした。

でも届かない、あの湖面はまるで遠い。

この光景は彼女が末期に見て絶望した景色と同じだ。きっと彼女は自らの生涯で最後に見たこの光景を、夢だけではなくて実際の目でも他の人に見て欲しかったんじゃなかろうか――湊斗は、そんな風に感じた。

気がつけば足を引っ張った手が消えていて、自由になった湊斗は水のなかでぐるりと身体を反転させた。

――あった。

ごぼりと大きく息を吐き出しながら、湊斗がそう心の中でつぶやいた。

深くなればなるほど真の闇へと近づいていく水底に、一台の車が沈んでいる。それは黒い軽自動車であり、夢で見た彼女が運転していた車と同じものだった。

前輪を上に向けて後ろ倒しで沈んだ車だが、乏しい光でわかるのは外観までだ。フロントガラスの奥までは、この距離からだと見通せない。そして湊斗ではあの深さにまで潜ることは無理だった。

だから彼女の死体が眠る場所を見つけながらも、湊斗はやむなく上に向かうことにした。彼女は透明なフロントガラスに遮られて向かうことはできなかったが、湊斗はあの湖面の向こうへと戻ることができる。

そしてガラスの絨毯《じゅうたん》のような水面から頭を突き出し、湊斗が「ぶはぁ」と大きく息を吸うと、まだ水の残っている耳に悲鳴じみた声が飛び込んできた。

「湊斗っ！」

お尻《しり》を崖の斜面につけた玲奈が、後ろ手で身体を支えた格好で湖面手前にまで下りてきていた。

沈んだ場所に近づいた影響だろう。玲奈の身体はいつもの全身がずぶ濡《ぬ》れになる霊障と同じぐらい濡れていて、背後にいる女の霊も空に向かって苦しそうにもがいていた。

湊斗はクロールの要領で水を掻《か》きながら岸に戻ると、どうにか身体を崖の上へと乗り上げさせる。

「湊斗、だいじょうぶなのっ⁉」

崖の斜面を這《は》うように近づいてきた玲奈が、そっちの方こそ大丈夫かと問いたくなるほどに血の気を失った顔で訊《たず》ねてくる。

胃に入っていたダム湖の水を咳《せ》き込んで吐き出してから、湊斗は「あぁ……だいじょうぶだ」と、弱々しくもどうにか笑みを浮かべた。

「それよりも、見つけたよ。やっぱりここの真下に、軽自動車が沈んでる」

湊斗のその言葉を聞いた途端、玲奈の表情に緊張が走った。

「だけど沈んでいる深さ的に車内までは見えなかった。玲奈に憑いている霊の死体はまだ確認できていない。たぶんあの深さの水底まで潜るには、俺たちじゃ無理だ」

「……だったら、私に憑いている霊の死体は見つけられないってこと？」

「そんなことはないさ。単に俺たちじゃ無理だ、というだけのことだ」

玲奈が目を細めて、暗に「どういうこと？」と湊斗に訊ねる。

「死体が誰かに見つかることで、〝偽りの神隠し〟は神隠しではないという証明がなされて暴かれたことになるはずだ。それだったら死体を発見するのが、俺たちである必要性はないよな？」

14

結論を言えば、湊斗が頼って電話をかけた先は警察だった。

多少、誇張して表現した。軽自動車がダム湖に落ちるのを見たと、間違いなく人が乗っていたと――まるで今しがた起きたことのように、湊斗は電話口で説明して、それからいっさい名前を名乗らずに電話を切った。

既に崖を登って道路に戻ってきていた湊斗と玲奈は、電話をかけてから少し離れた場所に見えていた長い橋の上にまで急いで移動した。

無関係を装って橋の上から例のカーブの場所を眺めていると、しばらくしてサイレンを鳴らしたパトカーがやってきてガードレールの切れ間の前に停車するのが見えた。降りてきた二名の警察官が路面や辺りの状況を確認し、一人は崖《がけ》を下りて湖面を強力なライトで照らして覗き込む。すると慌てて崖の上まで引き返し、今度はもう一人の警官と連れだって二人で湖の中を確認した。

途端に慌ただしくなったのが遠目でもわかり、やがて消防車やら救急車も駆け付け、付近に大勢の制服姿の人たちが集まってきた。

湊斗と玲奈は朝早くから出発してきたため、今の時間はまだ正午過ぎだ。

現場から距離をとったこともあって、玲奈に憑いた霊がもがき苦しむこともなくなり、玲奈の身体から水が湧く現象も既に収まっている。

だがそれでも既に濡れてしまった身体が乾くわけではなく、またこんな橋の上で着替えるわけにもいかないので、玲奈は防水のバッグからとりだしたバスタオルで全身を拭《ふ》くと、とりあえずシャツと靴下を替えるだけに留《とど》めていた。

対して着替えなんて持ってきていない湊斗は、未《いま》だに全身がずぶ濡れのままだった。

見かねた玲奈がバスタオルを差し出してくれたものの、なんとなく玲奈が身体を拭いた後のバスタオルで自分も身体を拭くのを憚《はばか》ってしまい、せいぜい服についた汚れを落とす程度に留めていた。

「……気にしなくていいのに」

そうは言われても、気になるものは気になる。おかげで春も半ばを過ぎたこの時期に、湊斗は唇が青くなりそうなほどの寒気を感じていた。

それでも街に降りるのは我慢して橋の上から観察を続けていたら、新たにやってきたワゴン車からウエットスーツを着込んだ人が出てくるのが見えた。

ボンベを背負ったままで器用に崖を下りると、背中側から頭を下にした格好でダム湖の中に飛び込む。

時間にしておそらく五分程度だろう。潜っていた人が浮上し水面へと顔を出すと、崖の上で待機している警察官たちに向かって大仰なボディーランゲージを送った。

――その瞬間、

「……あっ」

玲奈の左肩にずっと乗ったままだった、青白い女の顔がすーっと色褪《いろあ》せて消えた。

直後、湊斗が仕掛けていたアラーム音が鳴る。スマホを取り出し液晶画面を確認してみれば、時刻は一三時四五分。

――本音を言うと、湊斗も少しは不安だった。

こんな奇妙な死体捜しで、本当に玲奈を助けることができるのか。そもそもの発端は、夢の中の玲奈らしからぬ玲奈が語った話が元でしかないのだ。

だが実際に今、死体が発見されるとほぼ同時に玲奈に憑いていた霊は消え、定まった時刻になっても水浸しになる霊障は起きていない。

その事実に、玲奈がやや震えた声で湊斗へと問いかける。

「……ねぇ。湊斗の目から視てどう？　どうなっているの？」

「もう玲奈には、ずぶ濡れの女の霊は憑《つ》いていない。さっきダイバーが上がってきて、警察官たちにサインを送ったと同時に消えたよ」

玲奈が自分の口元を、自然と両手で覆う。

「本当ね？　それ本当なのね？　――私もう、あんないきなりずぶ濡れになるような、理不尽な怪異に悩まされなくていいってことね？」

「言ったろ、俺は霊能者じゃないって。だから断言はできないけど――それでも、玲奈の身体をびしょ濡れにする霊障を起こしていた霊はもう視えない」

そう口にした直後、もう霊障を起こす霊なんて憑いていないのに、突然に湧き出た滴が玲奈の頬を幾筋もつたった。でも湊斗は驚かない。それは怪異ではなく、玲奈の目から流れ落ちただけの涙だったからだ。

玲奈は最初、自分が泣いていることに気がついていなかった。でも尖《とが》った顎《あご》のラインから垂れていく温かい液体に気がつき、慌てて自分の目元を袖《そで》で拭《ぬぐ》った。

でももう止まらない。零《こぼ》れ出す涙の量は増えていく一方で、やがて口をへの字にしてしゃくりあげ始めると、最後はもう湊斗がいることなど忘れたようにオンオンと玲奈は泣き始めてしまった。

きっとこの涙は、今の嬉《うれ》しい気持ちから出ている分だけではない。どれだけ奇異な目で見られても胸を張って呑《の》み込んできた、過去の悔しさの分も含んでいる。

だからこそ戸籍上では三十路《みそじ》になろうという玲奈が——本当は二十歳にもなっていないただの女子が、いつまでも少女のように泣き続けるのだ。

いつまでもいつまでも、本当にいつまでも玲奈が泣き止まないので、その顔を隠すように湊斗は借りていたバスタオルをそっと玲奈の頭からかけてやった。

瞬間、湊斗の手首を玲奈の手がギュッとつかんだ。虚を突かれて動けない湊斗の胸と腹の間に、玲奈が涙で濡れた頰をグリグリと押しつけてくる。

そんな玲奈の手と頭を、湊斗は振りほどけなかった。

ここで振りほどけるほど、湊斗も無粋ではなかった。

時間にして一〇分ぐらいだろうか。ようやく泣き声が収まり、湊斗に張りついていた玲奈が一歩後ろに下がって離れた。

「……ありがとう、湊斗」

さすがに今度は「礼はまだ早い」とは言えない。

「よかったな」

と、湊斗は少しはにかみながら玲奈に返す。

「ねぇ、お礼はなにがいい？」

「礼？」

「そう、私の霊障を治してくれたお礼。何か欲しいものとかあったら言って」

「いや、そんなのいいよ。そもそもうまくいく保証はなかったんだし」

「でもそれとこれとは別よ。一方的に施してもらうなんて、私の気持ちがすまないもの」

玲奈がそう強く口にすると、湊斗はいっそう困り顔になる。

助けてくれた湊斗を別に困らせたいわけではない玲奈はしばし思案すると、それから名案を思いついたようにぱっと顔を輝かせた。

「ねぇ！　それなら私たち、友達になるっていうのはどう？」

「……友達？」

「そう、友達。友達になれば、気遣いなんて不要だし、気の置けない間柄なんだから遠慮も不要よ。湊斗は〝死人の夢〟を見る特異な霊感体質で、私は霊こそ視えないけれど〝神隠しから帰ってきた女〟なんだから、きっと何かで湊斗の助けになれることだってあると思うの。

だから私たち、今日から友達になりましょう！」

そして、屈託なく玲奈が笑った。

今日だけで、もう何度見たかわからない玲奈の笑顔――それでも湊斗は目を瞠《みは》らずにはいられない。

はっきり言って、少し胸が高鳴った。

玲奈に微笑まれ、どことなく頰が熱くなるような気さえした。

笑顔のままの玲奈が、すっと右手を湊斗の前に差し出す。

それは湊斗に握手を求める手だった。あの誰かれ構わず噛《か》みつきそうな雰囲気の玲奈が、湊斗なんかに向けて手を差し出している。

——でも。

湊斗にはその手をとることができなかった。

むしろ玲奈の手を前に、じりじりと後退《あとじさ》りすらしてしまいそうだった。

「どうしたの？」

いつまでも手を握り返してこない湊斗に対し、玲奈が笑顔のまま首を傾げる。

「……悪い。俺さ、やっぱり玲奈とは友達にはなれないわ」

湊斗のそのひと言で、玲奈の満面の笑みがぴしりと凍りついた。

「はぁ？　なに言ってんの……友達よ、ただの友達。別に付き合ってだとか、まずは友達からだとか、まったくそういう意味じゃないのよ。ただ単純に、普通の友達になりましょうって、私はそう言っているだけなんだけど」

「わかってるよ。わかった上で、俺は玲奈と友達になることを拒否しているんだ」

まさか友達になろうなんて提案を断られるとは、微塵《みじん》も思っていなかったのだろう。

玲奈の顔からさーっと血の気が引いた。

湊斗は玲奈のさっきの笑顔を見て確信したのだ。

玲奈は、自分とは違う——と。

神隠しに遭ったせいで後天的に霊に悩まされることになった玲奈は、物心ついたときから霊に苦しめられている湊斗なんかとは、やはり違う。

神隠しが引き寄せてくる玲奈の霊障は——治る。

だが湊斗の体質である〝死人の夢〟は——治らない。

現に今、玲奈の身体から水が勝手に湧き出す霊障は取り除くことができた。まだ実年齢と外見の食い違いはあるが、でもその点さえ気にしなければ、霊障が起きなくなった玲奈はもはや普通の人と変わらない。

これからは講義の最中《さなか》にずぶ濡《ぬ》れとなってしまうことはない。

講義の邪魔をすることもなければ、誰に迷惑をかけることもない。

やがて周囲もそのことに気がつくだろう。そのとき玲奈がさっき湊斗に見せたような笑みを浮かべたら、きっと玲奈の周りには多くの人が集まってくるに違いない。

「……なによ、それ。私とは友達になれないって、本気で言っているの？」

「本気だよ。俺には玲奈と友達になるなんて無理だよ」

玲奈には、自分のような友人は不要なのだ——湊斗は、心からそう思う。

教室の隅の暗がりに身を潜め、死人たちが見せてくる夢に怯《おび》えながらこそこそしている友人なんて、これからの玲奈には必要ない。

なぜなら霊が支配する昏《くら》くじめっとしたこちら側ではなく、玲奈ならば明るい向こう側へときっと簡単に戻っていけるからだ。

そしてそのとき、湊斗は他の大勢の友人に囲まれた玲奈の隣にいられる自信はない。

湊斗は他人が苦手だ。人目にさらされるのが嫌いだ。湊斗は常に自分の体質が人にバレることを怖れている。バレて陰で噂されていないかと怯えている。怯えるあまり、誰かが笑うだけで自分が嘲笑《あざわら》われているのではないかと被害妄想を抱いてしまう。そうして湊斗は挙動不審となり、やがて人の輪の中にも居づらくなってしまう。

さらには玲奈の周りに集まる友人の中には、霊を憑けた奴も交じってくるだろう。そんな中で間違ってうたた寝でもしようものなら、湊斗は文字通りに死の体験をすることになり、体質のことだって本当にバレてしまうかもしれない。そうなれば玲奈はきっと気に病むだろう。

玲奈の隣に自分がいたら、そうなるのが目に見えている。

だとしたら、最初から玲奈の友達になんてならないほうがいい。

それが玲奈のためであり、湊斗のためであり、お互いのためだからだ。

――二人は友達にはならないほうが、きっといい。

そんな湊斗の想いなど知る由もない玲奈の表情が、みるみると変わっていく。

今の今まで笑顔だったのがまるで嘘のように、周囲の全てを敵として睨《にら》みつけるいつもの――いや、それ以上に険しい顔つきへと変化していく。

「あぁ、そう！　湊斗は私なんかとは友達になんてなれないってわけね！　私みたいな人間は、相手にもしたくないって言いたいわけねっ！」

「……結論を言えば、まあそういうことだ」

きっと何を説明したって、玲奈は納得してくれないだろう。

だから間違ってはいない玲奈の言葉を湊斗はあえて肯定し、それが滾《たぎ》った玲奈の感情に油を注いだ。

差し出していた手をぐっと振り上げると、勢いのままに湊斗の頬へと叩《たた》きつける。

パシンと大きな音が辺りに響き、そして水面《みなも》へと静かに吸い込まれて消えていった。

泣き止んだはずの玲奈の目に、再びこぼれそうなほどの涙がたまっていた。

「さっきの言葉、撤回するわ。湊斗と関わりあいになるとか、私のほうからお断りだからっ!!」

湊斗からすれば一方的に誘われて一方的に振られた状況なのだが、もちろんそんなことを口にできようはずもない。

玲奈が湊斗に背を向け、一人で橋の向こう岸に向かって走り出す。

湊斗は痛む頬に手を添えて、ただただ消えて行く玲奈の背を見送った。

──僅《わず》かな後悔がないわけではない。

でもそれ以上に、これでいいんだという諦念《ていねん》が湊斗の心の中で渦巻いていた。

なんだか足から力が抜けていきそうな湊斗は、欄干に背を預けて縁石へと腰掛けた。

湖の反対側、例のガードレールがなくなっている現場では、警察の数がさらに増えていた。死体が発見された以上、車ごと引き揚げるつもりだろう。いつのまにやらクレーン車らしき車両まで停まっていた。

おそらくまだまだ人も増えるはずだ。既に目的は達せられたわけで、湊斗も早々にこの橋から去りたいと思う。

でも湊斗の服は依然として濡れたままで、このままだとバスや電車に乗るのもままならない。おまけに冷たい春の風が、湊斗の体温を奪っていく。

「……さっさと乾いてくれないもんかな」

空は晴れてこそいる。でもダム湖の上の空気は湿っていて、服が乾き街へと降りられるようになるまでには、まだしばらく時間がかかりそうだった。

15

帰りは一人で秩父から都内に戻ってきた湊斗は、翌日からまた数日ほど講義を休むはめになった。

風邪を引いたのだ。

決して四月の頭に引いた風邪がぶり返したわけじゃない。

玲奈が走り去ったあの日、湊斗は服が乾くのを待つため夕方まで橋の上に座っていた。その結果、水の気化するままに体温と体力を奪われて、おまけに雑菌まみれだろうダム湖の水に落ちたこともあって、見事に新たに風邪を引き直してしまったのだ。

おかげで履修選択期間も終わってしまい、講義の精査ができぬまま湊斗はだいたいたいの希望で登録せざるを得なかった。

湊斗にとって講義の面白いつまらないは死活問題だ。つまらない講義ばかりを立て続けにとってうっかり寝てしまうと、いつぞやの上代文学の講義のように〝死人の夢〟を見るリスクが増す。

さらには受講する講義を変更できなかったということは――。

大教室の最後部にあるドアがバンッと大きな音を立てて開いた。

同時に室内に充満していた学生たちのおしゃべりの声が途絶える。

今日の三限目の講義は比較文化人類学――この状況だけで、湊斗はたった今ドアから入ってきた学生が誰なのか見なくてもわかった。

――玲奈だった。

いつもの険の宿った表情で、玲奈が静かに大教室内を睥睨《へいげい》していた。

最後部の角席に座った湊斗は急いで顔を背けるも、もう遅い。玲奈の目が湊斗の席の方を向いたままぴたりと止まり、細まった目の角度がぐんと吊《つ》り上がった。

そっぽを向いていようとも確かに感じる。怒りのこもった玲奈の目線が、湊斗の後頭部をめった刺しにしていた。

玲奈の不機嫌さに呼応してか教室内の緊迫感も普段の三割増しとなっていて、ヒソヒソ話すらも再開されない。

やがて鼻からフンッと強く息を噴くと、玲奈は何も言わぬまま机と机の間の階段状の通路を下りていった。

湊斗はほっと胸を撫《な》で下ろしつつも、でも同時に複雑な気持ちになる。

――というかせっかく霊障が治ったのに、なんで前より不機嫌オーラを全開にして周りを威嚇すんだよ。

ちなみに「おまえら全員うるさいんだよっ！」なんて、玲奈が強制退席させられたさいに啖呵《たんか》を切ってしまった湊斗だが、学生たちから何か詮索《せんさく》されたらどうしようかと心配していたものの拍子抜けするほど何も反応はなかった。

たぶん湊斗なんかより玲奈の方をみんな気にしているからなのだろうが、それはそれで湊斗としては玲奈を盾にしたような気分となり複雑だった。

そんなことを湊斗が思っているなど露とも知らない玲奈は、半ば指定席とも呼べる教卓のど真ん前の席へと座る。途端にガタガタと固定椅子の揺れる音がして、前列付近に座っていた学生たちが玲奈と距離をとった。

その様を見て湊斗は失笑すると「もう意味ないのにな」と、口の中だけでつぶやいた。

玲奈の今日のカバンは防水のトートバッグではなく、肩紐《かたひも》が長めでちょっとお洒落《しゃれ》なショルダーバッグだった。ひょっとしたらいつものカバンでないと気がついている学生もいるかもしれないが、でも玲奈のカバンが変わった理由を知っているのは玲奈本人と湊斗しかいない。

玲奈がカバンからテキストとノートを取り出していると、教壇側のドアが開いて駒津教授が入ってきた。

駒津教授は落ち着いた所作で教壇に立つと、最前席に座った玲奈に気がつき僅かに目を細めた。

「先週あんなことがあったばかりなのに、高原君は私が思っているよりもずっと肝が据わっているようですね。君のようなめげない学生が、私は嫌いではありませんよ」

「……それはどうも。お褒めいただき、恐縮です」

「だけれども、わかっていますね？　君の意思にかかわらず他の学生の学ぶ機会を邪魔するようならば、今週もまた君には出て行ってもらうことになります」

「えぇ、だいじょうぶです。私はもう水浸しになんてなりませんから」

淡々と答えた玲奈の声に、駒津教授は「ほぉ」と感心したような声を上げた。

「参考までに。それはいったいどんな変化があってのことなのか、訊《き》いてもよろしいですか？」

「単に治してもらっただけですよ。――女子の一人とも友達になれないようなとびきり情けない男子に、私の身体を襲っていた霊障を」

ギスギスとした玲奈の声が教室中に響き、空気の重さがさらに増した。

駒津教授は肯定するでも否定するでもなく、ただ「なるほど」とだけ口にすると、以降は無駄話をやめて講義を開始した。

湊斗は一人、誰にも気づかれぬほどに小さくため息を吐く。

――なんでわざわざ〝霊障〟なんて言葉を口にするのか。せっかくそれから解放されたのに、あれじゃ周りをいっそう気味悪がらせるだけだろうに。

これでは玲奈と友達になることを拒否した意味がまるでない――湊斗は玲奈にそう文句を言ってやりたくなるが、生憎《あいにく》と湊斗が座る席は最後尾で、玲奈は最前列だ。

相変わらず他人を寄せ付けようとしない玲奈の背中を遠くから見つめつつ、湊斗はもう一度小さくため息を吐いた。

2章　あの人と連れ添う儚い夢を見る

1

入学したばかりはとかく広大に感じたキャンパスも、二年目の五月ともなれば既に慣れきって「そうでもないよな」と、湊斗は思うようになっていた。むしろもっと広くてもいいとさえ思うこともある。

特にそう感じるのは昼食時だ。学生たちで混雑する学生食堂が苦手な湊斗は、コンビニか購買で買ってきたパンを学内で食べることが多い。しかしながら腰を落ち着けて買ったパンを食べられるベンチが、学内にはほとんどないのだ。

——本当はそんなことはない。校舎の入り口が並ぶ表通り側や、通りと隣接した噴水のある広場に行けばベンチなんていくらでも設置されている。しかしながらそこは、活気に満ちた学生たちで常に溢《あふ》れかえっていた。

あんな場所で一人でパンを囓《かじ》るぐらいなら、トイレで食べた方がマシだ——そう考える湊斗にとっての足りないベンチとは、つまり周囲に人気《ひとけ》のない場所に設置されたベンチのことだった。

人気がないのだから、そんな場所にベンチなんて設置する必要がないはずなのだが、キャンパスは狭いようでやっぱり案外に広い。幾つかは湊斗のおめがねに適《かな》うベンチもあって、今向かっているのがまさにその秘蔵スポットの一つだった。

昼休みを挟んだ三限に、湊斗も受けるドイツ語の講義がある文学部棟。その校舎裏の暗くじめっとした木陰の下に、ひっそり置かれた一つきりのベンチがあるのだ。

まさに人目を避けたい湊斗のために用意されたような、誰も寄りつかない陰気な区画のベンチに——しかし、今日は先客がいた。

「……あっ」

青みの掠《かす》れたプラ製のベンチに座っていたのは誰あろう——玲奈だった。

膝《ひざ》の上に置いた手製らしい弁当を一人で食べていた玲奈が、ベンチの置かれた植え込み前の職員用駐車場で立ち尽くす湊斗を見つけ、不機嫌そうに目を細めた。

しかし調理パンの入ったビニール袋を湊斗が手に提げているのに気がつくと、隣のスペースに置いてあったトートバッグを自分の側にぐっと引き寄せた。

講義を受けるさいの席は一番前、なんて生真面目な考えをする玲奈のことだ。人が来たらスペースを空けるのは常識——とか、そんな理由でカバンをずらしたようにも思える。でも普通に解釈したら、席を空けたその行為は隣に座れと、そう主張しているようにしか湊斗には感じられなかった。

幸い、付近には他に誰もいない。玲奈の隣に座っても、目立つようなことはない。

だから回れ右したくなる気持ちを押し殺し、湊斗は黙ったまま玲奈の隣に座った。

当然、嫌味や文句が飛んでくることを覚悟していた湊斗だが、しかし予想に反して玲奈も何も喋《しゃべ》らない。口を開いても、黙々と箸《はし》でごはんを運ぶだけだった。

そんな玲奈の様子をちらりちらりと横目でうかがいつつ、湊斗も調理パンの包装を開いてベンチに座ったまま食事を始める。

だが——気まずい。というかパンの味がまるでしない。胃が強い方ではないと自覚している湊斗としては、パンを飲み込んでもすぐに口の中にまで戻ってきそうだった。

沈黙に耐え切れなくなった湊斗が、観念したようにため息を吐いた。

「……あのさ、その後はどうだ？」

ぼそりと口にしたそのひと言で、玲奈の箸がピタリと止まった。

「その後って、いつから後のことを指しているの？　そんな曖昧《あいまい》な表現じゃ何もわからないわ。——私とは友達にはなれないらしい、ただの同級生の奥津君」

奥津君という部分にやたら力を込めた玲奈の返答に、湊斗は早くも頭が痛くなる。

「……ダム湖で霊障が解けてからのことに、決まってるだろ？」

「ああ！　私となんか友達になりたくないと言ってくれた、あの日から後のことを訊《たず》ねていたんだ、全然わからなかった。——ただの同級生でしかない奥津君」

もはや針の筵《むしろ》過ぎてこのまま走って逃げようかとすら湊斗は思うが、ふと玲奈の表情が少しだけ緩んだ。

「安心して。あれから一度も霊障は起きていないわ。もう着替えを持ってくる必要もなくなったおかげで、こうしてお弁当を持ってくる余裕だってできたのだし。……これでもね、あの時のことはとても感謝しているの」

何とも返事ができないまま、湊斗は少しだけはにかんだ。

今の玲奈には霊は憑《つ》いてはいない。霊障が起きていないというのは本当だろう。だとしたら〝死人の夢〟を見るという、まさに死ぬ思いをしてまで頑張った甲斐《かい》もあるというものだ。

「けれどもっ！」

食べ終えた弁当箱に割れんばかりの勢いで蓋《ふた》を被《かぶ》せながら、玲奈が叫んだ。

「感謝していることと、友達になりたいと言った私を袖《そで》にしたことは、まったくの別の話だからねっ！」

周囲の全てを敵とみなす玲奈のあの目で睨《にら》まれ、安堵《あんど》していた湊斗は不意を突かれて竦《すく》み上がる。

わかりやすくフンと鼻を鳴らして玲奈がそっぽを向き、弁当箱を放り込んだカバンを手に立ち上がる。その勢いのまま、アスファルトの上をカツカツと早いテンポの足音を立てながら玲奈は歩き去っていった。

玲奈の姿が校舎の陰に消えてから、広くなったベンチに腰掛けたままの湊斗は縮み上がっていた肩をようやく下ろした。

「……俺なんかと友達になったって、しょうがないだろ」

玲奈に霊障が起きていないのならばなおさらだと、湊斗は小さくため息を吐く。

確かに戸籍の年齢と外見の齟齬《そご》は残る。でも物理現象を伴う霊障さえ起きなければ、湊斗と違って玲奈は普通に生活ができるはずなのだ。

だから友達が欲しければ、こんな陰キャ御用達《ごようたし》の校舎裏で弁当なんて広げず、もっと大勢の人が集まる学食ででも食べたらいい。玲奈は見た目は美人だし、センスだって悪くはない。身の回りでもう怪異は起きないという認識が広まれば、きっとすぐに人が寄ってくるはずだ。

そうなったときお互いに辛《つら》い思いをするのが想像できるから、湊斗は「友達になりましょう」という提案を断ったのだ。

「……でもまあ、あのキツイ性格もなんとかしなくちゃダメかもな」

玲奈がいなくなったのをいいことに、湊斗が苦笑した。

モヤモヤした複雑な気持ちで、湊斗が最後のパンの一欠片《かけら》を口の中へと放り込む。

——やっぱり、おいしくなんてなかった。

2

パンのみの寂しい昼食を終えた後、湊斗は天を仰いでしばしぼぉーっとしていたが、やがてスマホを取り出し時間を確認すると、すぐ近くにある文学部棟へと向かった。

校舎裏から正面の玄関口へと向かって、そこから階段を上って三階へ。廊下を端まで歩いて五〇人規模の教室へと後ろのドアから入れば——そこにはさっき校舎裏のベンチで別れたばかりの玲奈がいた。

それも当然で、次は玲奈と履修が被っているドイツ語の講義だった。

今日もまた玲奈が座っているのは、教卓前の最前席だ。対して湊斗が今カバンを置いたのは、最後列の窓際の席となる。他の講義なら休憩時間を潰《つぶ》してでも確保に走る特等席なのだが、この講義だけは楽に確保ができるのを湊斗はわかっていた。だからこそ優雅に外のベンチで昼食のパンを食べ、あまつさえしばし呆《ほう》けてからやってきたのだ。

ちなみに最後列の窓際の席が空いている理由だが——。

その一。まずこの講義は人が少ない。第二外国語は選択必修のため、人気の中国語のほうに人が寄っていて、総じてドイツ語を受講しようという学生自体が多くない。

その二。玲奈の水浸しの霊障がもう起きないことが少しずつ学内に浸透していて、最前列に座る玲奈の周りが以前ほど敬遠されなくなっていること。

そして、その三が——これだった。

「よし、それじゃ今日も講義を始めるぞ」

前のドアから教室に入ってきたその男性講師の年齢は、おそらく三〇過ぎだろう。専任講師としても若いほうだ。身長はたぶん一八〇を超えていて、体型もシュッとした細身型。おまけに祖父がドイツ人らしく顔は彫りが深く、端的に言ってしまえばイケメンだった。

途端に、教室内の雰囲気が色めきだつ。実はこの講義を受講している学生のほとんどが女子で、この講師の顔目当てで履修している連中がたいがいのため、席が前の方からどんどんと埋まっていくのだ。

「おや、高原君は今日も一番前の席なんだね。事務局からは君の素行に注意するようにと言われていたけれども、逆に君ほど真面目な学生はいないと報告しておくよ」

教壇に立った講師の木戸《きど》が、少しだけ身を乗り出しながら玲奈に微笑む。それだけで玲奈の周りに座っている女子たちの空気がちょっと悪くなった。

なんというか——正規の講義が始まって早一ヶ月。どうもこの講師からは玲奈を贔屓《ひいき》するような言動が目立つのだ。

初回が休講だったこともあって、木戸は玲奈の水浸しになる霊障を目にしたことがない。まさに湊斗がさっき校舎裏で思っていたように、木戸にとって玲奈はちょっとだけ実年齢と外見年齢がズレただけの、ただの美人な女子にしか見えていないのだろう。

——だが。

「木戸先生、ドイツ語の講義は初回の休講の分の補講がされていないので、ただでさえ遅れています。私の素行のことなどどうでもいいので、早く講義を進めてください」

けんもほろろとは、まさに玲奈のこの対応のことをいうのだろう。

いけ好かないイケメンが意気消沈して鼻白む姿にすっと胸がすくのは、これはもう陰キャ男子の性《さが》なのだと、湊斗は自分でも無意識のまま上機嫌に鼻を鳴らした。

周りの女子の雰囲気がさらに険悪になるが、そこは玲奈だ。その程度の圧などまったく気にしなければ、むしろ逆にギロリと睨みをきかせて周囲の女子を黙らせる。

「……玲奈の性格も知らないのに、下手に粉かけたって無駄だよ」

教室の端の席でもって、窓の外を眺めながら湊斗はひっそりほくそ笑んだ。

さっきまでは確かに玲奈に友達ができることを望んでいた湊斗なのだが、今は真逆で玲奈の行動になぜか安堵してしまっていた。

3

——そんなドイツ語の講義から、数日後のこと。

「ねぇねぇ、聞いた？」

「聞いたよ、聞いた！　——神隠しの噂、でしょ？」

湊斗の耳にその会話が飛び込んできたのは、比較文化人類学の講義が始まる前だった。

比較文化人類学の講義は、木戸のドイツ語の講義と違って人気の講義だ。そのため湊斗は昼休みを全て潰していつもの角席を確保し、机の上で腕を枕に突っ伏していたところ、そんな会話が自ずから聞こえ始めてきたのだ。

「消えたのって、去年の文化祭で最優秀賞を獲《と》った演劇サークルの人なんでしょ？」

「そう。私、覚えてるよ。けっこうキレィ目だった、あの人だよね」

「でもさぁ案外、男の家に入り浸ってたり、講義さぼってどっか旅行に行っていたりとか、そんなのが見つからない真相なんじゃないの？」

「違うって。だって夕方に学内の校舎の中に入っていくところを目撃されてるんだよ。でもそれっきり校舎から出てこなくて、自宅にも帰った形跡がないみたいで、忽然《こつぜん》と消えちゃったんだって」

「へー……だけど神隠し、神隠しって、さすがにちょっと聞き飽きたよね。中学とか高校の七不思議じゃないんだからさ」

「ほんとそれ。っていうかそれってさ、みんなあの女のせいだよね」

気がつけばそんな会話が大教室中のあちこちで交わされていて、湊斗がいっそう耳を澄ますと――バンッ！　と、大教室の後部ドアを乱暴に開け放つ大きな音がした。

同時に噂話をしていた全員がいっせいに口を噤《つぐ》む。

もはやお馴染《なじ》みともいえる登場の仕方で現れた玲奈が、いつものように教室を見渡し学生たちを威嚇していた。

そうやって睨むからいつまでも友達ができないんだよ――むくりと顔を上げた湊斗がそんなことを思いつつ、玲奈に目を向ける。

次の瞬間、湊斗の目は大きく見開かれたまま固まった。

「……マジかよ」

そんな言葉が湊斗の口からぽろりと出る。

しかし玲奈は、教室の隅で驚愕《きょうがく》している湊斗の様子には気がつきもせず、大教室の真ん中にある階段状の通路を下りていく。もはや指定席と言ってもいいような教卓前の席に玲奈が座るなり、ほぼ同時に駒津教授が教室へと入ってきた。

いつものように上品な仕草で壇上を歩いて教卓前に立つと、一番前の席に座っている玲奈へと鷹揚《おうよう》に微笑みかけた。

「高原君はいつもその席ですね。もうあの水浸しになる講義妨害はやらないのですか？」

「……先生、前にも申したようにあの怪異は私の知り合いに治してもらったんです」

「あぁ、そうでした、そうでした。これは失敬」

ドイツ語の木戸と接するときと、駒津教授と接するときとではあまりに玲奈の声音が違うのだが、その違いに気がつく学生は湊斗以外にはいない。

だが今の湊斗は、そんなことを気にかけてなどいられなかった。

なぜなら湊斗の意識は玲奈のすぐ隣に立つ、別の女性へと向いていたからだ。

その女性は、ザクロのように頭が割れていた。割れた前頭部からは血が溢《あふ》れ、血で真っ赤に染まった顔の唇は半分開いたまま舌が垂れていた。

顔立ちなどから自分たちと同じぐらいの年齢だということはわかる。顔もたぶん玲奈と同じぐらいには整っていたのだろう。しかし今やもう見る影もなく、ただただおどろおどろしい。

そんなおぞましい姿の女子が、両腕をだらりと垂らしたまま玲奈の横に立っていた。

だが誰も驚かなければ、誰も気にしない。それも当たり前で、その女子は——新たに玲奈へと憑《つ》いている霊だった。

「……ねぇ、ねぇ。聞いた？」

「……うん、聞いた、聞いた」

講義をする駒津教授の声に交じりながらも、不穏な神隠しの噂は依然としてヒソヒソと教室中にささやかれていた。

比較文化人類学の講義が終わるなり早々と大教室を出ていく玲奈に、湊斗は声をかけることができなかった。

それは大勢の学生の前で、あの高原玲奈へと話しかける勇気が出なかったこともあるが、同時にまだ確信がなかったからでもあった。

誰にだって、通りすがりの霊の一体や二体にとり憑かれるということはある。普通は本人すらそんなことに気がつかず、そして霊も気がついてなどもらえず、数日もしたら霊は離れてまたどこかに消えていくものなのだ。新たに玲奈に憑いている女の霊も、たまたま波長があって拾ってきてしまっただけという可能性は十分にある。

でも同時に玲奈の身体が〝偽りの神隠し〟――死体の発見されていない行方不明者の霊を引き寄せるのも、湊斗は前回のダム湖に沈んでいた女の霊の件で理解していた。

だからこそ湊斗は、自分のスマホで文化祭実行委員会が運営しているホームページにアクセスをしてみた。

それというのも今出回っている噂の中に、神隠しに遭ったのは去年の文化祭で賞を獲った演劇サークルの子という情報があったからだ。

ちなみに去年は一年生だった湊斗だが、文化祭には行っていない。そんな人で賑《にぎ》わうこと必至のイベントに湊斗が行くわけがない。確か去年の文化祭の当日はバイトをしていたはずなので、賞を獲ったというその演劇サークルの存在すら知らなかった。

学外への広報を兼ねている、去年の文化祭当日の様子を掲載したページを湊斗はスクロールし続け、一枚の写真を目にするなりぴたりと指を止めた。

その写真には男女一〇人ぐらいの学生が肩を寄せ合って写っており、中央には文化祭実行委員会から授与された『最優秀賞』の賞状を手にして広げている女性がいた。

頭の中で、湊斗は写真の中の女性の顔に血糊《ちのり》をぶっかけてみる。それから口の中に収まっている舌を引っ張り出して垂らしてみれば――、

「……当然、そうだよなぁ」

普通に考えてタイミングが良すぎる。湊斗としては一縷《いちる》の望みに賭《か》けたのだが――やはり玲奈に新たに憑依《ひょうい》した女子は、学内で神隠しだと噂されている行方不明者の霊だっ

た。

ちなみに写真の下にはご丁寧にサークルメンバーの名前までもが掲載されていて、玲奈に憑いているのは湊斗たちよりも一年上の三年生である、美馬《みま》坂《さか》彩音《あやね》という名の先輩であることもわかった。

「……教えてやるべきだよな」

湊斗がぽつりとつぶやく。

ただ霊が憑いているだけであれば、湊斗だって無闇に本人に伝える気はない。

だが夢の中の玲奈が語った話が正しければ、玲奈の身体は〝偽りの神隠し〟を引き寄せるだけでなく、極めて霊障が発露しやすくもなっているというのだ。

本来なら易々と信じられる話ではないが、しかし玲奈には確かな前例がある。このまま〝偽りの神隠し〟の霊に憑かれ続けていたら、以前のようにまた霊障で玲奈が苦しめられる可能性は高いと湊斗は直感していた。

湊斗が長い嘆息を吐き終えると、スマホのブラウザを閉じて電話帳を開く。

でもそこまでだ。湊斗は玲奈の電話番号など知らない。玲奈のメルアドも聞いていなければ、そもそも必要がないので自分のスマホにSNSアプリの一つもインストールしていない。前に玲奈と待ち合わせたときは、前日の別れ際に場所と時間を指定しただけだ。

霊が憑いていることを教えてやろうにも、湊斗には玲奈と連絡をとる手段がなかった。

「そうだよな……俺たち、友達なんかじゃないもんな」

自分で望んだ関係をあらためて口にし、ふっと自嘲《じちょう》する。

湊斗はなんとなく、あの日の自分の回答を少しだけ後悔していた。

4

普段は人が多過ぎて狭いと感じているキャンパスだが、いざ特定の誰かを捜し始めると途端に腹立たしいほど広く感じるのだから、我ながら現金なものだと湊斗は思った。

あれから講義の合間を縫っては玲奈を捜し、湊斗はキャンパス内をうろついてみたが、しかし見つからない。要らぬときにはふと顔を合わせたり、会いたくないときにはばったり会ったりもするのに、肝心なときには玲奈と出会えない。

おおむね世の中そんなものだとは思うが、言いようのない焦りは募る。

そうこうしているうちに、新たな〝偽りの神隠し〟が玲奈に憑依しているのを確信してから数日が過ぎ、三限がドイツ語の講義の日がやってきた。

ドイツ語の講義は玲奈と被《かぶ》っているため、どちらかが欠席しない限り会えないということはまずない。講義が終わってから、なんとか人目が少ないところで玲奈を捕まえて――と考えていたところ、湊斗はふと先週のことを思い出した。

先週のドイツ語の講義前、玲奈は文学部棟の裏手のベンチで昼食をとっていた。ならば今日もまたそこに玲奈がいるかもしれない。あそこだったら人気もないので、話をするには打ってつけだ。

そう考えた湊斗が昼休みに文学部棟の裏へと立ち寄ってみると、

「あら、また来たの？　──奥津君」

案の定、玲奈がそこにいた。

しかも前回は湊斗の姿を見かけても目を細めただけだったのに、今日は玲奈の方から声をかけてきた。おまけに前もってベンチの隣のスペースも空いていた。

ようやく玲奈を見つけることができた湊斗は、ちょうどいいとばかりに玲奈の隣へとどっかりと腰を下ろした。

「実は玲奈のことを捜していたんだ」

「私を？　……へー、友達でもないのに私のことを捜していたなんて、いったい何の用よ？」

刺々《とげとげ》しい声音はいつもの通りだが、でも心なしか今日の玲奈は機嫌がいいような気がした。

厄介なことを話すつもりの湊斗としては気が楽になる一方、逆に玲奈が上機嫌だからこそこれから水を差すことになるのが少し気が重かった。

「なあ、玲奈。その後、変なことは起きていないか？」

「なに、またその話？　先週も言ったでしょ、別に変なことなんて起きてないって」

「だったら先週の、その後からはどうだ？」

「はぁ？　……しつこいわね。あれから一度も、水浸しになんかなってないってば」

機嫌が良かったはずの玲奈が、ちょっとだけ目を細めて苛立《いらだ》ちをあらわにする。

「いや、そうじゃないんだ。俺が訊《き》いているのは、水浸しになる以外にも何か妙なことがなかったかと——もっと言うと霊障じゃないかと思えるような、新たな怪異めいたことが身の回りで起きていないかって、そう訊《き》いているんだよ」

「なによ、それ。まるで私の身に、新しい霊障が起きるような口ぶりじゃない」

ドンピシャな返答に、湊斗はつい玲奈の顔から目を逸《そ》らしてしまった。

そんな湊斗の様子を目にし、玲奈が怪訝《けげん》そうに眉根《まゆね》を寄せるも、次の瞬間にははっと気がついて息を呑《の》んだ。

「まさか……嘘でしょ？」

さーっという音がしそうなほどの勢いで、玲奈の顔が青ざめていく。

その玲奈の顔色を見て、湊斗は意を決して口を開いた。

「そのまさかだよ。〝偽りの神隠し〟に遭った新しい霊が、玲奈に憑いている」

——そして湊斗は、状況を語った。

今も玲奈のすぐ横に立っている、頭が割れて口から舌を垂らした女子の霊。その女子は玲奈に取り憑いていて、ホームページの写真から神隠しに遭ったと噂になっている美馬坂先輩の霊だと既に確認をしている。そしてその事実を教えようと玲奈を捜していたのだが見つからず、今日の今になってようやく出会えたこと。

それらを聞き終えた玲奈は、まだ半分近くも中身が残ったままの弁当箱に震える手で蓋《ふた》をした。胃がいっぱいになって食べるのをやめたわけではないのは、明白だった。

「……あぁ、そう」

さっきまでの機嫌の良さが嘘のように消え、玲奈がまるっきり感情の籠《こ》もっていない素っ気ない声を湊斗に返す。玲奈の顔色を見るまでもない。新しい〝偽りの神隠し〟の憑依に、動揺しているのが丸わかりだった。

「なぁ、本当にだいじょうぶなのか？」

「だいじょうぶって……何がよ」

「だから霊障だよ。玲奈の身の回りで妙な現象は起きていないのかって、さっきからそう訊いているだろ」

「変なことなんて何もないって、私もさっきからそう答えているでしょ。それとも私が嘘をついているとでも勘繰《かんぐ》っているわけ？」

玲奈の目がギッと吊《つ》り上がった。

「いや、そうじゃないだろ……玲奈のことを心配しているって、そういう話だろ」

「心配？　なんで私となんか友達にもなりたくないって人が、私の身を心配するわけ？　私のことなんて、放っておけばいいじゃない。そんなのは余計なお世話っていうのよ。それに新しい霊が憑《つ》いているとか、そんなの何の証拠もない話でしょ？　あなたが勝手に言っているだけで、私には頭が割れた先輩の霊なんてどこにも視えないもの」

実にいやみったらしい口調でもって、玲奈が最後に鼻で笑った。

ここ数日、玲奈のことを慮《おもんぱか》ってキャンパス内を捜し回っていたこともあり、この言い草には湊斗もさすがにカチンときてしまう。

「それは単に玲奈が視えていないだけだろ！　視えてないから、こうして教えているんじゃないかっ！」

「だからそれが余計なお世話だって、そう言ってるのっ！」

玲奈が立ち上がり、自分のカバンをひったくるように手にして肩へと下げた。

そのまま湊斗に背を向け大股《おおまた》で歩き去ろうとして、でもふと思い悩んだように立ち止まり、僅《わず》かにうつむきながら振り向いた。

「……悪いけど、友達にもなってくれない人の言うことなんて信用できないわ」

最後にそれだけ言い残すと、玲奈はさっき以上に早足となって湊斗の前から去る。

玲奈の背中を見送ってから、湊斗はベンチに座ったまま深くうな垂れる。

「友達、友達って……ずっと言ってろよ。せっかく水浸しになる霊障が治ったのに、そんな風だからいつまでも友達ができないんだろ」

――でもそれは、おまえ自身も同じだろ？

心の片隅で、自分で自分に向けて突っ込みが入る。

心の底から聞こえてきたようなそんな声を、今の湊斗は無視することにした。

5

ドイツ語の講義の間中、湊斗は玲奈の背中をじっと観察していたが不思議な現象など起きはしなかった。玲奈の横に立つ美馬坂先輩の霊に注視していたものの、こちらも立ち尽くしたままでいっさい変化はなかった。

玲奈の身体から発露するはずの、霊障と思《おぼ》しき怪異はその気配すらなかったのだ。

必然的に、玲奈に言われた「余計なお世話」という言葉が湊斗の脳裏に蘇《よみがえ》る。ついでに「勝手に言っているだけ」なんて言葉も頭の中で反芻《はんすう》してしまった。

――なにしているんだろうな、俺は。

こういうことを面と向かって言われたくないから、湊斗は人付き合いをやめたのだ。人との関わりを最小限に抑えているのは、他人から異端視されたくないからだ。

それなのにたった一度だけ、自分の特異な体質を利用して玲奈に憑いた霊を除いたぐらいでヒーロー気取りになって、軽々しく玲奈の身を心配してしまった。

確かに「余計なお世話」と言われても当然だと、今の湊斗は思っていた。

一時間半に亘《わた》った講義が終わると、女子たちが例のイケメン講師の木戸に大きな声で挨拶《あいさつ》をしてから教室を出ていく。これがヨボヨボの爺《じい》さん教授だったらあんな挨拶はしないだろうに、なんとも現金なものだと湊斗がくさくさした気分でテキストをしまっていると、まだ玲奈が席を立っていないことに気がついた。

玲奈の座る机の上にテキストはない。いつも持ってきている、分厚くて重いドイツ語の辞書もない。全てカバンにしまってもう帰り支度は終えているのに、でも玲奈はじっと座ったままだった。湊斗と同じで雑談する相手などいない玲奈は、講義が終われば一目散に教室を出ていくのが常だった。

だが今日は、講義は終わったのになぜか教卓前の席で行儀良く座ったまま、あざとそうな女子二人がどうでもいいことを木戸に相談しているのをじっと見ていた。

どうしたのか——と思うも、でもこれも余計なお世話かと、湊斗は自嘲《じちょう》した。

玲奈のことなんて気にするなと自分に言い聞かせ、湊斗がバックパックを背負う。

それとほぼ同時に、木戸への質問を終えた女子たちがキャッキャッと騒ぎながら教室を出て行き、次いで——玲奈が動いた。

いや……正確には玲奈より先に動いたのは、玲奈に憑いた美馬坂先輩の霊だった。

これまで玲奈の横で立っているだけだった美馬坂先輩が、木戸の周りの女子たちがいなくなるなりすーっと滑るように動いて、木戸の前へと移動したのだ。

するとまるで見えない糸で繋《つな》がっているかのように、玲奈が美馬坂先輩の後を追って歩き、二人重なるように木戸の前へと立った。

「木戸先生……この後、お時間ありませんか？」

突然の玲奈の誘いに、木戸の目が驚きで丸くなる。

そしてそれは、教室の後方から玲奈の様子を見ていた湊斗もまったく同じだった。

教室ではいつだって周りを威嚇するように睨《にら》む玲奈が、木戸に向かって微笑んでいた。しかもどことなく雰囲気が普段と違う。なんというかそれはあまりに玲奈らしくなくて、湊斗の勘違いでなければまるで木戸に媚《こ》びているような笑みだった。

木戸の目尻《めじり》が、今の玲奈の様子を前にぐっと下がった。その目つき顔つきに、湊斗の胸中にたまらない不快感が湧き上がる。

「高原君の方からそう言ってくれるとは、驚きだな。――いいよ、時間ぐらい作るよ」

「ありがとうございます、木戸先生！」

木戸は明らかに鼻の下を伸ばしているのに、玲奈の笑みは少しも崩れていない。

端的に言って、湊斗は衝撃を受けていた。

今の玲奈が浮かべた笑みは、あの「友達になりましょう」と口にしたときに浮かべた笑みともよく似ていた。

――あの笑顔を、自分だけじゃなくて木戸にも向けている。心配していた自分には嚙《か》みついてきたくせに、あんな軽薄そうな講師と楽しげに会話をしている。

湊斗は自然と息を呑《の》み、意識しないまま拳《こぶし》をきつく握っていた。

「とりあえずは、どこか座れるところでゆっくりと話を聞こうか」

早くも馴《な》れ馴《な》れしい雰囲気を醸し始めた木戸が、自然な動きで玲奈の肩に手を置く。

吐き気がしそうなほどの苛立ちと、もうどうでもいいやという諦念《ていねん》が湊斗の胸中から同時に湧きだして、足早に教室から去ろうとした瞬間——まるでスイッチが切れたように、玲奈の腰がストンと砕けてその場にしゃがみ込んだ。

それはあまりにも脈絡がなくて、二人の様子を盗み見していた湊斗ですらも驚いて自身の動きを止めてしまう。

でもしゃがみ込むと同時に聞こえてきたガリガリという音で、湊斗は我に返った。

それは玲奈が自分の喉《のど》を掻《か》き毟《むし》る音だった。爪を立てて抉《えぐ》るように、自分の喉と胸の皮を引っ掻いている音だったのだ。

しゃがんでいた玲奈が、仰向《あおむ》けにひっくり返る。同時に背中と頭がリノリウムの床に落ちてゴンとすごい音がした。倒れるときに腕で身体を支えられなかったのは、両手で自分の喉を掻き毟ったままだったからだ。

その仕草からして間違いない。玲奈は、呼吸ができずに苦しんでいた。

——まずい！

ようやく事態の深刻さを認識した湊斗が、背負っていたバックパックを放り投げて玲奈へと駆け寄る。

仰向けに倒れた玲奈を抱き起こして顔色を確認してみれば、唇は早くも真紫に変化し、肌はびっくりするぐらいに白くなっていた。

「早く！　誰か、人をっ！」

今この教室には湊斗と玲奈、それから木戸しかいない。だから助けを呼んでもらうべく湊斗は木戸に向かって叫んだのだが、しかし木戸はすぐ目の前で倒れてもがいている玲奈を少しも見てはいなかった。

立ったままの木戸の目線は、まっすぐ正面へと向いていた。その目は飛び出さんばかりに大きく見開かれ、顔色もなぜか玲奈と同じぐらい白くなっている。

——えっ？　と湊斗は思った。

なぜなら木戸が見つめている先は何もないただの宙空——ではなくて、そこには湊斗の目にしか視えていないはずの美馬坂先輩の霊がいたからだ。

割れた頭から流れた血で顔を真っ赤にし、さらには玲奈と同じく美馬坂先輩も喉元に両手を添えていた。おまけにこれまでの無表情とは違い、顔にはもがき喘《あえ》いでいる苦悶《くもん》の表情を浮かべ、そして助けを求めるように木戸の方へと手を伸ばしていたのだ。

「うわあぁぁぁぁっっ!!」

瞬間、教室中の全ての音をかき消すほどの、木戸の絶叫が木霊《こだま》した。

倒れて苦しんでいる学生の玲奈に背を向けて、講師である木戸が教室の外へと一人で飛び出した。そのままなりふり構わない叫び声を上げながら、遠くに走り去っていく。

あまりのことに啞然《あぜん》とする湊斗だが、今は呆《ほう》けていられるような状況ではない。どうにかしないとと心中で焦っていると、木戸の悲鳴が人を呼び寄せたらしく、何人かの学生たちがやってきてドアから教室内を覗《のぞ》き込んだ。

「ねぇ……あそこで倒れているのって、高原玲奈じゃない」

「えっ？　なに……また人の目をひくために変なパフォーマンスでも始めたのかな？」

——人の目をひくために唇が鬱血《うっけつ》するまで息を止める奴なんかいねぇよ！

玲奈に関わりたくない、近づきたくない、という気配を滲《にじ》ませながらヒソヒソ話をしている連中に、湊斗は怒鳴り返したくなる。

でも玲奈の顔色を見る限り、今はそんな時間さえも惜しい。

「あぁ！　わかったよっ！」

意を決した湊斗が、喉を引っ掻いて会話もできない玲奈を両腕で抱きかかえる。目立ちたくないとか、そんなことを言っている場合ではもはやない。

切羽詰まった湊斗の様子を見て、ようやく玲奈の様子が演技ではないと気がついた何人かの学生が近寄ってこようとするが、もう事情を説明している余裕もない湊斗は彼らを振り払い、一人玲奈を抱えて保健センターに向かって駆け出した。

6

不思議なことに湊斗が玲奈を抱えて走り出すと、みるみる玲奈の呼吸は戻って顔色も回復し、保健センターへと駆け込んだときには喉を掻き毟る手も止まっていた。

だが玲奈は湊斗の腕の中で意識を失っていて、また喉には自分で引っ掻いた傷痕《きずあと》もあり、何か異変があったということは即座に伝わって、そのまま保健センターのベッドに寝かされることになった。

意識のない玲奈に代わり、在席していた医師に湊斗が起きたことを説明する。話を聞き終えた医師が、意識のない玲奈に下した診断は「過呼吸でしょう」というものだった。

事務局からは問題児として扱われている高原玲奈は、その問題行動で自身にも過剰なストレスをかけており、それが爆発したに違いない——事務局に雇われている医師が、そんなストーリーで適当な診断を下したことは、湊斗の目からしても明らかだった。

だが湊斗は、あえてその診断に何の異も唱えなかった。

過呼吸では決して起こりえないはずのチアノーゼの症状が玲奈の顔には出ていたというのに、それをわかった上で湊斗は何も言わなかった。

なぜなら玲奈の身に起きた異変の原因は、霊障だからだ。

霊障である以上、医師に何を言ったところで変な目で見られてそれでおしまいだ。

とりあえず玲奈の寝かされたベッドの横で湊斗が黙って腰掛けていると、医師は忙しさを理由に保健センターを出ていった。理由はどうあれ、事務局から睨まれている玲奈とあまり関わりたくないのだろう。

「——さて。それじゃ、これからどうしたものか」

役にも立たない医師など放っておき、喉に包帯を巻かれて眠っている玲奈以外には誰もいない救護室で、湊斗は腕を組んで独りごちた。

いや、独りごちたという表現は、案外に正しくないかもしれない。なぜなら寝ている玲奈はカウントしないにしても、実のところはもう一人、かつては確かに人だったが今はもうそうとは少し呼びがたい美馬坂先輩の霊が、玲奈の枕元にいるからだ。

玲奈の容態が落ち着きを取りもどすなり、美馬坂先輩の顔からも苦悶の表情が消えて、今は元の無表情へと戻っている。というか霊障である以上はおそらく逆で、美馬坂先輩の霊が落ち着いたから、その影響を受けていた玲奈の呼吸困難も治まったのだろうと、湊斗は思っていた。

腕を組んだままの湊斗が、眉間《みけん》に深い皺《しわ》を寄せる。

前回の霊障は、玲奈が濡《ぬ》れるだけだった。それだけの怪異ではあったものの派手な物理現象を伴っていたこともあって、社会的にも実生活的にも玲奈に大きな負の影響を与えてはいた。

しかし今回の霊障は、毛色というか危険度が違う。湊斗が見ていた限りでは、今回の霊障は玲奈の命に直接関わる。

そもそも取り憑《つ》かれてから数日間は何もなかったらしいのに、それがどうしていきなり今日になって霊障が起きたのか。さらには一度起きた霊障がどうして治まったのか。それは単に時間が理由なのか、それとも何か他に原因があるのか。霊障を起こしている美馬坂先輩の霊が視えていた湊斗にも、何もわからない。

もしも今もなお呼吸困難の霊障が続いていたら、玲奈は今頃どうなっていたのか――湊斗は考えたくもなかった。

玲奈の枕元に立つ美馬坂先輩の霊を、湊斗は視る。無表情に戻った美馬坂先輩は、舌を垂らしたまま何もない虚空を見つめるだけだった。

せめてこの先輩の声が聞こえればいいのに——そう思うも、あいにくと湊斗には死者の声を聞く力はない。

代わりにあるのは、死の瞬間を追体験できる——〝死人の夢〟を見る力だった。

「やっぱり、そこに頼るしかないか」

そう言って、肩を落とした湊斗が財布から取り出したのは、睡眠導入剤だった。

最初に玲奈に憑いていた霊の〝死人の夢〟を見る際に、二個並びのまま玲奈からもらったうちの、残っていたもう一錠がこれだった。

湊斗はもう一度、まじまじと先輩の霊を視る。

顔を真っ赤に染めた血の出所は額のさらに上の前頭部で、髪で多少は隠れてはいるものの皮膚が裂けて頭蓋骨《ずがいこつ》も割れて砕け、頭の中身が微《かす》かに見えていた。

たぶん、あれと同じ目を味わうことになる。

「……痛いんだろうなぁ」

憂鬱《ゆううつ》過ぎて、湊斗の口からため息が漏れた。

だがそれでも、湊斗が実際には死ぬことはない。

でも今回は、玲奈は本当に死ぬ可能性があるのだ。

「感謝してくれなんて言わないけどさ……でも、友達になるのを断ったのはお互いのためを思ってなんだから、そんなに怒るなよ」

眉間に皺を寄せてうなされている玲奈に向けて愚痴をこぼしてから、覚悟を決めた湊斗は睡眠導入剤の袋をピリリと開けた。

7

「さぁ、好きな方を選んでください。私との関係を事務局に告発されるか、それともそこで私が落ちるのを黙って見ていて人殺しになるのがいいか——どちらかを！」

勢いのままに屋上の縁に立ち、私は叫ぶ。

あと一歩でも後ろに下がれば、私の身体はコンクリートと空の境目を越えて落下していくことになるだろう。

——でも。

後ろに身体を傾ける私の手を、駆け寄ってくれた彼の手ががっしりとつかんでくれた。

あぁ……こんな状況なのに、手に感じる彼の体温に吐息が漏れてしまう。

——この手が、好きだった。手の平を重ねると私よりも二回りも大きくて、握るとすっぽり私の手を包んでくれる、この手が本当に私は好きだったのだ。

自然と目尻《めじり》に熱いものが滲む。

三六〇度で開けた視界に見えるのは、夕暮れの薄闇に沈んでいるキャンパスだ。鬱蒼《うっそう》と繁る樹木の狭間《はざま》から、左手側に第一体育館の特徴的な屋根が見えていた。

暮れゆく上に夕日で逆光のため、後ろに傾けた私の体重を握った手で支えてくれている彼の表情はわからない。

けれども私の本気を知って、後悔した表情を浮かべてくれていることだろう。

本当に告発をする気なんてない。考え直してくれたらそれでいい。このまま私を引き寄せ受け止めてくれて、それで「ごめん、やり直そう」と言ってくれたら、それだけでもう私は全てを許せるのだ。

彼が私を抱き寄せてくれる、その瞬間を今か今かと待っていたところ、

「……えっ？」

握る力を緩めた彼の手の中から、私の手がするりと抜け落ちた。

途端に身体が軽くなった。視界がぐるんと変わって、ほとんど夜と言ってもいい暗い逢魔《おうま》が時の空しか目に映らない。

彼が——私の手を放した。

放せば私が落ちていくのがわかっていて、それでもなお私の手を放した。

「嘘……でしょ？」

脳裏に浮かんだ想いが、脊髄《せきずい》を通って言葉となり、空に向かって漏れ出る。

一瞬の浮遊感の後、私の身体は猛烈な勢いで落下していき——、

『――ねぇ、いいから起きなさいよ！』

8

目を覚ますなり湊斗がまずとった行動は、落下の衝撃に備えることだった。なぜなら屋上から宙に放り出されたのだ。すぐにくるだろう地面との激突に備えて、顔の下に敷いていた両腕でもって自分の頭を庇《かば》えば、

「……なんでこんなところであなたが寝てるわけ？」

襲ってきたのは地面との衝突ではなく、湊斗を責めたてる玲奈の声だった。

見ればベッドの上で寝ていたはずの玲奈が上半身を起こし、湊斗の肩を激しく揺すぶりながら不審げな表情を浮かべていた。

不安そうな玲奈の表情を目にし、湊斗はようやく自分が何をしていたのか思い出した。

玲奈が寝ていたベッドの一部を借りて顔を伏し、玲奈に憑いた美馬坂先輩の〝死人の夢〟を見ようとしていたのだ。

――いや、正確には既に見ていたのだ。今の今まで、湊斗は夢の中で美馬坂先輩になっていた。あれは美馬坂先輩が死ぬ直前の記憶だったのだろう。

実際に美馬坂先輩は校舎の屋上から落下した。あの先はもう落ちて地面に叩《たた》きつけられる以外はあり得ない。ただその瞬間を前に、湊斗は玲奈に起こされたのだ。

おかげで身体の痛みはない。猛烈な寒気や吐き気、それから自分という存在が終わっていく絶望感に気持ちも引き摺《ず》られてはいない。それでいて、玲奈に憑いている美馬坂先輩が死んだ理由にも見当がついた。

墜落死——美馬坂先輩の頭が割れているのは、まず地面に叩きつけられたためだろう。

「というか……そもそもなんで私がベッドで寝てるのよ？　わかっているならちゃんと説明してくれる？」

頭の中を整理していたところを玲奈に居丈高に訊《たず》ねられ、湊斗はつい呆《あき》れてしまう。むしろそんなことも覚えていないのに、どうして上から目線なのかとさえ思った。

「……そんな風にすぐ敵を作ろうとするから、友達の一人もできないんだよ」

「はぁ？　なんですって！」

再び玲奈の目がぬらりと動いて湊斗を睨《にら》む。でも——もう慣れた。玲奈の睨んでくる目など、もはや挨拶《あいさつ》のようなものだとすら湊斗は感じていた。

「むしろ怒っていいのは俺の方だよ。なんで倒れていた玲奈をここまで運んだのに、助けた本人から文句を言われなくちゃいけないんだよ」

「私が倒れた？　それこそ、どうし——」

と、動いていた玲奈の口が途中で止まる。湊斗を睨んでいたはずの目は急速に戸惑いの色を浮かべ、喉《のど》に巻かれた包帯を指先で触れてから、どうやら自分の身に起きたことを思い出したようだった。

「そっか……私、木戸先生と話しているうちに突然に首が絞まったような気がして、それから呼吸ができなくて苦しくて苦しくて喉を掻《か》き毟《むし》って」

「それで倒れて、驚いて見たら明らかに顔色がヤバくて危なかったから、俺が担いで保健センターまで運んできたんだよ」

湊斗の補足でこれまでの経緯を理解した玲奈が、気まずそうに目を伏せた。

「まぁ、その……あ、ありがとう」

しぶしぶとお礼を口にした玲奈を見て、「少しも割に合わねぇよ」と湊斗は心の中だけで嘯《うそぶ》いた。

「念のために確認するが、過去に喘息《ぜんそく》や呼吸器系の発作に襲われたりしたことはあるのか？」

「……ないわ。記憶している限り、小児喘息なんかも私にはなかったと思う」

自分で言葉にしながら玲奈も気がつく――過去に持病もなく、今日だって特に理由もなく、それでも突然に襲ってきた謎の呼吸困難。困った表情で頭を掻いている湊斗の様子を見て、玲奈はなんとなく察した。

「ねぇ……ひょっとして、私のこの症状って」

「少なくとも俺の目から視る限りでは――霊障だな」

玲奈の顔がさーっと青くなった。

「あ……そう。へー」

何の気もなさそうな返事をする玲奈。それは平静を装っているつもりなのだろう。しかし目は泳ぎまくっていて、挙動もそわそわしていて、湊斗からしたら動揺しているのが丸わかりだった。

でも、それも無理からぬことだとは思う。

何しろダム湖に沈んでいた霊が離れてから、まだ一月ばかりだ。理不尽で意味のわからない怪異からやっと解放されたと思っていたのに、また同じような苦しみを味わうことになるのかと知って、誰が平然としていられようか。

——だからこそ。

「あのさ、玲奈。俺に対して言いたいことはいっぱいあるとは思う。でも今だけは、とりあえず休戦にしないか？」

「えっ？」

「今回の霊障は本気でヤバいと思う。前回は死亡時刻になると水浸しになるだけの怪異だったけど、今回は呼吸ができなくなる怪異だ。倒れた玲奈を抱き起こしたとき、明らかにチアノーゼの症状が出ていた。長時間続いた場合、本当に命に関わると思う。そんな場合なのに、友達だ友達じゃないだ、なんて言っていられないだろ？」

湊斗の言葉を受けて、玲奈が顎《あご》に手を添えながら考える仕草をする。

でもまあ、本当は考えるまでもないはずだ。玲奈は思案している振りをしているが、実のところこちらの顔色をチラチラとうかがっているだけなのが、湊斗にはわかっていた。

何しろこれは湊斗にデメリットはあってもメリットはない、ただ単に玲奈を助けようというだけの提案だからだ。

「そ、そうね――わかったわ、湊斗。お互いに思うことはあると思うけど、今だけは水に流して協力するってことで」

玲奈が腕を組み、仕方がないとでも言いたげに何度もうなずく。〝奥津君〟からあっさり〝湊斗〟へと呼称も戻っていて、湊斗は思わず苦笑してしまった。

――面倒くさいわりには、意外とお調子者だよな。

普段の刺々《とげとげ》しい姿からは想像もつかない素の玲奈を垣間見《かいまみ》て、湊斗は玲奈のプライドを傷つけて再び噛《か》みつかれないよう、心の中だけでこっそり笑った。

9

それは夕暮れ時のことだった。

「ねぇ、急用ができたから先に帰ってて」

文学部棟の前を通り過ぎようとしたところで、美馬坂彩音は突然に神妙な顔をして、いきなりそう言い出したらしい。

らしい――というのは、これが美馬坂先輩の友人である女子の体験談だからだ。

二人は同じ演劇サークルに所属をしていて気の置けない間柄であり、おまけに互いに住むアパートも距離は近い。よって帰宅前の最後の講義が被《かぶ》っている日は連れだって帰り、どちらかの家に寄って夕飯を共にするのが常のことだったのだそうだ。

だから突然の急用とやらに、友人はいたく驚いた。

「どうしたの急に？　何か用事があるのだったら付き合うよ」

「私のことは気にしないでいいから、早く帰って」

普段とはまるで違うきつい声音に、友人は驚いて声が出なくなった。

まるで急に何かに憑《つ》かれてしまったようだ——そんな風に思っているうちに、美馬坂彩音は黙ったまま文学部棟の方へと歩いていったらしい。

呆然《ぼうぜん》としたまま見送っていると、美馬坂彩音が向かった文学部棟の玄関口付近で人影が動いたような気がした。目の端に入ったその人影はすーっと校舎の中に消えていったようにも見え、なんだか美馬坂彩音が文学部棟の中へと吸い込まれたように、友人には感じられたらしい。

もうすぐ日は完全に暮れてしまう——つまり今は、昼と夜が交錯して人ならざるモノたちが闊歩《かっぽ》を始める、逢魔が時の時間帯。

——なんとなく胸騒ぎがしたのだそうだ。

愛想のいい美人と評判のいつもの顔からは想像もつかない表情に、本当に何か悪い霊にでも憑かれてしまったのではないかと、そんな妄想じみた心配さえ友人はしてしまった。

だから美馬坂彩音が文学部棟から出てくるまで、友人はその場で待つことにした。

文学部棟の出入り口は基本的に一つだけだ。非常口などもあるにはあるが、正規の出入り口以外を使うには鍵《かぎ》のケースを割ったりしなければならず、基本的には通れない。だから玄関口で待ってさえいれば、いずれ急用とやらを終えた美馬坂彩音が出てくるはずと、そう思ったのだ。

――それなのに。

待てども待てども、玄関口から出てくるのは教授や講師ばかりだった。今日の文学部棟での講義は前の時限で終わりらしく、学生の姿はほとんど見かけない。でもだからこそ美馬坂彩音のことを見逃すはずはなく、友人はひたすらに待ち続けた。

やがて日も完全に沈み、キャンパス内が夜の帳《とばり》に覆われる。それでもここ以外に出入り口はないのだからと友人が待ち続けていると、とうとう窓から見えていた文学部棟内の灯《あか》りが全て消えた。

しばし唖然《あぜん》とその場で立ち尽くしていると、警備員さんが玄関口から出てきた。

玄関口の鍵を閉めるのを見て、友人は恐る恐る警備員さんへと声をかける。

「あの……用事があるって入っていった友達が、まだ中にいるはずなんですけど」

「えっ？　たった今校舎内を全て見廻《みまわ》ってきたけど、誰もいなかったよ」

「いえ、そんなはずはないです。だって私、ここでずっと待っていたんですから」

「……でもね、この校舎の警備システムは夜間に人がいるとカメラが検知して反応するんだよ。さっき警備システムをかけてきたから、今反応していないってことはもう誰も校舎の中にはいないよ。玄関口で待っていたって言うけど、その友達は気がつかないうちにもう出ていったんじゃないかな」

――そんなバカな。間違いなく彩音は出てきていない。憑かれたように校舎内に吸い込まれて消えたきり、絶対に外になんて出てきていない。

昼間ならともかく夕方で人の出入りも多くなかったから、絶対に見逃してなんかいないと友人は断言できた。

不審げな警備員さんを横目に、美馬坂彩音へと電話をかけてみる。でも繋《つな》がらない。それどころかコール音すら鳴らず、電波が届かないところにいるか電源が入っていないというメッセージが流れるだけだった。あちこちに基地局が設置されている学内で電波が入らないとは考えにくいため、たぶんバッテリー切れでも起こしているのだろう。

とりあえず、友人はキャンパスを出て美馬坂彩音のアパートへと向かう。ひょっとしたら本当に気がつかないうちに文学部棟の外に出ていて、今頃は帰宅しているかもしれないからだ。

でもやはりそんなことはなく、美馬坂彩音のアパートは無人だった。

翌朝もいの一番で美馬坂彩音のアパートを訪ねてみた。でも帰ってきた形跡はない。

いまだに電話も繋がらず、送ったメッセージへの返信もなく、アパートにも一晩戻ってこないでどこにいるのか。

ひょっとして校舎内のどこかで倒れていたり——そう思ってキャンパスに向かうと、事情を説明して事務局の人に早めに文学部棟の玄関を開けてもらった。そのまま事務局の職員と校舎内のいたるところを捜してみたが、昨夜に警備員さんが言っていたように中には本当に猫の子一匹いなかった。

——おかしい。彩音がいない、どこにもいない。急用ができたと文学部棟に入り、それきり消えてしまった。

友人の脳裏をよぎるのは、美馬坂彩音を校舎の中に誘うようにして消えた謎の人影だ。

「…………神隠し」

友人の口からぽろりと出た言葉、それはここしばらく学内を騒がせている単語だった。

信じ難い話ではあるが、しかし〝本物の神隠しから帰ってきた女〟が今年の二年生にはいるらしい。

それが事実なら、この学内でも同じく〝本物の神隠し〟が起きたのではないのか？

黄昏時《たそがれ》の薄暗い校舎の中で、美馬坂彩音は人ならざる何者かによって隠されてしまい、そして忽然《こつぜん》とこの世界から消えてしまったのではなかろうか？

と——神隠しに遭ったという美馬坂先輩の情報を求めて湊斗と玲奈が裏サイトにアクセスをしてみたら、こんな内容の書き込みがされていた。

先日より湊斗が耳にしていた噂のソースは、どうもこの書き込みらしい。美馬坂先輩の行方を捜している友人自身が、彼女を見かけたり行方を知っている人はいないかと、経緯と詳細を書き込んだようだった。

戻ってきた医師に回復したと告げて保健センターを後にした湊斗と玲奈は、センターからほど近かった学食前のベンチに腰掛け書き込みを読み終えると、どちらからともなく互いの顔を見合わせた。

ちなみに今の時刻は奇《く》しくも美馬坂先輩が消えたのと同じ夕暮れ時、昼間は人で賑《にぎ》わっている学食前も今は湊斗と玲奈以外には誰もいない。

「学校の校舎の中で、神隠しねぇ……なんかホラー漫画みたいな話ね」

書き込みにもあった〝本物の神隠しから帰ってきた女〟自身が「どの口で言うのか」と湊斗は思うも、なんとか喉元《のどもと》から出る前に呑《の》み込んだ。

「ところで――保健センターで湊斗が見た夢では、私に憑いている美馬坂先輩は確かに校舎の屋上から落ちたのね？」

学食前に来る道すがらで、湊斗はどうして玲奈の寝ているベッドの傍らで寝ていたのか、そしてどんな夢を見たのかを玲奈に説明してある。

ちなみに自分が寝ていたベッドの片隅で顔を埋《うず》めて寝ていた湊斗に対し、玲奈は最初不審者を見るような目をしていたが、湊斗が美馬坂先輩の〝死人の夢〟を見ようとしていたことを説明すると、ばつが悪そうに黙った。湊斗としてはできれば何かひと言ぐらい欲しいところだが、まあ今はいい。

「あぁ、どこの校舎かまではわからなかったけど、屋上から第一体育館の四角い屋根が見えていたのは確かだ。だからこのキャンパス内の校舎の屋上なのは間違いない」

「……だったら、変じゃない？」

玲奈が尖《とが》った顎《あご》に指を添えながら、ぽつりとつぶやいた。

「何がだ？」

「だって神隠しなんでしょ？　私に憑いている以上は美馬坂先輩はもう亡くなっているはずなのに、でも死体は見つかっていない。もしも美馬坂先輩が地下の倉庫や鍵のかかった資料室の片隅で死んでいるのなら、百歩譲ってまだ死体が見つかっていないことにも納得はいく。けれども屋上から落下して死んでいたのなら翌朝にはもう死体は見つかっているはずじゃない」

ああ、という声が湊斗の口から漏れた。それは確かにその通りだ。

これまでの経験から〝死人の夢〟で見たことはまず事実だ。それは揺るがない。でも屋上から落ちて亡くなった学生が見つかっていないのは明らかに変だった。

「それはそうだけど……でも、屋上から落ちたのは間違いないんだ」

今も玲奈の隣にいる美馬坂先輩の霊に、湊斗が目線を移した。霊障を起こしたときと違って今は大人しく立っているだけの美馬坂先輩だが、頭の一部は確かに砕けており、やはり地面に叩《たた》きつけられたというのがもっとも得心できた。

「別に湊斗が見た夢の内容を疑っているわけじゃなくて、むしろ信じているからこそ美馬坂先輩はどこに落ちたのかを考えているの」

――わからない。

今回の〝死人の夢〟は、玲奈に起こされたことで美馬坂先輩が亡くなる前に目を覚ましている。死の瞬間を味わわずに済んだ点はある意味で玲奈に感謝だが、でも同時にどこで命が尽きたのかがわからず、死体のある場所の情報が欠損していた。

もう一度同じ夢の続きを見ればわかることもあるかもしれないが、あいにくと睡眠導入剤はもう切らしている。

「とりあえず屋上から落ちた場所がどこか、特定してみましょう」

『CLOSE』の札の下がった学食の入り口の横にあるラックから、『ご自由にお持ちください』となっているキャンパス案内を玲奈がとってくる。八つ折りの見取り図を開くと、東西に長く三日月状の形をしたキャンパスの絵が二人の膝《ひざ》の上で広がった。

「とにかく夕日で一緒にいた男の顔が見えなかったということは、少なくとも東を背にして屋上にいたはずよね」

「そうだな……夕方の薄暗がりもあってよく見えなかったけれど、東側を背にして落ちていったという点は合っていると思う」

「だったら西向きの視界で左手側に第一体育館の屋上が見えていた以上は、第一体育館よりも北側にある校舎ってことになるわけで、そうなると……やっぱりここでしょうね」

見取り図の上で玲奈が指さしたのは研究棟が並んだ区画であり、そしてそこには裏サイトの書き込みでも何度も名の出てきた――文学部棟があった。

友人の書き込み内容からしたら、美馬坂先輩は文学部棟に入ってそれきり消えてしまったことになっている。ならば一番怪しいのが文学部棟なのは当然の帰結だが、やはりわからないのは隣接した校舎も多い文学部棟の屋上から落ちて、どうして死体が見つかっていないのかということだった。

「屋上に出て景色を見ることができれば、場所の断定も簡単にできるんだけどな」

湊斗がぼやく。校舎の屋上なんてものは、どこもかしこも事故防止で立ち入り禁止となっている。

「そうね……入れないはずの屋上にどうやって入ったのか、そこも謎ね」

美馬坂先輩は文化祭で賞を獲《と》った演劇サークルに所属していた。演劇といったら屋上での練習が付きもののような気もするが、だからといって部室棟でもない文学部棟の屋上にも自由に出入りできるものなのだろうか。

湊斗としては考えれば考えるだけ、断片的に見た〝死人の夢〟の不明点が増えるような、そんな気がした。

「とにかく文学部棟の東側に行ってみましょう。本当にそこに美馬坂先輩が落ちたのなら、何かしらの痕跡《こんせき》がきっと残っているはずだわ」

10

玲奈と連れだって文学部棟の校舎裏へと向かう途中、湊斗が思い出したのは木戸のことだった。

まさに今向かっている文学部棟でのドイツ語の講義後に、玲奈は霊障で倒れた。そのとき木戸の目線は倒れた玲奈ではなく、美馬坂先輩の霊へと注がれていたのだ。

ならば木戸は、湊斗と同じく視える体質なのか？

それは違うだろうと、湊斗は考えていた。もしも湊斗と同じく普段から霊が視えていたら、あんな悲鳴を上げて取り乱したりはしない。少なくとも湊斗は、ちょっとやそっと霊が視えたぐらいでは騒ぎ立てたりしない。というか今も実際に、湊斗の目には玲奈のすぐ横に立つ美馬坂先輩の霊が視えているのだから。

まれにあるのだ。普段視えない人でも、そこにいる霊をふと視てしまうことが。それがひょんなことなのか、あるいは何かしらの業でも絡んでいるのか、そこまでは湊斗にはわからない。

でもそれまで視えていなかった美馬坂先輩の霊が急に木戸の目に映り、倒れてもがき苦しむ玲奈を見捨てて逃げ出すぐらいには怯《おび》えていたのは確かだ。

――そういえば。

あのとき、木戸に話しかけたのは玲奈のほうからだった。

これまで木戸が玲奈に話しかけるところは何度か見たことがある。それはいつも講義中の雑談で、しかも講師にあるまじきことだと思うのだが、玲奈の気を引こうという下心がどことなく垣間《かいま》見《み》えていた。

だがそこは玲奈だ。木戸の顔に惹《ひ》かれて講義を受けている他の女子ならいざ知らず、玲奈はお得意の塩対応で木戸の相手などせず、むしろ迷惑そうな素振りすらしていたのだが――。

「なぁ、玲奈」

「なに？」

「倒れる直前に、木戸先生に時間がないかって訊《き》いていただろ。あれはいったい何の用事だったんだ？」

「あぁ、あれ……いったいなんだったのかしら？」

訊いていたはずなのに訊き返されて、湊斗はつい「なんだ、それ」と口にしてしまう。

「直後に倒れたせいなのか、なんであんなこと訊いたりしたのか自分でもまるっきり思い出せないの。別に講義の内容で質問したいこともなかったし。

――というかあの先生、なんか講義しているときに向けてくる視線が妙にねちっこくて、気持ち悪いのよ。できるものなら話しかけてこないで欲しいし、私もなんで自分から話しかけたのかさっぱり理解できない」

まるで歯に衣《きぬ》着せない木戸への辛口評価に、湊斗は思わず「ぷっ」と噴いてしまった。

「なによ。なんで笑ってるわけ」

「いや、悪い悪い。講義を受けるならいつでも一番前っていう真面目な玲奈にしては、随分と講師の悪口を言うと思ってさ」

「だってあの先生、講義中もつまんないことで女子たちと無駄話ばかりしているでしょ。鼻の下伸ばしてないでちゃんと講義しろって、そう文句を言ってやりたいぐらいよ」

口にしているうちに怒りが湧いてきたのだろう。頬を膨らませる玲奈の様子を目にし、湊斗はなぜか胸のつかえがすーっとおりるのを感じていた。

そんな会話をしているうちに、文学部棟の校舎裏に湊斗と玲奈は到着する。木陰の下に目立たぬベンチが置かれているここは、昼間に玲奈と喧嘩《けんか》をしたあの湊斗の秘蔵スポットだった。

「そういえばお昼にもここに来たけど……別に死体なんて落ちてなかったわね」

玲奈が怖いのか間抜けなのかよくわからないことをつぶやきながら、昼間にお弁当を食べていたベンチの付近からさっそく調べ始めた。

一方で、湊斗はぐるりと文学部棟の校舎裏を見渡してみる。

五階建て鉄筋コンクリート造りである文学部棟の裏は、アスファルトで舗装された二〇台程度が停められる職員用の駐車場となっている。さらにはその駐車場をぐるりと囲むように、背の高い木々が並んだ植栽エリアがあった。

さすがに文学部棟と駐車場との間は歩道もあり植栽は一本ずつ等間隔で植えられているだけだが、残りの三方は車が通る道以外はちょっとした森のように木々が鬱蒼《うっそう》としていた。校舎裏だけあって、印象としては薄暗くて少し寂しい。

湊斗はあえて駐車場の真ん中に立つと、おかしな点はないかと首を回《めぐ》らし観察《こうべ》する。するとタイマーが時刻に達したようで駐車場の端に立っている幾つもの外灯が、いっせいにポッと点灯した。

薄暗かった辺りの景色が明るくなる。でもそれは外灯に照らされた範囲だけのことであって、灯《あか》りの届かぬ場所はむしろ陰影が濃くなり、いっそう闇が深まったように感じられた。

既に最後の講義も終了している時間ということもあってか、そこそこ広い校舎裏のこの駐車場に停まっている車は、ワゴン車が一台きりだった。

「湊斗！　ちょっと来て！」

湊斗の耳に玲奈の大声が飛び込んできた。声のした方に首を向ければ、鬱蒼としている木々の下にある例のベンチの後ろに立って、玲奈が手招きをしていた。

慌てて駆け付けた湊斗に、玲奈が「これどう思う？」と訊《たず》ねながら指をさす。それは玲奈の手首と同じぐらいの太さの枝だった。それらが何本かベンチの裏の藪《やぶ》の中で積み重なっていたのだ。

「こんな太い枝、台風でもなければ簡単に折れないでしょ？　それがどうしてこんなにいっぱい落ちているのやら」

試しに湊斗が近くに落ちている枝の折れ口を確認してみる。折れた部分はささくれ尖《とが》っており、それはこの枝が刃物で伐採されたわけではなく、何か強い力がかかって折れたということを確かに示唆していた。

「思うんだけど……この枝って、その何坂って先輩が屋上から落ちてきたときにぶつかって折れた枝なんじゃない？」

「……あぁ、なるほどな」

確かにちょっとやそっとの風には耐えられても、これぐらいの太さの枝では人が落ちてきた体重は支えられそうにない。美馬坂先輩が落下したとき、その真下に木があったとしたならあり得る話だと、湊斗はそう思った。

「でも、ここだとちょっと校舎から離れ過ぎてるな」

「そうなの？」

玲奈はあくまでも湊斗の口からだいたいの経緯を聞いただけだが、湊斗は自分事として校舎から落ちる瞬間を味わっているのではっきりとわかる。美馬坂先輩が屋上から空へと跳ぶように落ちていれば、校舎からいくらか距離の離れたこの辺りに落下したことも考えられなくないだろう。

でも美馬坂先輩は屋上の縁から、そのまま倒れるようにして落ちたのだ。ならば必然的に落下地点は校舎からほど近い場所になる。

「だとしたら、誰かが折れた枝をここまで運んだんじゃない？」

玲奈のその推察に、湊斗は「……確かに」とうなずかざるをえなかった。

というのもその先をあまり考えたくなかったので、〝死人の夢〟の内容を玲奈に話した際にあえて強調はしていないが、美馬坂先輩が校舎から落ちる寸前には手を握っていた誰かがそこにいたはずなのだ。

それなのに先輩の死体は発見されず、今も神隠しの噂が出回っている。

今回見た〝死人の夢〟は完全ではなかった。だから断言はできないが、その誰かが美馬坂先輩の死体が発見されていないことと関係している可能性は十分にあると、湊斗はそう考えていた。

「……なんだかあの木、おかしくない？」

立ったまま湊斗が思案している横で、周りを観察していた玲奈がふと指をさした。その指先にあったのは、駐車場に一台きり停まったままのワゴン車のすぐ後ろに植えられた、二階の窓近くまで高さのある一本の常緑樹だった。

高い学費を払っているだけあって、学内の樹木はどこもかしこもちゃんと手入れがされている。しかし玲奈が指さしたその木だけ、まるでソフトクリームの片側だけをスプーンで削《そ》いだかのようにやけに歪《いびつ》な形をしていた。

玲奈が小走りで問題の木の下にまで駆け寄り、湊斗もその後を追う。枝葉の伸びた真下から見上げてみれば、確かに中途半端な長さで折れている枝が何本もあった。

つまり――美馬坂先輩のいたのは文学部棟の屋上で、ここに落下してきた？

湊斗は上に向けていた首を今度は下へと向ける。植樹しているため、歩道の地面は駐車場のアスファルトと違って敷石になっていて、木の生えた周りだけ地面が剝《む》き出しとなっていた。

「――ん？」

なんだか妙な違和感を覚えた湊斗が、この木の根元と他の木の根元とを見比べてみる。するとこの木だけ、やけに地面の露出している面積が広いことに気がついた。よく確認してみれば足元の土には四角い跡がある。だとしたら、おそらく他の木と同じように配置していた敷石を、つい最近に誰かが外したのだ。

――なんのために？

「ベンチの裏に投げ捨てられていた枝を何本か持ってくるわ。枝の折れ口や葉っぱがこの木と同じなら、それでたぶん落ちたのがこの場所だって証明になるでしょ」

湊斗の思考を遮るように、どことなく興奮した口調で玲奈が捲《まく》し立てた。

そんなことをするまでもなくここだ、と湊斗が言うよりも早く玲奈が駆け出す。

――でも。

駐車場に停まったワゴン車の横を玲奈が走り抜ける途中で、突然にスライド式のドアが開いた。まさか車の中に人がいるとは思ってもいなかった玲奈と湊斗は、いきなりのことに仰天して動きを止める。

その一瞬の隙を突くかのように、ワゴン車の中の暗闇から男のものらしき腕が伸びてきて、立ち尽くしていた玲奈の手首をつかんだ。

瞬間、湊斗の目は飛びださんばかりに見開かれた。

玲奈の横に立つ美馬坂先輩の霊が、悶《もだ》え始めたのだ。

同時に玲奈がその場で膝《ひざ》をつき、手首をつかまれていない方の手でもって包帯の上から激しく喉《のど》を掻《か》き毟《むし》り始める。

間違いない。今日の昼間に玲奈の身を襲った呼吸困難の霊障の、再発だった。

いきなり呼吸ができなくなって悶え始めた玲奈を、男の手がぐいとひっぱってワゴン車の中へと引き摺《ず》り込んだ。

玲奈の姿が視界から消え、我に返った湊斗がワゴン車に慌てて駆け寄る。

「玲奈!」

開いたままのワゴン車のドアの前に立って中を覗《のぞ》きながら、玲奈の名を叫ぶ。

すると再び車内の暗闇から男の手が伸びてきて——バチンッ!という大音響が湊斗の耳をつんざくと同時に、まるでボウリングの球を下腹部に投げつけられたような猛烈な衝撃を感じた。

湊斗がかろうじて下を向いて確認すると、車内から伸びた男の手が自分の腹にスタンガンを押しつけている光景が見えた。

スタンガンの先端が光るなり、湊斗の全身を凄《すさ》まじいまでの衝撃が再び襲う。

腹に放電を受けたせいで視界はチカチカと明滅を始め、何もわからぬまま湊斗は自分の意識が遠のいていくのを感じた。

11

「……既読無視している段階でもう迷惑なんだって気づいてくれよ、美馬坂君」

そんなこと、子どもじゃないのだからわからないわけがない。

わかっていてなお、私は彼に――木戸先生の下へと駆け寄ってしまったのだ。

キャンパスからの帰り際、文学部棟の玄関口から出てこようとしていた木戸先生を見かけた。先生は目が合った瞬間こともあろうに、私を避けるようにして踵《きびす》を返し文学部棟の中へと戻ったのだ。

それが私の怒りに火を点《つ》けた。ずっと既読無視をされ続けた結果、悲しみながらも少しずつ諦《あきら》めかけていた気持ちが一気に昂《たか》ぶった。

だから「ねぇ、急用ができたから先に帰ってて」と、私はいつも一緒に帰る友人に告げ、木戸先生の後を追って文学部棟へと向かったのだ。

感情は押し殺していたつもりだが、たぶんそのときの私は怖い顔をしていただろう。心配性の友人のことだ、何事かと不安になっているはずだから後で謝ろうと思う。

しかし今はそれどころではなく、木戸先生だ。

廊下を早足で逃げていく木戸先生を走って追いかけると、私は人目も憚《はばか》らずに「逃げずに私とちゃんと話をしてくださいよ、木戸先生！」と大声で叫んだ。

木戸先生が専任講師から助教になりたがっているのはわかっていた。だからこそ私だって半年もの間、誰にも話さず秘密の関係にし続けてきたのだ。

他の講師や通りすがりの学生たちの目に付きやすいよう、あえて廊下で声を張り上げると、思った通り泡を食った先生は私を無視できなくなって「屋上に場所を変えて話し合おう」と言ってきた。

——屋上は、二人の思い出の場所だ。そもそも私たちの仲が深まったきっかけは、文化祭の演目を人目につかず練習できる場所が欲しくて困っていた私に、木戸先生がこっそり屋上の鍵《かぎ》を貸し出してくれたことだった。

木戸先生が私に興味を持っていたのは、講義中の態度からなんとなくわかっていた。女好きという密《ひそ》かな噂もあって、ちゃんとはなから察していた。

だがそれでも、私は木戸先生に恋をしたのだ。

最高の演技ができた文化祭も終わってからの半年間は、いつもドイツ語の講義後に文学部棟の裏手にある人気のないベンチで待ち合わせ、目の前の駐車場に停めた木戸先生のワゴン車に乗る。その後は彼のマンションに行くのがお決まりのルートだった。

それなのに私が三年生になって、単位も取得してドイツ語の講義の履修もなくなると、突然に木戸先生と連絡がとれなくなった。送ったメッセージは全て既読無視をされて、文化祭が終わった直後ぐらいは一日に何度も来ていた返信が全てなくなった。

——助教になりたがっている木戸先生にとって、学生との男女関係はタブーだ。でも卒業さえしたらと、そんな安いドラマのような夢を私が見ていたのも事実だ。

しかしそうであっても、これはあんまりだと思った。あまりに一方的でひどい仕打ちで、けれども木戸先生に見くびられたくなくて、私は大人のふりをして理解ある素振りをしようとしてみたが——やっぱりそんなことは無理だった。

「木戸先生が私との関係をやめたいことぐらい、ちゃんとわかってますよ。でも……先生だって大人なんですから、自分が何をしたのかぐらいわかっていますよね？」

木戸先生に誘われるまま文学部棟の屋上に移動し、誰も他にいないのを確認してからそう口にした私の目は、きっと暗い悦《よろこ》びで満ちていたことだろう。

——私とどんな関係だったかを事務局に告げ口するだけで、木戸先生の将来は絶望的になる。普通は自分自身も傷つくことになるのでそんなことはしないだろうが、でも今の私からは何をしたっておかしくない雰囲気が漂っているはずだ。

なにしろ私は演劇サークルの女優だ。昨年の文化祭で最優秀賞を獲ったサークルの主演女優だ。自分の浮かべた表情が、観客にどういう感情を湧き起こさせるかをちゃんとわかっている。

急に木戸先生の目つきが鋭いものに変わった。その目には「そんなことしたら殺してやる」とでも言いたげな感情が込められており、今日までずっと無視されてきた私としては、久しぶりに木戸先生から向けられた強い感情にゾクゾクしてしまう。

やっと先生より上の立場に立てたと感じられた私は、感情の荒ぶるままに五階建ての校舎の屋上の縁に立った。

私の行動に驚き目を瞠《みは》った先生の表情に、いっそう暗い情動を駆り立てられる。

このまま私を無視できなくしてやる！　私を一生忘れなくさせてやる！

――そして。

「さぁ、好きな方を選んでください。私との関係を事務局に告発されるか、それともそこで私が落ちるのを黙って見ていて人殺しになるのがいいか――どちらかを！」

勢いのままに屋上の縁に立ち、私は叫ぶ。

あと一歩でも後ろに下がれば、私の身体はコンクリートと空の境目を越えて落下していくことになるだろう。

――でも。

後ろに身体を傾ける私の手を、駆け寄ってくれた彼の手ががっしりとつかんでくれた。

あぁ……こんな状況なのに、手に感じる彼の体温に吐息が漏れてしまう。

――この手が、好きだった。手の平を重ねると私よりも二回りも大きくて、握るとすっぽり私の手を包んでくれる、この手が本当に私は好きだったのだ。

自然と目尻《めじり》に熱いものが滲《にじ》む。

三六〇度で開けた視界に見えるのは、夕暮れの薄闇に沈んでいるキャンパスだ。鬱蒼《うっそう》と繁る樹木の狭間《はざま》から、左手側に第一体育館の特徴的な屋根が見えていた。

暮れゆく上に夕日で逆光のため、後ろに傾けた私の体重を握った手で支えてくれている彼の表情はわからない。

けれども私の本気を知って、後悔した表情を浮かべてくれていることだろう。

本当に告発をする気なんてない。考え直してくれたらそれでいい。このまま私を引き寄せ受け止めてくれて、それで「ごめん、やり直そう」と言ってくれたら、それだけでもう私は全てを許せるのだ。

彼が私を抱き寄せてくれる、その瞬間を今か今かと待っていたところ、

「……えっ？」

握る力を緩めた彼の手の中から、私の手がするりと抜け落ちた。

途端に身体が軽くなった。視界がぐるんと変わって、ほとんど夜と言ってもいい暗い暗い逢魔《おうま》が時の空しか目に映らない。

彼が――私の手を放した。

放せば私が落ちていくのがわかっていて、それでもなお私の手を放した。

「嘘……でしょ？」

脳裏に浮かんだ想いが、脊髄《せきずい》を通って言葉となり、空に向かって漏れ出る。

一瞬の浮遊感の後、私の身体は猛烈な勢いで落下していき、ほんの数秒ほどで校舎沿いの歩道に植えられた樹木の枝葉の中に突っ込んだ。

バキッバキッという枝の折れる猛烈な音とともに全身に痛みが走る。僅《わず》かに落ちる速度が緩んだかと感じた直後、枝の折れる音よりももっと鈍くて湿ったベキッという破裂音がしてから、私の背中がレンガ型の敷石の地面の上へと叩《たた》きつけられた。

最初は自分の身に何が起きたのかがわからなかった。

そもそも自分の身に起きたことが信じられなかった。

でも仰向《あおむ》けに倒れた私の視界が目に溜《た》まった血のせいで真っ赤に染まると、焼けるような激痛とともにようやく事態を理解した。

常緑樹の根元に敷き詰められた敷石の上に落ちた私の頭は、骨が割れて皮膚が裂け、中身が剝《む》き出しとなっていたのだ。

「あっ……あああぁぁぁっっ!!」

頭が割れるように痛い——どころではない。なにしろ、本当に割れているのだ。前頭部をトンカチで叩かれ続けながら、ヤスリで削られ続けているような喩《たと》えようもない痛みが私の神経を焼き続けていた。

私は——なんてバカなことをしてしまったのか。木戸先生に思い知らせたいなんてつまらない激情に駆られ、どうして後先考えずにあんな行動をとってしまったのか。

——痛い、痛い、痛い。

——死にたくない、死にたくない、死にたくない。

呻《うめ》き、嘆き、喘《あえ》ぎながらなんとか身体を俯《うつぶ》せにすると、私は這《は》って移動を始めた。

――誰か人のいるところまで。

――誰かが助けてくれるところまで。

なんとか樹木周りの敷石の上を這い終えて、駐車場のアスファルトの上に転がり出た。

これほど苦しんでも僅か数メートルしか移動できていないのに、文学部棟の前まで一〇〇メートル以上を本当に移動なんてできるのか。

絶望しかけたそのとき、真っ赤な視界の片隅にこちらへと駆けてくる人影が映った。

見間違えようもない。あの姿は木戸先生だ。

木戸先生が校舎の屋上から落ちた私を助けるべく、駆け付けてくれたのだ。

「先生……痛いの、苦しいの。早く……助けて」

木戸先生の手が私の身体へと伸びてくる。大好きだった木戸先生の手が、私の身体を抱きかかえようとしてくれる。

でも――俯せだった私の身体を仰向けに変えるなり、先生の手が私から離れた。

そして再び先生の手が私の身体に触れた場所は背中ではなく、首の根元だった。

――えっ？

木戸先生の手が万力のように私の首を絞めるなり、声が出ぬまま息が詰まった。

猛烈な頭の痛みが薄れて、代わりに呼吸ができないことによる喉《のど》と肺の痛みが浮き上がり激しく咳《せ》き込みそうになる。

――苦しい！　苦しいの、先生！

もう……何もかもがわからなかった。

わかるのはただ、この手が好きだったということだけだ。

この手で触ってもらうのが……本当に好きだったのにな。

そんな感慨を抱きながら、私の意識はどこかへとすーぅと消えていき――、

『情けない男ね、もっとちゃんとしなさいよ』


首を絞めてくる先生の横に、高原玲奈が立って冷たい目で自分を見下ろしていた。

――えっ？

木戸先生は玲奈の存在になど気がついていない。すぐそこにいる玲奈などまるで見えていないかのように、ただただ自分の息の根を止めるべく首を絞め続けている。

『そんなざまで惚《ほ》れた私を助けられるの？　このままじゃ私が殺されるわよ』

――なんだこれ。

――なんなんだ、これ。

今は〝死人の夢〟のはずなのに――俺はいったい何を玲奈に言われているんだ？

『もうあなたのすぐそばに死体はあるんだから、とっとと〝偽りの神隠し〟を暴きなさい。でないとあなたが大好きな私を、永遠に手に入れられなくなるわよ』

その言葉を耳にしながら――美馬坂彩音は事切れた。

12

目を覚ますなり、湊斗が最初に感じたのは喉への圧迫感だった。続いて頭が砕けそうな――というか、砕けたのと同じだけの幻痛が襲ってくる。

いつもならここでがばりと起きるところだが、しかし今は身体が異常に重くて鈍く、数センチほど浮いたところで湊斗の背中は再びシートの上に倒れ込んだ。

たぶんスタンガンを受けた影響だろう。指一本動かすことすらままならず、湊斗はやむなく目玉だけを動かして辺りを確認する。

どうやらここはワゴン車の中のようだ。後部シートを倒して大きな寝台のようにし、湊斗はそこに横たわらされていた。たぶん改造スタンガンを喰《く》らって気を失ったところを、車内に引っ張り込まれたに違いない。

車体の左右の窓はマグネット式のカーテンで雑に目隠しがされており、フロントガラスとシェードの隙間からはまだ微《かす》かに赤みの残った空が見えていて、意識を失ってからまださほど時間が経っていないことがわかった。

今の湊斗は、おおむねの状況を理解していた。〝死人の夢〟の影響で今も悶《もだ》えそうなほど激しい前頭部の幻痛と、呼吸が止まりそうだと錯覚するほどの喉への圧迫感と引き換えに、ことの真相を湊斗は察したのだ。

校舎の屋上から落ちてからも生きていた美馬坂先輩を殺したのは、木戸だ。

生徒である学生との火遊びが原因で生じた最悪の事故を隠蔽《いんぺい》すべく、まだ息のあった美馬坂先輩を助けるどころか、逆に木戸は自らの手で絞め殺したのだ。

玲奈の霊障が発症する条件は、たぶん木戸の手だ。美馬坂先輩が木戸の手に愛着を抱いていたことを、湊斗は夢の中で何度も感じている。だからこそ木戸の手に触れられると、裏切られて窒息させられた瞬間の想いが玲奈の身体を通し蘇《よみがえ》るのだろう。

だから玲奈に二度目の霊障を発症させたワゴン車から伸びた手——あれは木戸の手であり、このワゴン車も美馬坂先輩の記憶の中にあった木戸の車と同じものだった。

状況はわかった、把握した。だが悠長に考えている余裕は微塵《みじん》もない。

なぜなら湊斗がこうして思考している間にも、ガリガリという音が聞こえるからだ。

〝死人の夢〟を見るには、湊斗が眠る他にも霊に憑《つ》かれた人間がすぐ近くにいなければならない。

そして今しがた見たのが美馬坂先輩の〝死人の夢〟である以上——湊斗のすぐ隣には、包帯の上から喉を掻《か》き毟《むし》り続けている玲奈が寝かされていた。

湊斗はなんとか首を傾けて、玲奈の顔に目を向ける。最初に霊障が起きたときと同じだ。今の玲奈の顔面は蒼白《そうはく》で唇も紫色となり、明らかにチアノーゼの症状が出ていた。

——ちなみにその隣では、死の際に絡みついた木戸の手を振り払おうと、玲奈とまったく同じ姿勢で悶えている美馬坂先輩の霊もいた。

早くなんとかしないと玲奈が危ない——湊斗は焦る。

不幸なのか幸いなのかわからないが、とりあえず今この車内には木戸の姿はない。逃げるなら今が千載一遇のチャンスだ。しかし呼吸困難で動けない玲奈を抱えるどころか、今の湊斗は自分が動くことすらままならなかった。

どうしたらいい、どうすればいい——湊斗が自問自答を数瞬ほど繰り返しているうちに、ワゴン車のドアがガラリと外から開けられた。

湊斗はとっさに息を潜めて薄目となり、黙って車内の様子を観察する。

後ろ手でドアを閉めつつシートに上がってきたのは、やはり木戸だった。

木戸の手には大きなビニール袋とガムテープが握られており、おそらくそれをとりに一時的に車から離れていたのだろう。

あんなもので何をするつもりか——不穏な予感しか感じない湊斗をよそに、天井の狭い車内で木戸が膝立《ひざだ》ちとなり、悶えてまともに動けない玲奈へとにじり寄る。

木戸の目は血走っていて、呼吸も荒い。浮かべた表情は薄ら笑いに見えるが、それでいて同時に泣き笑いのようにも湊斗には見えた。たぶん木戸自身も、今の自分の行動を止められないのだろう。全ては文学部棟の屋上で、拙《つたな》い脅迫をしてきた美馬坂先輩の手をつい放してしまったことから始まっている。

ビニール袋の口を広げた木戸が、喉を掻き毟る玲奈の上で馬乗りとなる。ガムテープを伸ばして、次に広げたビニール袋を玲奈の頭に被《かぶ》せた瞬間、

「やめろっ!!」

それはもう、ほとんど反射的だった。

痺《しび》れて動かなかったはずの湊斗の身体が動き、玲奈の首をガムテープでぐるぐる巻きにする手前だった木戸にのしかかったのだ。

とはいえまだまだ湊斗の身体に力は入らず、それはのしかかるというより寄りかかるといった方が正解の動作だったかもしれない。しかしそれでも膝立ちの木戸の体勢を崩すには十分で、玲奈に跨《また》がっていた木戸は不意を打たれて真横へと倒れた。

湊斗は残った力で玲奈の頭を覆ったビニール袋をなんとか外すも、そこまでだった。

「てめぇ……目を覚ましてやがったのか」

とても大学の講師とは思えない汚い言葉遣いをした木戸が、ほとんど動けないままの湊斗の胸ぐらをつかんだ。玲奈に負けず劣らず吊《つ》り上がった目で、射殺さんばかりに湊斗を睨《にら》みつけてきた。

本当なら震え上がるところなのだろう、でもあまりに余裕のない木戸の表情がなんだか哀れでおかしくて、湊斗はつい鼻で笑ってしまった。

「おまえから殺してやるよ!」

胸ぐらをつかんでいた手でもって、木戸が湊斗を突き飛ばす。抵抗のままならない湊斗の身体はシートの上を二回ほど転がると、ドアとの隙間に落ちてようやく止まった。

――さて、ここからどうする? どうすればいい?

どう考えても今の木戸はまともな精神状態じゃない。そもそも木戸は既に一人を殺している。それを隠すためになら、もう二人ばかり殺すこともきっと厭《いと》わないだろう。抗《あらが》いたくてもまともに身体が動かない今の湊斗では、勝ち目はない。助けを呼びたくても、ここは人気がないことで湊斗も気に入っていた文学部棟の裏だ。大声を上げたところで誰にも聞こえはしないはずだ。

木戸がシートの上をにじり寄ってきているのが振動でわかった。どうにかこの状況を打開する方法はないのか、もしくはせめて玲奈だけでもなんとかと、湊斗が瞑《つぶ》っていた瞼《まぶた》を開いた瞬間——それと目が合った。

「…………いた」

木戸によって、シートとドアとの隙間に落とされたからこそ湊斗は気がつけた。驚きからついぽそりと声が出てしまう。

半透明のビニール袋に全身を包まれて、蠟燭《ろうそく》のように白く血の気がない首筋とは対照的に、顔だけは頭から溢《あふ》れた血でどす黒く染まった——美馬坂彩音の死体が、シートの下に転がされていたのだ。ガムテープでもって、ビニールの上からところどころをぐるぐる巻きにされているのは、袋の口を閉じて臭いが外に出ないようにするためだろう。

——もうあなたのすぐそばに死体はあるんだから。

〝死人の夢〟に出てきた玲奈の声が、湊斗の脳裏に蘇る。

美馬坂先輩の死体を見つけることができたということは、つまり——。

「くそっ！　出てこい！」

木戸がドアとシートの隙間に手を突っ込み、湊斗の肩を乱暴につかむ。そのまま無理やり湊斗を引っ張り上げようとするも、少しでも身体を捻《ひね》ったりして湊斗もなんとか抵抗を試みた。

焦《じ》れた木戸が片手だけでなく両手を隙間に突っ込んできて、湊斗の二の腕をつかんだ。湊斗はシートに噛《か》みついて抵抗するも、最後はむなしくシートの上へと引き上げられてしまった。

「……無駄な抵抗しやがって」

いっそう息を荒くした木戸が、再びシートの上に転がした湊斗を睨みながら忌々《いまいま》しげにつぶやく。

今の湊斗は、まさに俎板《まないた》の上の鯉の状態だった。正気とは思えぬ木戸を前にほとんど動けぬ湊斗は、本来なら震え上がるべきなのに——しかし、ニヤリと笑った。

その余裕ある表情が気に食わなかったのだろう、木戸が憎々しげに舌を打つ。

「てめぇ、なんで笑ってやがる」

さらに目を吊り上げる木戸だが、湊斗の笑みはいっこうに消える気配がなく、

「それはな……抵抗したのがまったく無駄じゃなかったからだよ」

湊斗がそう口にした途端——ガンッ！　という猛烈な音が車内に響いて、木戸の頭が

ぐらりと前に傾いた。

でもそれだけでは終わらない。木戸の頭を襲った衝撃は、すぐさま二度三度と続く。たまらず木戸が前のめりに倒れ、何が起きたのかを確認するべく後ろを振り向くと、今度は頭ではなく鼻を潰《つぶ》して顔面の中央に重い何かが突き立った。

すぐさま鼻の穴から噴水のように血が噴き出す。木戸は「ひぃ」という悲鳴を上げながら、猛烈な痛みに鼻を押さえてもんどり打ち始めた。

「湊斗！　生きてるわね！」

玲奈だった。

湊斗が死体を見つけたことで〝偽りの神隠し〟が暴かれ、美馬坂先輩の霊が離れたのだ。そして霊障がなくなり、呼吸が戻った玲奈が木戸に対し反撃をした。

ちなみに玲奈が手にしていたのは、やたら分厚い辞書だった。生真面目に毎回カバンに入れて持ってきていたドイツ語の辞書の角で、よりによってドイツ語講師である木戸の頭を何度もぶん殴り、最後には顔面を叩《たた》き潰したのだった。

角に鼻血がついた辞書を、玲奈がばっちいものを見るような目をして投げ捨てた。

そのままスライドドアを開けると車外へと飛び降りて、倒れたままの湊斗の腕をつかんで外へと引き摺《ず》り出した。

「逃げるわよ！」

玲奈のおかげで車の外に出ることができた湊斗だが、立ち上がろうとしてもすぐさまアスファルトの上に膝が落ちる。

「早く、走って！」

「……無茶言わないでくれよ、二回もスタンガンをくらったんだぞ。今も首から下がほとんど痺れてて、身体に力が入らないんだよ」

湊斗たちのすぐ後ろ、ドアが開いたままの車内で木戸が咆吼《ほうこう》していた。それは痛みと怒りによる雄叫《おたけ》びで、元から理性をなくしていたように思えた木戸だったが今は輪をかけて正気を失っていることだろう。

「いいから、俺を置いて逃げろ。それで誰か人を呼んできてくれ」

とにかく玲奈を逃がすのが先決だと、湊斗は考える。背後からの辞書での奇襲と違って、正面から木戸に襲われたらまず玲奈に勝ち目はない。だったら動けない湊斗は捨て置いて、走れる玲奈が逃げて誰か人を連れて戻ってきてもらうのが現実的な判断だ。

少し贅沢《ぜいたく》を言えば、木戸に殺される前に助けを呼んで戻ってきてもらえるとありがたいな——なんて他人事《ひとごと》のように思いつつ、アスファルトの上に倒れ込もうとしたところ、しゃがみこんだ玲奈が湊斗の脇の下に無理やり肩を差し込んできた。

「あなたが夢を見るのが得意なのはわかったけど、寝言は寝てからにしてよ、バカ」

俗に言うところの肩を貸した姿勢で、湊斗を支えながら玲奈が立ち上がる。でも今の湊斗は身体に力が入らず、成人男性一人分の体重がまるまる玲奈にのしかかっていた。

それだけでもう、玲奈は歯を食い縛っている。

「なにやってんだ！　俺を放って、早く逃げろよ！」

焦る湊斗の言葉を無視し、玲奈が前へと足を踏み出した。浮いた片足が地面に着くより先に、玲奈の身体が大きくよろめく。でもそこはどうにか堪《こら》えて、自身の重心を前へと移動させながら一歩とは呼べない半歩ほどを前へと進む。

続いてもう半歩、もう半歩——身長差から足の甲が地面と接触している湊斗を引き摺って、玲奈はどうにか歩いてはいるものの、しかし遅々として先には進めない。

「いいから俺を降ろせって！　このままだと二人して木戸に捕まるぞ！」

「友達にもなってくれない人が私に命令するなっ！　湊斗の言うことなんて、誰が聞いてやるもんかっ！」

口ばかりを動かす湊斗に、顔を真っ赤にして踏ん張る玲奈が怒鳴り返す。

しかし——その直後。

「逃げるなぁっ!!」

憤激した木戸の怒声が、湊斗と玲奈の背中をビリビリと震わせた。

担がれた湊斗がなんとか振り向く。まだ二〇メートルと離れてはいないワゴン車のドアから、木戸の顔がぬっと現れた。顔の下半分を鼻血で真っ赤に染めたその顔は怒りに満ちていて、まるで鬼のような形相だった。

「まだ間に合うから、早く俺を捨てて逃げろって！」

「うるさい、黙れっ！　いいから二人で逃げるのよっ！」

この期に及んでもなお、玲奈は動けぬ湊斗を担いだまま放り出そうとしない。玲奈としてはこれでも全力で移動しているのだろうが、この時間でもまだ人がいるだろう事務局まではまだまだ絶望的に遠すぎた。

開いたままのワゴン車のドアから、木戸が足を外に出す。この距離では五秒とかからずに追いついてくるだろう。

最後はもう自分の身体を盾にしてでも、言うことを聞かない玲奈が逃げる時間を稼ぐ——湊斗がそんな決意を固めかけたとき、こちらに向かって駆け出した木戸の足が急に止まった。それはまるで背中がフックにでも引っかかっているような動きで、ワゴン車を降りた場所から木戸はまだ一歩も進めていない。

そんな不自然な動きをした木戸を見据えていた湊斗の目が、突然に大きく見開かれる。走ってこようとしていた木戸の動きを止めたものの正体——それは、半透明のビニール袋に包まれた女の腕だった。いっさいの血の気がない真っ白な腕が二本、逃がさないとばかりに木戸の腰へと巻き付いていたのだ。

「うわあぁぁぁっっ!!」

ビニール袋に包まれたままの手に腹の辺りをまさぐられながら、湊斗たちに向けた怒声よりも大きな絶叫が木戸の喉《のど》から噴き上がった。

その瞬間、まるで吸い込まれるかのように木戸の身体がワゴン車の中へと消える。

唖然《あぜん》とする湊斗の前で、誰も触れていないはずのスライドドアがバタンと閉まった。

「なに？　どうしたの？」

背後の異変を感じとった玲奈だが、それでも足を止めずに湊斗に訊《たず》ねる。

正直なところ、霊を見慣れた湊斗でも今視た光景は信じられなかった。

だが〝死人の夢〟の中で美馬坂先輩の心情を垣間見《かいまみ》ていた湊斗としては、信じられずとも納得はできた。

「——いや、気にしなくていい。たぶんあれは俺たちには無害だろうから」

「なんのこと？」

「そんなことより、今は人のいるところまで逃げる方が先決だろ？　なんなら今からでもここに俺を置いていってくれてもいいんだけど」

いまだに動けぬ湊斗がそう言うと、玲奈はむすっとしたまま口を閉じた。

助かったことを既に直感している湊斗としては、もう本当に置いていってもらっても構わないのだが、でも今も必死に湊斗を担ぐ玲奈の顔を横目にすると何も言えなくなった。

とりあえず足の甲がアスファルトの上で引き摺られているため、気に入っていたこのスニーカーは買い換えになるだろうなと、そんなつまらないことを思った。

「……ありがとうな、玲奈。俺を見捨てないでくれて」

「そういうことは、ちゃんと助かってから言ってくれる？」

ダム湖の件が解決する前に玲奈に礼を言われたとき、自分が発したはずの言葉と似た内容の言葉を返されて、湊斗は思わず苦笑する。

結局のところ頑固な玲奈は一度も湊斗を降ろすことなく、まだ照明が灯《とも》っていた事務局の部屋にまで辿《たど》り着いた。

13

その後、事務局からの一一〇番通報を受けて駆け付けた警察がワゴン車に突入すると、そこにはビニールに包まれた美馬坂先輩の死体を抱きしめる木戸がいたらしい。

しかも死体である美馬坂先輩に向かって木戸は「もう別れようなんて考えないよ」「ずっと君と一緒にいるようにするから」と猫撫《ねこな》で声で話しかけながら、ずっとご機嫌をとり続けていたという。

木戸と警察との間で会話はほとんど成立せず、ほぼ間違いなく精神鑑定にかけられるとの見込みだった。

——湊斗は思う。〝偽りの神隠し〟が解けて玲奈の傍らから離れた美馬坂先輩の霊は、愛《いと》しい木戸に憑《つ》いたのだろう。そして木戸には美馬坂先輩の霊が視えていた。かつて美馬坂先輩が木戸との将来のことを思い描いていたように、きっとこれから二人は一生添い続けるに違いない。

ちなみに木戸の車の中からは、美馬坂先輩の頭を砕いたと思われる血で汚れた敷石が見つかったそうだ。落下したときに折れた枝は車の中に入りきらなかったようで、それで薄暗く目立たないベンチの後ろの藪《やぶ》へとどうやら隠したらしい。さらには木戸のワゴン車を警察が動かすと、車体の下からは血で汚れたアスファルトも出てきた。

――ただでさえ人気がない文学部棟の裏、さらに夕暮れ時で誰も目撃していなかったのをいいことに、木戸は美馬坂先輩の死体をビニール袋でくるんで車に隠すと、その痕《こん》跡《せき》となる血痕も車で隠した。そして人目のもっとも減る休日に車を動かして、こっそりアスファルトにこびりついた血を洗い流し、最後は美馬坂先輩の死体もどこかに埋めようと考えていたのだろう。

警察がどう考えるかはともかく、夢の中で美馬坂先輩となって木戸に殺され、また現実でも木戸に殺されかけた湊斗としては、そんなところが真相だろうと考えていた。

――それはさておいて。

今回の件、湊斗と玲奈は確実に被害者だ。頭のおかしい講師によって車内に監禁され、そして殺されかけたのは紛れもない事実だ。

だが事務局は被害にあった学生が玲奈だったというだけで、玲奈にも非があったのではないかと、そう考えた。本当はそんな講師を雇っていたことをまずは玲奈に謝罪すべきだろうに、玲奈の行動の非を探そうとしたのだ。

学校側の責任を少しでも減らそうというのが見え透いた動きだが、しかし事務局からの事情聴取を受けた際に玲奈が口にした言葉は実に冷めたものだった。

『――木戸先生のことなんてどうでもいいです。私は単に勉強をしたいだけであって、今後ドイツ語の講義の単位をどうするかの方が私には問題です』

以前に玲奈に訓告処分を告げた事務局の女性職員は、実にばつの悪い顔をしたらしい。

ともに木戸の被害にあった湊斗としては、それは少しだけ胸のすく話だった。

ちなみに事件後、スタンガンの影響なのか、はたまた美馬坂先輩の〝死人の夢〟を見たせいか、湊斗はとにかく頭痛が激しくてまた数日寝込むことになった。

アパートのベッドで寝ていると、自然と脳裏に浮かび上がってくるのは〝死人の夢〟の中に出てきた、あの玲奈のことだった。

これまでの人生で、湊斗は不本意ながらも幾度となく〝死人の夢〟を見てきた。

しかしながら〝死人の夢〟に、誰かが割り込んでくることなど一度としてなかった。

霊の死を追体験する夢とはいえども、それでも夢なのだから、実のところはなんだってありなのかもしれない。

だが湊斗はどうにも腑《ふ》に落ちなかったのだ。

――夢に出てくるあの玲奈は、いったい誰なのか？

妙な表現だが、そうとしか言いようがないので湊斗としても困る。

あれは玲奈であって玲奈でない別の誰か、としか湊斗には思えないのだ。

アパートの天井の木目を眺めながら、そんなことばかりを考えていたが答えなんて出ようはずもなく、ベッドの上で丸一日寝ていてもあの玲奈が再び夢に出てくることもなかった。

やがて体調の戻った湊斗が講義に復帰をすると、休む前は学内を席巻《せっけん》していた〝演劇サークル女優の神隠し事件〞の噂が、〝ドイツ語講師による女子学生殺人事件〞の噂に完全にシフトしていた。

騒ぎの大きさに当事者の一人である湊斗は顔が青ざめそうになるが、騒ぎを嫌った事務局によって、事件をたまたま暴いた二人の被害者学生の名は秘されている。

目立ちたくない湊斗にとって、それは今回の件で唯一事務局に感謝してもいいと感じた点だった。

でもまあ、なにはともあれいずれはこの噂も消えていくだろう。

それまで湊斗が事件に関わっていたことがバレなければ、それでおしまいのはずだ。

特筆すべきことのない、静かで退屈な湊斗の学生生活が変わらず続くに違いない。

そんなことを思いながら、湊斗が次の講義がある教室に向かって校舎の廊下を移動していたら、反対側からもう一人の当事者――玲奈が歩いてくるのに気がついた。

会おうとして捜していたときは見つからなかったのに、用のないときには簡単に遭遇する。ほんとままならないなと、湊斗はため息を吐いた。

玲奈もまた廊下の反対側から歩いてくる湊斗に気がついたのだろう。少しだけ歩む速度を鈍らせると、不快そうに目を細めた。

でも――それだけだった。

その僅《わず》かな仕草だけで、あとは湊斗など視界に入っていないかのような素知らぬ顔で玲奈がこちらに歩いてくる。

今の玲奈には美馬坂先輩の霊は憑いていない。新しい霊だってとり憑いていない。よって二人の休戦期間はとうにおしまいになっている。

今はもう友達でもなんでもない、ただの無関係な二人に過ぎないのだ。

だから湊斗もまた、玲奈になど目を向けずに黙々と廊下を歩く。

そして、お互いがお互いを知らぬふりのまますれ違った——その瞬間、

「……次に憑かれたときも、またお願いね」


その玲奈の声は湊斗の幻聴だったのかもしれない。なぜなら湊斗とすれ違ってからも少しも振り向くことなく、玲奈は歩き去っていったからだ。

——気のせいと思えばそれまでのように思えるほど、か細く小さかった声。

でも湊斗は、それが目立ちたくない自分を玲奈が気遣ってくれたかのように思えた。

すれ違いざまに玲奈に囁《ささや》かれた耳を、湊斗が手で押さえる。掌《たなごころ》を通して、ほんのり赤くなった耳の熱が伝わってきた。

「……また〝死人の夢〟を見るなんてのは、勘弁して欲しいんだけどな」

誰に聞かせるでもなく、歩きながら湊斗がぽつりと口にする。

湊斗が全力をもって拒否したいと願う他人の死の追体験――でもそうつぶやいた湊斗の口元は、なぜか少しだけほころんでいた。

3章　遺された者は神隠しの夢を見る

1

人の噂も七十五日なんて諺《ことわざ》があるものの、今のご時世で二ヶ月半にも亘《わた》って騒がれる話題なんてどれほどあるのか、と湊斗はちょっとむなしく考える。

講師と学生の痴情のもつれが原因だった木戸の殺人事件は、学内での噂だけでなく当然ながら各局のニュース番組でも報道がなされた。それにともなってキャンパスの最寄り駅前には雨後の筍《たけのこ》のごとく報道関係者が湧いたのだが、あれから一ヶ月を経た今となってはもはや綺麗《きれい》さっぱり元通りになっていた。

学内での騒ぎも似たり寄ったりで、最初こそ学年も学部も問わずに大騒ぎだったが、今やだいぶ噂も沈静化している。

人が飽きやすい生き物であることに、湊斗は心から感謝する。

湊斗はかの事件の当事者だ。今も警察に勾留《こうりゅう》されている木戸から傷害を受けたとされている被害者だ。事件に関わっていたその事実が知れれば、きっと興味本位から湊斗に話しかけてくる学生も出てきたりするだろう。とにかく目立たないことを望む湊斗にとって、学内を席巻する話題の渦中に放り込まれるなどまっぴら御免だった。

しかしそこは事務局がうまくやってくれたようで、事件の噂が沸騰していた最中《さなか》であっても、湊斗の名前はいっさい学生たちの口には上らなかった。

そしてそれはもう一人の当事者である玲奈に関しても、同じだった。

大学が雇っていた専任講師が起こした殺人事件。加えてその講師が、他にも二名の学生に対し殺人未遂を犯していたなんて事実が世に広く知られれば、各局の報道はもっと加熱していただろう。一刻も早く火消しをしたかった事務局としては、どうやっても隠したい事実だったのだと思う。

ましてやその被害者が〝神隠しから帰ってきた女〟と噂され、身の回りで不可解な現象が起きる学生だと知られたら、もう情報が洪水し収拾などつきようもなくなっていたに違いない。

だからこそ事務局は、被害者の一人が玲奈だという情報が表にでないよう必死に隠匿《いんとく》したのだ。湊斗の情報も表沙汰《おもてざた》にならなかったのは、たぶん玲奈のおまけだ。

とにもかくにも散々な目に遭った湊斗と玲奈だったが、唯一良かったことを挙げるなら、それは木戸の事件がキャンパス中の全ての話題をかっさらったことだと、湊斗は思っていた。

連日に亘って報道もされた学内での大事件の前では、他の噂なんてまったくの小事だ。さながら大きな音の中では小さな音が消えるかのごとく、玲奈の〝神隠しから帰ってきた女〟という噂もなりを潜めていた。

実際に玲奈の異常性を学内に広めた、水浸しとなる霊障はもう起きてはいない。次の窒息する霊障は発露したのが二回だけということもあって、湊斗以外には誰もあれが怪異だったと気がついていない。

ゆえに今度こそ玲奈は普通の学生に近づいたと、湊斗は思っていた。

このまま玲奈の噂が消え続ければ、外見と年齢のギャップを気にする学生だって減っていくはずだ。〝死人の夢〟を見て苦しむから他人と近づきたくない湊斗と、単に神隠しの後遺症で人から距離をとられていた玲奈とでは、やはり違う。

湊斗はそう思うのだが、肝心の玲奈は相変わらずだった。

講義と講義の間の休み時間、最後列の角席を確保するため急いでキャンパスを移動していると、いつぞやの廊下でのときのようにまれに玲奈とすれ違うことがある。

赤レンガを模した敷石で舗装された幅の広い表通りを、人目を忍ぶようにこそこそと端に寄って歩く湊斗。対して反対側からやってくる玲奈は、堂々と道のど真ん中を歩いてくる。

胸を張って道を歩くこと自体はなんら問題はないのだが、しかし目が周りを威嚇しているのだ。反対側から歩いてくる女子の集団が玲奈に睨《にら》まれ、モーゼを前にした紅海《こうかい》のごとく、二つにぱっかり分かれて道が開く。雰囲気というかオーラというか、とにかく人を寄せ付ける気がないことを玲奈はあからさまに態度で表明していた。

そんな玲奈を遠目で見る度に、湊斗は呆《あき》れて密《ひそ》かに眉根を寄せる。

かつて陰口を叩《たた》かれていたことで、ひょっとしたら意固地になっていたりするのかもしれないが、それでも玲奈から心を開けばもう普通に友達も作れるだろうにもったいないと、湊斗はそう思ってしまうのだ。

「……なにやっているんだかな、あいつは」

一人でツンケンしながら歩く玲奈を今日も見かけて、湊斗はぽつりとつぶやいた。

でもとりあえず安心するのは、木戸の件以降は新しい霊が玲奈に憑《つ》いていないということだ。他の学生たちの目がある場所で、目立つ玲奈に湊斗が声をかけるなんてことはない。だから遠目からこっそり見て確認し、毎回胸を撫《な》で下ろしていた。

――わかっている。

湊斗は玲奈と友達でも何でもない関係だ。だから玲奈を気にかける理由なんてなく、仮に玲奈が困って相談でもしてきたら、そのときに視てやればいいだけのことだ。

それなのに玲奈とキャンパス内ですれ違う度に、湊斗は物陰に隠れて見えなくなるまで玲奈の背中を目で追ってしまうのだ。

「……俺もなにやってんだろうな、ほんと」

湊斗は自分の頭を掻《か》きながら、今日もまた一人でため息を吐いた。

2

木戸が捕まったことで、湊斗が受講していたドイツ語は講義自体がなくなった。

湊斗としては単位の問題もあり「そこは代わりの講師を立てろよ」と思わなくもないのだが、事務局としては対処すべきことが多すぎてそれどころでなかったのだろう。不満がないと言えば嘘になるが、無理に抗議して事務局から睨まれたくもない。

よってドイツ語の講義がある日は、例の文学部棟の裏のベンチで昼食をとっていた湊斗だが、今はもう二限が終わるなり素直に自分のアパートに帰ることにしていた。

キャンパスの正門から徒歩一〇秒で到着する駅から、湊斗は上りのモノレールへと乗る。時間にして一〇分足らず、大学から僅《わず》か三駅ほどしか離れていないアパートの最寄り駅で、湊斗はモノレールを降りた。

駅のホームの時計を見上げれば、夜からのバイトの時間にはまだかなりの間がある。

だからというわけでもないが今日は気分を変えて駅向こうのコンビニで昼食を買おうと、湊斗はアパートと反対方向の階段を下りようとしたところで、見知った人物が目の前を歩いていることに気がついた。

その人物はグレイのロングスカートにソールの厚い真っ白いスニーカーで、肩からは茶色いレザーのトートバッグを下げている――玲奈だった。

なんで玲奈がこんなところにと思うが、湊斗はすぐに思い出した。

二ヶ月ほど前、ダム湖に行く待ち合わせ場所を決める際に確認したが、玲奈の自宅の場所は調布市だったはずだ。京王線の調布駅に向かうのであれば、確かに湊斗のアパートから最寄りのこの駅が乗り換えにはちょうどいい。単純にこれまで見かけなかっただけであって、おそらく玲奈はいつもこの駅で乗り換えて大学に通っていたのだろう。

それでもってドイツ語の講義がなくなったせいで、お互いに帰る時間帯も同じになったということだと思う。

幸いというか当たり前というか、駅を出た道を歩いているのはスーツ姿の男性や買い物に出てきた主婦らしき人ばかりで、学生らしい人影はほとんどない。これだったら玲奈に話しかけても目立つこともなければ、学内の人間に知られることもないだろう。

だから湊斗は目の前を歩く玲奈に後ろから近づき声をかけようとして――でも、寸前で肩に向かって伸ばしていた手を引っ込めた。

――なんて、声をかければいい？

今の玲奈に霊は憑いていない。それは〝偽りの神隠し〟による霊障で玲奈が悩まされてなどいないという証明であり、つまり友達でもない湊斗が玲奈に話しかける理由などないということだった。

特に用事もないのだから、別にこのまま踵《きびす》を返して自分のアパートに帰ればいい。昼飯ぐらい、家の近くのコンビニでだって買おうと思えば買えるのだ。

でもなぜか、湊斗はそうできなかった。むしろ少しだけ歩く速度を遅めると、声をかけるどころか簡単には気づかれないぐらいの距離を空けた状態で、玲奈の背中を追い続けてしまう。

自分でもさすがにこれはどうかと思うが、湊斗はどうしても声をかけることにも帰ることにも踏ん切れず、玲奈の背中をただただ無言で追いかけてしまう。

そのままてっきり京王線の駅に向かうと思っていたのだが、玲奈は京王線方面に通じる階段の前を通り過ぎて、その先にある小さな商店街の中へと歩いて行く。

昔ながらの商店が立ち並んだちょっと寂れた門前町を、玲奈の背中を追って湊斗も歩く。買い物といえばコンビニかスーパーばかりな湊斗は珍しさから目が移ろいがちになるが、それでも背中をひたすら追っているとふと視界から玲奈が消えた。商店街のメイン通りから小路《こみち》へと入ったのだ。

湊斗が早歩きで路地の曲がり角まで移動すると、カランカランという懐かしい音色のベルがついたドアから、店の中へと入っていく玲奈の背中が見えた。

小走りで店の前にまで駆け寄り、薄めのスモークフィルムが貼られた窓越しに湊斗は店内を覗《のぞ》き見る。入り口のすぐ横には色鮮やかなケーキが並んだショーケースが置かれていて、その奥にはテーブルを挟んで対面に置かれた二人掛けのソファーがいくつもある。ドアに貼られた『châtaignes』という看板の文字はどう読んでいいのかすらわからないが、どうやらここは喫茶店のようだった。

普段なら湊斗はまず喫茶店には入らない。どんな霊を憑けた人がいるかも、来るかも知れない場所に、湊斗は長く留《とど》まろうなどとは思わないからだ。ましてやチェーン店でもない洒落《しゃれ》た雰囲気の店に、湊斗はつい尻込《しりご》みしそうになる。

しかし湊斗は、学外で見かけた玲奈の行動にどうしても興味をそそられ、気がつけばお店のドアを開けて中に入っていた。

ドアベルの音に反応して、エプロンをした女性の店員さんがやってくる。「お好きな席にどうぞ」と言われたので、湊斗は店の中をキョロキョロと見回して——いた。

一番奥の四人掛けの席に、玲奈が一人で座っていた。しかも入り口側には背を向けていて、追ってきた湊斗に気がついてはいない。

それならと湊斗は玲奈の座った席に近づくと、今度こそ声を——かけられるわけもなく、玲奈の真後ろの背面同士がくっついたソファーへと座ってしまった。

……なんだろう、大学の外で玲奈と話すことがどうにも気恥ずかしい。というか駅からずっと後を追いかけてきて、しまいには同じ喫茶店に入って後ろの席に座るとか、これはもう世に言うところのストーカーなのではなかろうか？

我ながらの気持ち悪さに、やっぱり店を出ようと湊斗が席を立った瞬間、

「……ねぇ、さっきからちょっと怖いんだけど」

その声に驚いて湊斗が振り向くと、ソファーに座ったまま後ろを向いた玲奈と目があった。その表情はちょっとげんなりしていて、目の色は明らかにドン引いている。

途端に、湊斗は自分の顔が真っ赤になるのを感じた。とっさに玲奈から目と顔を逸《そ》らし、無言で再びソファーに腰を落とす。

「駅を出た直後から、ずっと女子の後ろを追いかけてくるとか……もうちょっとで通報するところだったわよ」

後頭部に玲奈の視線を感じながら、湊斗は振り向くことなく肩を縮こめる。

「いや、その……玲奈の姿を見かけて、つい」

「湊斗は知り合いの姿を見かけると、声もかけずに後を追ってくるわけ？」

「……声はかけようとしたさ。でも何を話したらいいのかわからなくて、気がついたらここに入ってた」

「つまり、私と話をしたくて追いかけてきたってこと？」

「まあ……そんなところだな」

「へー、なるほどね」

なんとなく得意げな玲奈の声を耳にしながら湊斗が黙ってうつむくと、そこに先ほど入り口で案内してくれた店員がやってきた。

店員は「お待たせしました」と言いつつ、玲奈の前に大きな丸皿に載せられたモンブランとカフェオレの入ったボウルを置く。その流れで玲奈の真後ろに座った湊斗の席にも来ると、水の入ったコップをテーブルに置きながら「ご注文は？」と聞いてきた。

テーブルの上にあったメニューを慌てて開く湊斗だが、思わず目が丸くなった。

――コーヒーが一杯で九〇〇円。湊斗がたまに持ち帰るチェーン店のものなら三杯は飲める金額だ。ちなみに玲奈が頼んだらしいケーキセットは一七〇〇円となっていた。

「……ブ、ブレンドコーヒーで」

なるべく動揺を気取られないよう平静を装った声で湊斗が注文すると、店員が「かしこまりました」と応じてカウンターへと引き下がる。微笑んだ顔の裏でクスリと笑われているような気がしてしまうのは、まずもって湊斗の被害妄想だ。

「ここのお店はモンブランがおいしいのよ。湊斗も食べればいいのに」

店員が去ってから、玲奈が背中合わせの状態のままで話しかけてくる。

玲奈は簡単にそう言うが、さすがに一人暮らしの学生の身で一回のお茶にそれだけの金額を出す勇気は湊斗にはない。しかしながら玲奈の口調があまりにしれっとしているので、ひょっとして自分が貧乏性なだけなのかと湊斗は勘繰ってみるも、やはり世の標準からズレているのは玲奈の方だろうとすぐに思い直した。

「ねぇ、こうして背中合わせで話すのは疲れるから、こっちの席に来なさいよ」

「そうだな……」

もう玲奈本人にはバレているのだ。今さら別の席に座っていても――と思った直後、店内に新しい客が入ってきた。

それは若い女性の四人組で、さらにはどこかで見かけた気もした。ひょっとしたら同じ大学の学生かもしれない。彼女たちはグループ内でのお喋《しゃべ》りに夢中になっていて、店内の端に座った湊斗と玲奈になど見向きもしていない。でも――なんだか急に、湊斗は人前で玲奈と親しげに会話をすることが怖くなった。

「いや……やっぱり、ここでいい」

「あ、そう……ほんと、湊斗って意気地なしね」

湊斗の懸念を察した玲奈のイヤミが、ちくりと湊斗の胸に刺さった。

「っていうか話がしたくて追いかけてきたっていうけど、それで湊斗は何を私に言いたいわけ？」

言われて湊斗は焦る。ここで何も話したいことなんてないとか言おうものなら、それこそ玲奈からストーカーとでも詰《なじ》られかねない気がした。だから必死で何か用件はないかと頭を巡らして――ふと大事なことを思い出した。

「そうだ！　玲奈の連絡先を教えて欲しかったんだ」

玲奈が振り向いて、ギョッとした顔をする。

「な……なによ、急に。私の連絡先なんて知って、どうするわけ」

やや上擦った声で問いかけてきた玲奈に、湊斗はいたって普通に返す。

「美馬坂先輩が憑《つ》いていたとき、そのことを知らせようにも玲奈と連絡がとれなくて苦労したんだ。だからいざというとき、連絡がとれたほうがいいかと思ってさ」

理由を説明するなり、玲奈の目が冷めた。つまらないものを見る目で湊斗の顔を一瞥《いちべつ》してから、自分のカバンを漁《あさ》ってスマホを取り出す。

「……いざというときねぇ。でも私たちは友達ですらないんだから、連絡なんて必要ないんじゃないの？」

急に刺々《とげとげ》しさの増した玲奈の声を聞きながら、湊斗は「こだわるなぁ」と内心で頭を抱えそうになる。

とりあえず湊斗も自分のスマホを取り出し玲奈の次の言葉を待つも、しかしいっこうに反応がない。振り向くと、玲奈は手にしたスマホの液晶とにらめっこをしていた。

「どうした？」

「まあ、いい機会かなと思って……ねぇ、湊斗は何のSNSをやってるの？」

「SNS？　いや、俺はやってないけど」

「えっ？　一つもやっていないわけ？」

「あぁ、一つとしてやってない」

湊斗がそう答えると、玲奈は「……あぁ、そう」とやや消沈した声を出した。

今どきSNSをやっていないとかあり得ない、と湊斗だって我ながら思う。しかし今まで必要なかったのだからしょうがない。というかこれまでその手のツールは、あえて避けて使わずにきたのだ。

何しろこれまでの人生で湊斗はできる限り人付き合いを避けてきた。確かにSNSならネット上だけで会話が成立する。それは〝死人の夢〟を見るリスクなしに、人とコミュニケーションがとれるということだ。

だが学校という場はまた特別だ。学校での共通の時間や対面での会話があって、放課後のSNSのグループメッセージでのやりとりは成立する。学校では人と喋る気がない湊斗は、仮にグループに加えてもらったとしても会話の微妙な機微を理解できないだろう。それなら最初からやらないほうがいい。

湊斗が「ただの電話番号の交換じゃダメか？」と聞こうとするも、それよりも先に玲奈がちょっとだけ困ったような表情で笑った。

「実は復学した直後に、私がやってるSNSがあればID交換しようって声をかけられたことが何回かあるの。でもその頃の私はいまどきのスマホが本当に嫌いで『何もやってない』って、いつも冷たく断ってた。……その度に、すごく渋い顔をされたわ」

『『いまどきのスマホ』って、そんな年齢じゃ――」

と言おうとして、湊斗が慌てて口を閉じた。そう――玲奈は一〇年を経て〝神隠しから帰ってきた女〟なのだ。

少しだけ寂しそうに、玲奈が苦笑う。

「……当時のスマホって、今のより画質も悪ければ液晶も小さいし、操作しても反応も悪いしでとにかく使いにくかったの。だから親が新しく買ってきたこのスマホを触ってみたとき、これは私のスマホじゃないと思ったわ。これは私の知っている世界のスマホじゃなくて、未来の世界の異物だってそう感じたの」

一〇年前、といえば湊斗はまだ小学生だ。当時はまだスマホなんて持っていなかった湊斗だが、それでも日ごとにデジタルデバイスが進化していたことはなんとなく覚えている。その流れを一気に飛び越せば、確かに戸惑うのも当然かもしれない。

「神隠しから戻ってきたときに持っていた私の古いスマホは、中身が完全におかしくなっていた。それまでの私の交友関係の全てが謎の文字へと化けてしまっていて、もう読むことさえできなくなっていた。だから古いスマホは使えなくて、でも新しいスマホはなんだかまだ怖かった。最近になってどうにか新しいスマホにも慣れてきたけど、でも今となってはもう私にSNSのIDを訊いてくる人なんていない。だから湊斗と同じ、私のスマホにもSNSアプリなんて一つも入っていない」

話を聞き終えた湊斗が目を瞑《つぶ》る。同じなんかじゃないと、そう思った。

自分のはただの人嫌いの延長で、でも玲奈のは事故によるトラウマのようなものだ。

玲奈だけでなく、これは湊斗にとってもいい機会かもしれない。

「じゃあ、玲奈。それなら今からお互いに何かSNSアプリを入れてみな——」

背中を向けたままで、湊斗がそうぼそぼそと口にしていたとき、

「玲奈っ!!　ねぇ、あなた——高原玲奈よねっ!?」

突然の大声に、湊斗の声が途中でかき消される。

見れば玲奈の席の横に、いつのまにか一人の女性が立っていた。

女性の年齢はおそらく三〇歳ぐらい、淡い茶色の髪は肩の上で揃えられていて、黒のスカートに白いカーディガンと年相応の落ち着いた出《い》で立《た》ちをしている。

そんなどことなく上品な印象を受ける女性が、口元を驚きで震わせながら、興奮した表情でソファーに座った玲奈の顔を見下ろしていた。

一瞬、玲奈の知り合いかと湊斗は思ったが、それにしては様子が変だった。

たぶん玲奈はこの女性が誰かわからないのだろう。警戒した玲奈の雰囲気が一瞬でいつもの臨戦態勢へと変わり、鋭い目でキッと女性を見上げる――が。

「私よ、私！　玲奈と高校でクラスが一緒だった、紫《ゆかり》よ！」

その名を女性が口にした瞬間、文句を言いかけていた玲奈の口は途中で止まり、女性を凝視していた目が大きく見開かれた。

3

「高校の同級生たちから噂では聞いていたけれど……本当に、玲奈の姿はあの頃のままなのね」
玲奈の対面に座った女性――久慈紫がカップの取っ手をつかんで、カプチーノを一口啜《すす》る。
ちなみに――彼女の名は、もともと藤元紫だったらしい。それが七年前に久慈《くじ》紫へと変わったのだと、さきほど玲奈へと説明をしていた。

そんな会話を盗み聞いた湊斗は、相変わらず玲奈と背中合わせの席に座っていた。

というのも、まさか玲奈の知り合いが別々の席に分かれて座り背中合わせの状態で会話していた、などとは思いもしなかったのだろう。四人掛けの席に単独で座っている玲奈を見て、紫は当然ながら一人と判断し、玲奈に確認をするまでもなく対面に座ったのだ。

だから今さら知人とも言えない湊斗は玲奈が自分に言及しないのをいいことに、そのまま座って残り、光の加減で窓にうっすら映る二人の様子をうかがい続けていた。

カップを皿に戻した紫が、玲奈に向かって苦笑した。

「ほんと懐かしいわね、このお店。まだあったなんて驚きだわ。……あれは何の集まりだったかしら、学校の帰りに毎日この店にみんなで通っていた時期があったわよね」

「三年の卒業アルバム制作委員会のときでしょ。修学旅行の写真がうまくまとまらないって、毎日放課後にここに集まって、プリントを並べてレイアウトしたじゃない」

「あぁ……そうだったわね！　よくあんな昔のこと覚えてたわね、玲奈」

パンと手を叩《たた》いて紫が目を輝かせた。だがそんな紫の様子を前に、玲奈はただつまらなそうに口をへの字に結ぶだけだった。

「そうそう、このお店にこだわっていたのは確か玲奈だったわね。ここは高いから他のお店にしようっていう子がいるのに、玲奈が強引にここに決めちゃって。本当は私だって、あの頃のお小遣いじゃここはきつかったんだから」

紫がクスクスと笑い、さらに話し続ける。背中越しに湊斗が話を聞いていると、紫の口から出てくるのは昔話ばかりだった。

……きっと紫に悪意はない。高校時代の友人に再会し、当時の懐かしい思い出話に花を咲かせている。本人としてはそんな気持ちなのだろう。

だが――玲奈はどうだろうか。

玲奈は高校卒業から半年ほどで神隠しに遭い、この世界に帰ってきたのもまだ半年前のことだ。つまり紫がさも懐かしそうに話している内容は、玲奈の体感時間の中ではまだ一年前のことでしかない。

同じ思い出なのに、でも両者の感覚は致命的に何かがズレている気がした。

「参ったのは学食の自販機のときのことよ。カフェオレが売り切れているならコーヒー牛乳にすればばって私が軽い気持ちで言ったら、玲奈ったらそれだけで怒るんだから。そうだわ、あのときは確か怜香《れいか》もいっしょだったわね。怜香も玲奈とまったく同じように怒り出して、これだから双子はって――」

「いい加減にしてよっ！」

玲奈がテーブルを両手で叩きながら、激昂《げきこう》して立ち上がった。

驚いた紫が口をあんぐりと開け、店員も何事かと入り口側のカウンターから首を伸ばしてこっちを見ていた。

少しだけ冷静さを取りもどした玲奈が舌を打ち、気まずそうにソファーに座る。

「もう下らない話を聞くのはたくさんよ、何も用事がないのなら私は帰るから」

「そうね、玲奈は昔からまわりくどいのが嫌いだったものね。わかったわ、それなら単刀直入に訊《き》くわ」

瞬間——紫の目の色が変わり、顔から微笑みが消えた。


「神隠しで消えた人は、どうすればこちらに帰ってこられるの？」


その突然の問いかけに「えっ？」と声を上げたのは——実は湊斗だった。

玲奈は紫の問いに声を上げることすらできず、ただ表情を凍らせて固まっていた。

「ねぇ……かつての友だちのよしみで、どうか教えてちょうだいよ。どうやったらあなたみたいに神隠しから帰ってくることができるの？」

気がつけば湊斗はがばりと振り返っていた。

それは後ろの席の無関係な客としては、あまりに不自然な動きだ。でも紫の目は、湊斗のことなどまるで見ていない。ただただまっすぐ、玲奈だけを見据えていた。

テーブルの上に乗っていた玲奈の手を、まともじゃない顔つきとなった紫がつかむ。

驚いた玲奈が「ひっ」と短い悲鳴を上げた。

一方で——なんだ、あれは。

あるものを目にして驚愕《きょうがく》した湊斗は、思わずごくりと唾《つば》を呑《の》む。

逃がすまいとするかのようにテーブルの上で玲奈の手を握った紫の手——しかし湊斗の目にはもう一つ、紫の右袖《そで》をギュッと握っている小さな手が視えていた。

紫の袖を握ったその手は、たぶん子どもの手だ。女性である紫の手と比べてもあきらかに二回りは小さい。湊斗が驚くのは、その手がついている腕が異様に長かったことだ。

それは腕というよりもはや人の腕を模したホースのように、湊斗には思えた。人間の関節などまるっきり考慮していないグネグネとした腕が、紫が座った席の真後ろの『Staff only』と書かれたドアの僅《わず》かな隙間から伸びていたのだ。

もちろんそんなものが生きた人間の手や腕であろうはずもない。テーブルの上に乗った三つ目の手は、間違いなく死者の手だった。

「私ね、まったく変わっていない玲奈の姿を見て確信したの。その顔は化粧とかアンチエイジングとか、そんなものじゃない。あなたは本当に、私と同じ高校時代を過ごしたときのままの高原玲奈よ。だから……教えてちょうだい。どうしたら戻ってこれるの？　何をしてあげたら、消えた人間は神隠しから帰ってくることができるわけ？」

紫がテーブルの上へと身を乗り出した。ぐっと首を伸ばして、玲奈の鼻先へと自分の顔を近づけていく。

普通じゃない紫の挙動に、玲奈は顔を青ざめさせて無理やり手を振り解《ほど》いた。

「知らないわよ、そんなの！　むしろ私が聞きたいぐらいよ！」

玲奈から手を振り払われて拒否された紫だが、しかし諦《あきら》めない。テーブルの上に両手をつくと、いっそう玲奈へと顔を近づけた。

「高校のときみたいに、そんな意地悪を言わないで、玲奈。ねぇ、お願いだから教えてよ。どうしてあなたは戻ってこられたの？　なんで一人だけ、帰ってくることができたの？　そして——どうして、怜香は戻ってこないの？」

最後のひと言がスイッチだった。玲奈の顔色が一瞬白くなったかと思ったら、次の瞬間には湯気でもたちそうなほどに真っ赤になった。血が出そうなほどに唇を噛《か》み、それから視線で射殺さんとばかりの勢いで紫を睨《にら》んだ。

「いい加減にして！　私だって本当にわからないのよ！　どうすれば怜香が帰ってくるのかなんて……そんなの知らないっ!!」

そして紫との間にあるカップや皿が全て跳ねるほど強くテーブルを手で叩くと、玲奈はその勢いのまま席を立ち上がった。

「待って、玲奈！　——これ、私の電話番号。もし神隠しから戻ってくる方法を思い出したら、私に電話をちょうだい」

走り去ろうとした玲奈を無理やり引き留め、おそらく自分の連絡先が書かれたメモを紫が差し出す。しかし頭に血が上っている玲奈は差し出されたメモを受け取ると、これみよがしに握り潰《つぶ》して足元へと投げ捨てた。

そのまま後ろに座っていた湊斗になど目もくれず、玲奈は憤りを露《あら》わにしながら一人店を出て行った。

そんな玲奈の背を見送ってから、紫は力なくシートに腰を下ろす。天井を仰ぎ見て、無言のままでふぅと重いため息を吐いた。

なんとも苦々しい雰囲気に当てられて湊斗が無言で身を縮こめていると、やがて紫が席を立つ気配が背後でした。玲奈の分を含めた伝票を手にレジへと向かい「騒がしくして、すみません」と店員さんに告げながら会計を支払う。

コーヒーを啜りつつ、紫の姿をチラチラと覗《のぞ》き見していた湊斗が目を細める。

──さっきまで紫の袖を強く握っていた、あの子どもの手がない。

気になって振り向けば、さっきまで僅かに隙間があった従業員向けのドアもいつのまにか完全に閉まっていて、あの腕だけの霊の姿はどこにも視えなくなっていた。

……通りすがりの霊の、悪戯《いたずら》だったのか？

そんな疑問が湊斗の頭をよぎるも、答えなど出ようはずもない。

会計を終えた紫が店を出ていくのを確認してから、湊斗は玲奈が床に投げ捨てたメモを拾った。丸まったメモを広げれば、紫のものらしい電話番号が確かに書かれていた。

湊斗はなんとなく気になっていた。このメモは、玲奈が立ち去ろうとするときに慌てて書かれたのではなく、最初から紫が持っていたものだ。名刺であればいざ知らず、QRコードを見せ合えば連絡先の交換ができるこのご時世に、自分の電話番号をあらかじめメモして持ち歩くような人がいるだろうか。これではまるで、玲奈と会うことを予想して準備していたみたいではないか。

それに加え――怜香？

玲奈と紫の会話にたびたび出てきた名前を、湊斗は心の中で繰り返した。

その名前が玲奈と似ていることは、おそらく偶然ではない。でも同時に玲奈の反応からして、安易に触れたりすべき名ではないのだろうと湊斗は直感していた。

4

――翌日のこと。

今日の湊斗の予定は、朝の一限目からびっしり講義で埋まっていた。

そのため眠い目を擦《こす》り、一限を終えるなり、湊斗は急いで次の講義があるホール棟へと向かう。しかし一番乗りで教室に入った湊斗を出迎えたのは、黒板に大きく書かれた『本日休講』の文字だった。

なんでも前日に京都で学会があったらしく、今朝の新幹線で戻ってくる予定だった教授が電車の遅延で間に合わなくなったらしい。

居合わせた事務局の人の説明を聞き終えてから、ネットで遅延情報を調べてみるも不思議なことに新幹線の遅延情報などどこにもない。大方、前夜に飲み過ぎて寝坊し電車に乗り遅れたあたりが真相だろう。こちとら〝死人の夢〟を見ないように、朝から必死で起き続けているというのに、いい気なものだと湊斗は呆《あき》れてしまう。

でもまあ、それはそれとして。

ぽっかりと空いてしまった時間で、どうしようかと湊斗は悩む。今からアパートに帰って一眠りしようにも、今日は三限の講義もある。往復の時間を考慮すると実質的にアパートに居られる時間は三〇分程度だろう。

だがそれでもただ無駄に時間を潰すよりマシかと、ホール棟の廊下に置かれたベンチから腰を上げようとしたところで――白系のスカートに黒のフラットシューズという格好をした玲奈が、湊斗の目の前を通り過ぎていった。

どうやら湊斗にはまったく気がついていないようで、玲奈はチラリともこちらに目を向けることなく足早に去っていく。

それにしても、用事がないときは本当によく出会う。昨日の駅でもそうだが、これだけ頻繁に見かけるならやっぱり連絡先なんて交換する必要はないのかもしれない。

そんなことを思いながら、ぼんやり玲奈の姿を追っていた湊斗の目が、眼窩《がんか》からこぼれんばかりに見開かれた。

――玲奈の右手の袖を、小さな子どもの手がつかんでいた。

さらには異様に長く伸びた腕が、玲奈がこれから前を通り過ぎようとしている女子トイレの入り口に据えられた、曇りガラスのドアの隙間より伸びていた。

もちろん生きた人間の手ではない。おそらく昨日の喫茶店で紫の袖を握っていた手と、同じ手だ。

大ホール方面へと急ぐ玲奈の足が、女子トイレのドアの前にさしかかる。すると袖を握る子どもの手が、玲奈をぐいと真横に引っ張った。

瞬間、玲奈の身体がドアの方へと吸い寄せられた。歩いていた方向からすれば直角の方向に、肩でドアを押し開けるようにして玲奈が女子トイレの中に消えていった。

押し開けられたドアが自動で戻ってくる。反動で何度かギィギィと軽く開いたり閉まったりを繰り返してからぴたりと止まり、それきりシーンとなった。

——なんだ、今のは。

基本的に物理現象など起こせるはずがない霊の手——だが湊斗には、まるで玲奈が死者に手を引かれてトイレの中に引き摺《ず》り込まれたかのような、そういう風に視えた。

慌てて玲奈が消えたドアの前まで走り寄るが、何しろ女子トイレだ。男子である湊斗が中に入るわけにはいかない。

だからドアの前で玲奈が出てくるのを待っていたところ、

「ちょっと湊斗、そこどいてもらえる？　……っていうか、女子トイレの前でなにしてんのよ。昨日のストーカーに引き続いて、今日は痴漢でもする気？」

いきなり背後から玲奈に声をかけられた。

驚いて湊斗が振り向く。そこにいたのは確かに玲奈だった。女子トイレの前で待ち伏せていた湊斗に、気持ち悪い虫でも見るような冷ややかな目線を向けている。

「って……ちょっと待ってよ、なんで玲奈がここにいるんだ」

「そんなの次の講義がホール棟であるからに決まっているじゃない。それとも私が早めに教室に入って、自習でもしていたらおかしいわけ？」

「いや、そうじゃなくて。さっきトイレに入っていっただろ？」

「……はぁ？」

「トイレだよ、トイレ！　このトイレの中に入ったまま、それっきりまだトイレから出てきていないはずだろ？」

わけがわからず、湊斗はつい声を荒らげてしまう。すると同じく次の講義に備えてやってきていたらしい男子二人が「なんだ、なんだ」とばかりに、湊斗と玲奈の方へと顔を向けてきた。

途端に、玲奈の顔が赤くなった。

「バ、バカじゃないのっ！　入ってなんかいないわよ！　――というかトイレ、トイレとか廊下で連呼しないでよっ!!」

肩を怒らせた玲奈がツカツカと湊斗の前から足早に歩き去ると、開いていたホールのドアの中に逃げるように入っていく。

その間、湊斗は玲奈の右袖《そで》に目を向けていたが、そこに子どもの手などなかった。というか視《つ》えない。今の玲奈に霊など憑《つ》いていない。

目を吊り上げた玲奈が、湊斗に当てつけるようにホールの大きなドアをバタンと思いきり閉めた。

その音に反応して、何事かと気になった学生の何人かが集まってくる。ドアと合わせて廊下で立ち尽くしている自分も見られていることに気がついた湊斗は、さーっと顔から血の気を引かせながらホール棟の外へと飛び出した。

表通りの側には行かずにそのまま校舎の裏手に回り、辺りに人気がないことを確認してからコンクリートの壁に背を預け、ほっと息を吐いて肩の力を抜く。

そして湊斗は、頭の中の整理を始めた。

まず現実的な線を考慮して、別人と玲奈を見間違えたという可能性を考えてみる。トイレの中に引き摺り込まれたのが別人なのだから、その後に背後から玲奈に話しかけられてもこれなら何ら不思議はない。

でも、あり得ない。湊斗は玲奈の服装を覚えている。仮に似た顔と体形の人と見間違えても、服装まで同じだったとはさすがに考えにくい。

だったら玲奈の悪戯という線は考えられないか。湊斗を欺《だま》してやろうと、トイレの中に入ってこっそり他の出口から出て、急いで湊斗の背後にまで回り込んでから声をかけてきた。

可能性だけを考えたら否定はできないが、玲奈の生真面目な性格を思えばまずない話だ。それに悪戯だったらもう少し楽しそうにしているべきで、さっきの玲奈は本気で怒っていたように思う。

――だとしたら。

やはり霊障――これが理由として一番しっくりきてしまう。

玲奈の身を襲ったのが物理現象をともなう霊障ならば、霊の手に引かれてトイレに引き摺り込まれたのも得心がいってしまう。さらにはいきなり湊斗の背後に立っていたことも、理不尽だが怪異ならば納得がいってしまうのだ。

つまり死者の手に袖を引かれて女子トイレの中に消えたはずの玲奈が、そのことを忘れてこちら側に戻ってきて、たまたま目の前にいた湊斗に声をかけた――きっと、そういうことだったのだろう。

でもそれは、

「――神隠し、ってことなんじゃないのか？」

自然と湊斗の口から声が出ていた。

ごくごく短時間だけ玲奈の身に起きた神隠し――消えていた間の記憶がないところまで玲奈から前に聞いた話とそっくりで、さっき遭遇した奇怪な現象を説明する上で湊斗にとってはそれがもっとも腑《ふ》に落ちる解釈だった。

しかし――本当に神隠しに関連した霊障であるのなら、今の玲奈には霊が憑いていない。

少なくとも過去の二回のように、玲奈の背中にべったり張りついた霊はいない。

「……いったいどういうことだ？」

だから霊障とはまだ断言できない。

でもこの嫌な予感は、当たりそうな気がしていた。

5

その夜、湊斗は夢を見た。

舞台は、商店街の路地裏にあるあの喫茶店だ。あの日に座ったのとまったく同じ席に湊斗は座って、だが玲奈は背中合わせではなく湊斗の対面に腰掛けていた。

これが夢なのは、すぐに気がついた。なぜならテーブルに片肘《かたひじ》で頬杖《ほおづえ》をついている玲奈が、上目で湊斗を見ていたからだ。本物の玲奈だったら、こんな艶《なま》めかしくて媚《こ》びたような表情は絶対にしない。

だから湊斗は自分の頭を掻《か》いてから、こうつぶやいた。

「……おまえが出てくるってことは、やっぱり今回も霊障で正解なのか？」

湊斗はかつて二度、夢の中でこの玲奈と会っている。

その二度ともにおいて、この夢の中の玲奈は霊障に苦しめられた現実の玲奈に対し、解決のための何かしらの示唆をしてきた。

――昼間に見かけた、玲奈の身を襲ったごく短時間だけの神隠しの怪異。

もちろん湊斗が最初に疑ったのは、〝偽りの神隠し〟によって起こされる霊障だ。実際に消える直前に、湊斗は玲奈の右袖をつかんで引っ張った霊の手を視ている。だがこちら側に戻ってきてからは、湊斗はその手を視てはいない。

これまでのようにわかり易く憑いた霊がいない状況で、本当に霊障で合っているのかと悩みながら就寝したところ、この玲奈が夢におでましになったという状況だった。

そんな湊斗の考えを見透かしたように、夢の中の玲奈が艶然《えんぜん》と微笑んだ。

「今度の霊はね、おそらく〝隠れる〟ということにもの凄《すご》く執着がある——たぶん自らの意思で隠れて、そのまま戻ってこられなくなった霊なのだと思うわ」

「それは……どういうことだ？　隠れたまま戻ってこられないっていうのは、つまり〝偽りの神隠し〟じゃなくて〝本物の神隠し〟ってことか？」

「いいえ、それはないわね。〝本物の神隠し〟なんて、そう滅多に遭えるものじゃないもの。——私の神隠しだけが、本物なのよ」

と言って、玲奈が目元を緩ませながらクスクスと笑う。

「そうね……街路灯に醜い蛾が引き寄せられるように、今回も私の身体にまがい物の神隠しが引き寄せられているのは確かよ。でも同時にその霊は、自分の死体が隠れている場所にも強く縛られ引き寄せられ続けている。言うなれば伸びたバネが強い力でもって引き戻されるようなものね。あの霊はいっとき私の身体に憑くけれど、霊障を起こすなりまたすぐ元の場所へと戻っているのだと思う」

「いやいや——ちょっと待ってくれ」

その話の内容に、湊斗は慌てて声を上げてしまう。

「それだと……俺は〝死人の夢〟を見ることができないんじゃないのか？」

――湊斗が〝死人の夢〟を見る条件。それは湊斗が寝ている近くに、誰かに憑いた霊がいることだ。もしもこの玲奈が言うように、今回の霊障を起こす霊が本当に玲奈の身体に一瞬だけ憑いて離れているのなら、湊斗はたぶん〝死人の夢〟を見られない。仮に見ることができても、夢もまたごく短時間ということになってしまうはずだ。

それは過去二度に亘《わた》って、この世のどこかに隠れた死体を見つけ〝偽りの神隠し〟を暴いた〝死人の夢〟が、今回は役に立たないということになってしまう。

「あら？　あなたは〝死人の夢〟を見るのが嫌なんじゃなかったの？」

玲奈がニヤニヤした表情で、わざとらしく首を傾げた。

――現実の玲奈も苦手だが、夢の中のこの玲奈はもっと苦手だと湊斗は思った。

「〝神隠しに遭いやすい気質〟と言ってね、かつて〝本物の神隠し〟に遭った私の身体は再び神隠しに遭いやすくなっている。そのせいもあって、いったんは憑いた霊が元の場所に戻っていくときに私の身体も引っ張られて消えているのね。つまり今回の霊障はあなたが思った通り、神隠しそのものよ」

これは自分の身のことだ。自分の身体を襲っている霊障の話だ。

なのに自らを襲う怪異を語る玲奈の口元は、どこか楽しそうに歪《ゆが》んでいた。

「今はまだすぐに戻ってこられるでしょう。でも消えれば消えるだけ、私の身体はかつて隠されていたときの感覚を徐々に思い出してくる。そして完全に思い出してしまったとき、はたして私はまたこちら側に戻ってこられるのかしらね」

堪《こら》えきれなくなったように玲奈がケラケラと笑い出した。その笑い顔はあまりに歪《いびつ》で、半月のように口を開けたその表情に湊斗はゾッとしてしまった。

現実の玲奈はあんなにも自分の身を襲う霊障に悩んでいるというのに、苦しんで堪えながらそれでも堂々と胸を張って自分の状況と戦っているのに、どうして夢の中の玲奈はこんなにも醜悪に嗤《わら》うのか。

「──なぁ、おまえ誰だよ?」

湊斗の口から自然と疑問の声が出るなり、玲奈の笑い声がピタリと止まった。

ほんの僅《わず》かにだけ驚いた表情を浮かべるも、でもすぐにその顔は元に戻って、今度は心底から楽しそうに微笑んだ。

「ほんとひどい男ね……あなた、自分が惚《ほ》れた女の顔も忘れたの?」

対面の席に座っていた玲奈が立ち上がると、すっと湊斗の隣に座り直した。肩と肩が触れて湊斗がドキっとした直後、視界いっぱいに玲奈の顔が近づいてきて思考がフリーズしてしまう。

鼻と鼻がぶつかりそうな距離にある、玲奈であって玲奈ではない顔。

湊斗の知らない玲奈が、吐息を感じられるほどの距離で、湊斗の視界を覆うほどに大きく真っ赤な口腔《こうこう》を開く。

「ちゃんと覚えておきなさい。私こそが──本物の高原玲奈よ」

その言葉を最後に、湊斗はアパートのベッドの上で目を覚ました。

6

神隠しの霊障を最初に目撃してから数日――まるで二ヶ月前に戻ってしまったようだと、湊斗は感じていた。

木戸の事件のおかげで一度は学内から完全に消えていた、玲奈の〝神隠しから帰ってきた女〟という噂。しかし今は前以上に、猛烈にキャンパス中で広まっていた。

「ねぇ、高原玲奈がまたおかしなパフォーマンスを始めたっての、聞いた？」

「聞いた、聞いた！　パフォーマンスっていうか、どっちかというとイリュージョン？」

「たぶん承認欲求モンスターなんでしょ。みんなが私に注目していないといや――みたいなさ。きっと、ずっとエゴサしてるよ、あいつ」

「マジで？　だったらさ、やっぱり〝本物の神隠しから帰ってきた〟っていうキャッチフレーズも、自作自演なんじゃない？」

「一〇年間も山の中で隠れて過ごしてから、若作りの化粧して戻ってきましたって？

――そんなの、ほんとにただのバカじゃん！」

どっと声が上がって、品のないゲラゲラという笑い声がそのあとに続く。木戸の事件から一ヶ月、新しい話題が出るにはちょうどいい頃合いだったのだろう。

噂の中には荒唐無稽《こうとうむけい》、あるいはただの罵詈雑言《ばりぞうごん》のような話もあるが、それでも今の玲奈の噂はやはりある一つの怪異に集約されていく。

『ドアの向こうに消えたはずの高原玲奈が、いきなり後ろから現れてやってくる』

――ある講義に向かおうとしたところ、自分の前を高原玲奈が歩いていた。

学内では有名人の彼女は、最近でこそ悪い噂をあまり聞かなくなったものの、やはり好んで近づきたい相手じゃない。だから歩く速度を遅めて、前を歩く高原玲奈と距離をとった。

先に教室に入ったのは高原玲奈だ。引き戸が開いたままだった教室の中に、最後は急ぎ足のようにして中へと入った。途端に猛烈な勢いで、ピシャンとドアが閉じた。

後から来る学生もいるのに、目の前でドアを閉じるとか感じ悪いよな――そう思いながら引き戸を開けると、教室の中は暗い。先に入ったんだから電気ぐらいつけろよと思いつつ、入り口の横にある壁のスイッチを押せば、

「――えっ？」

教室の中には誰もいなかった。

教室の出入り口のドアは前と後ろの二箇所だけ。窓も全て内側から鍵《かぎ》がかかっていて、後ろ側のドアも開いた様子はいっさいない。

嘘だろ――と思って教室の外へと飛び出すと、廊下の向こう側から教室に向かって歩

いてくる人影がある。

――高原玲奈だ。

間違いようがない。さっきと同じ服装、同じカバン。自分よりも先に教室の中に入ったはずの高原玲奈が、コツコツと靴音を響かせながら、さっきまで自分が歩いていた廊下から教室に向かって歩いてくるのだ。

ドアの前で啞然《あぜん》と立っていると、高原玲奈はあの鋭くておっかない目をギロリと動かして自分を睨《にら》みつけてきて、気がつけば叫び声を上げて逃げ出していた。

――場所を変えて時間を変えて、こんな話がいくつも学内に出回っているのだ。

この類《たぐ》いの話を本気にしている者もいれば、あるいはバカにしている者もいる。前者は「高原玲奈のドッペルゲンガーだ」などといういい加減なオチをつけ、後者は問題児の玲奈がまた目立ちたがりの悪戯《いたずら》を始めたと言って嘲笑《あざわら》っている。

――でも、どちらもまるで違う。

これは神隠しだ。

神隠しの霊障だ。

やはり夢の中の玲奈の言葉通りなのだろう。

扉の向こう側へと玲奈の姿が消えて、そしてどこからともなくすぐに帰ってくる。

現実の玲奈は今、小さな神隠しの霊障に繰り返し遭っているのだろう。

湊斗は思う――玲奈は、自身を襲う霊障に自覚があるのか？

女子トイレのドアの向こう側に玲奈が消えた神隠しのとき、玲奈は自分の身に怪異が起きているとは微塵《みじん》も思っていなかった。消えているときとその前後の記憶がないのに、でも噂ばかりはどんどんと広がっている。

ここまで広まって本人の耳には入っていない、ということはさすがにないはずだ。だから今頃は、自分の身に何が起きているのかと不安になっていることだろう。

そしてこんなときに限って、玲奈を学内で見かけない。玲奈と連絡先を交換していなかったことを、湊斗はあらためて悔いていた。

でも今日は、比較文化人類学の講義がある。体調でも悪くない限り、玲奈も比較文化人類学の講義を受けに来るはずだ。講義が終わったところでなんとか捕まえれば、玲奈の身にいま起きている可能性の高いことをきっと説明できるはずだ。

「ねぇねぇ、知ってる？」

「知ってる、知ってる。高原玲奈の話でしょ？」

玲奈の噂で持ちきりの大教室の中、湊斗はいつもの一番後ろの角席に陣取って玲奈の到着を待つ。

すると、いつものバンッ——という激しいドアの開け方ではなく、人目を憚《はばか》るようにこっそりと玲奈が教室に入ってきた。

教室に入ってくるなり、大急ぎで入り口から離れて後ろを振り向き、しっかりドアが閉じるのを確認してから玲奈はほっと胸を撫《な》で下ろした。

普段なら玲奈が入ってくるだけで教室内がしーんとするのに、今は誰も玲奈が入ってきたことに気がついていない。それぐらい玲奈の様子はいつもと違っていた。目が据わっていない。胸を張っていない。おどおどキョロキョロとしていて、落ち着かずに周りをやたら警戒している。何者も寄せ付けない、あの孤高のオーラともいうべきものが、今の玲奈からはまるで感じられなかった。

大教室の真ん中にある階段状の通路を、玲奈がゆっくりとした挙動で下りていく。面白おかしく玲奈の噂を続けている学生のすぐ真横を玲奈が通っても、話に夢中で誰も玲奈に気がつかない。玲奈もまた顔をうつむけて、足早に通り過ぎるだけだった。

どんなときでも怖《お》じず恥じず胸を張っていた玲奈が、いったいどうしたのか？

そんなの——決まっている。周りの噂から自分の身に神隠しが起きていることを察し、玲奈は怯《おび》えているのだ。人前で虚勢を張ることすらできなくなるほどに、おそらくそれほどまでに玲奈にとって神隠しはトラウマなのだろう。

誰にも注目されない玲奈が一番前の席に座ると、ほぼ同時に教壇側のドアが開いて駒津教授が入ってきた。

騒がしい大教室の中を駒津教授がじろりと見渡すと、すぐさま静かになった。駒津教授は満足そうにうなずくと、教卓の上でテキストを置いて開いた。

「えー、前回は〝遊び〟という普遍的文化に関しまして、ホイジンガの『ホモ・ルーデンス』を基に説明をしました。今日はホイジンガの分類をさらに発展させた、カイヨワの遊びの分類についてから説明をしていきましょう」

胸元のマイクを通して朗々とした声が響き、駒津教授の講義が始まる。

――ここ二ヶ月ほど講義を受けてみて湊斗は実感したが、駒津教授の講義は面白い。足りない一般教養の単位を埋めるため、ふと目に付いた講義を選択しただけなのだが、あけすけに言えば当たりだった。後から知ったことだが、どうやらその界隈《かいわい》では駒津教授はかなり高名らしい。中には駒津教授に師事したくてこの大学を受験する学生もいるのだとか。

それはそれとしても、面白い講義というのは湊斗にとっては非常にありがたい。何しろ講義が面白ければ眠くならずにすむからだ。それはうっかり講義中に〝死人の夢〟を見て取り乱し、変人扱いされてしまうリスクを減らせることにもなる。

「カイヨワの分類にもあるように、能動的な遊びを行うときの人の心理を突き詰めていけば、おそらくは安楽と緊張の二つに行き当たります。先に申したように遊びは生産行動の埒外《らちがい》に位置しているわけで、つまり遊びを行っている際、人間は社会組織から一時的に切り離されることになるわけです。そして社会から切り離された解放感が安楽に、組織に属していない不安は緊張感となって、その両者の中で揺らぐ心理を楽しむこともまた遊びの一面なわけです」

だが今日ばかりは、駒津教授のありがたい講義があまり頭に入ってこなかった。講義を聴くために駒津教授を見れば見るだけ、最前列に座っておどおどしている玲奈の姿も目に入ってくる。なまじ視界に入るからこそ、湊斗としては玲奈のことが気になってしかたがなかった。

「とくに昔からあって現代でもまだ生き残っている遊びというのは、非常に示唆に富んだものが多いです。たとえば――〝かくれんぼ〟」

瞬間――湊斗の背筋が急にざわついた。

突然に大教室内の温度が下がったような気がして、湊斗の身体がぶるりと震える。

なんだ――と思って、湊斗は辺りを見回す。しかし誰もおかしな反応をしている者はおらず、皆は普通に講義を受けているままだ。つまり今の温度低下の感覚は、湊斗だけが感じた寒気ということになる。

何かがおかしい。湊斗は自分の勘に従って教室内のあちこちを見回してみる。すると教壇横にある掃除用具が詰まった金属製の古いロッカーに、なぜか目が吸い寄せられた。

「それではみなさんの、遊びに関する感じ方も教えていただきましょう――高原君」

駒津教授に名を呼ばれ、玲奈がびくりと肩を跳ねさせた。

「これまで言ったように、ほぼ全ての遊びは複合的な要素で成り立っています。今ホワイトボードに書いた線の左側が安楽で、右側を緊張とした場合、高原君がイメージをする〝かくれんぼ〟とは、おおよそどの位置の〝遊び〟か印をつけてもらえますか？」

そう言って、駒津教授は最前席に座っている玲奈にマーカーを突き出した。

「……私、ですか？」

「ええ、君に訊《き》いています。君が一番、この壇上に近い」

苦笑する駒津教授を前に、玲奈は唇を噛《か》んでから立ち上がった。

普段だったらツンとすましてすぐホワイトボードの前に立つのだろうが、しかし今の玲奈はいつもの玲奈じゃない。小動物のようにビクビクしながら壇上に上がって、駒津教授からマーカーを受け取った。

だが――そんな二人のやりとりの間も、湊斗の目線は掃除用具入れに向いていた。

湊斗自身でも、どうして掃除用具入れから目が離せないのかがわからない。

けれども、絶対に何かがおかしい。

「安楽と緊張の線上のどこに『かくれんぼ』がくるか、丸をつけたらいいんですね？」

玲奈が『かくれんぼ』という単語を口にした、その瞬間だった。

湊斗が凝視している掃除用具を納めたロッカーの扉が、微《かす》かに開いたのだ。

きっと音はしていない。静かに静かに、そして誰にも気がつかれないほどに小さく、完全に閉まっていたはずの扉の留め具が外れて僅《わず》かに開いた。

その隙間の奥には、光が差さない暗闇が覗《のぞ》いている。

「そうです。『かくれんぼ』という遊びは、非常に複雑です。鬼から見つかってはならない遊びのため、隠れている間は極度の孤立した緊張状態にある。鬼に見つかればルール的には敗北となるわけですが、しかし負けることで孤独から解放されて安楽が生まれるという、ある意味では両極端の要素を併せ持つ不思議な遊びなのです」

　ゆっくりゆっくりと、掃除用具入れの扉が開いていく。今やその開いた幅は、教室の一番後ろに座っている湊斗からもはっきりと見てとれるほどだ。

　独りでに掃除用具入れの扉が開いていく——それはあり得ない現象なのに、この大教室の中の誰一人として騒がない。たぶん湊斗以外には誰も気がついていないのだ。

　つまり掃除用具入れの扉が開くのは、故障でも破損でもなく——怪異、ということだった。

　ホワイトボード前に立つ玲奈が、マーカーのキャップを外す。

　同時に、掃除用具入れの中の暗闇から小さな手がぬっと突き出てきた。

　湊斗はその手に見覚えがあった。それは玲奈の右袖《そで》をつかみ女子トイレに引き摺《ず》り込んだ手であり、そして例の喫茶店で久慈紫の右袖を握っていた子どもの手だった。

　自然と息が荒くなった湊斗の視界の中、手がロッカーの中からするすると伸びてくる。

　その腕は、まるでゴムホースだった。喫茶店で見たときもおぞましいほど長かったが、今はそれ以上だ。ろくろ首ならぬ、ろくろ腕——グネグネと腕はどんどん伸び続けて、ゆらりゆらりとした動きで玲奈の方へと向かっていく。

　玲奈が『かくれんぼ』は緊張の極みという位置に丸をつけようとしたそのとき、長すぎる腕の先にちょこんとついた小さな手が玲奈の右袖をつかんだ。

「えっ？」

それは玲奈の声だった。何も理解できていない、少しだけ間の抜けた声。

でもその声の直後——玲奈の姿が、ホワイトボードの前から消えた。

玲奈の右袖をつかむと同時に、まるで獲物を捕えたカエルの舌のごとく腕が掃除用具入れの中へと巻き戻ったのだ。

手が視えていない学生たちからしたら、それはきっと玲奈が掃除用具入れに吸い寄せられたように見えたことだろう。女性とはいえ人間が一人、まるで重力を無視したかのように真横に飛んだように思えたに違いない。

湊斗以外にはいつのまにか開いていたとしか思えない掃除用具入れの中へと玲奈の姿は消え、バタンという猛烈な音を立てて凄《すさ》まじい勢いで扉が閉じた。

玲奈が吸い込まれた勢いの残りで、掃除用具入れが左右にぐらりぐらりと揺れる。

手に引っ張られると同時に玲奈が取り落としていたマーカーが、今さらながらポトリと床に落ちてコロコロ転がり、駒津教授の靴に当たって止まった。

「……た、高原君？」

誰もが声すら出せず黙った大教室内で、駒津教授の玲奈を呼ぶ声だけが響いた。

我に返った駒津教授は、掃除用具入れに一歩一歩と近づいていく。

教室中の誰もが息を呑《の》んで見守る中、掃除用具入れの前に立った駒津教授の手が扉の取っ手に伸びた。左右に揺れていた動きはすでに止まっていて、駒津教授が恐る恐るといった動作でプラスチック製の取っ手に指をかける。

そして思いきり強く扉を開けると、掃除用具入れの中から何かが倒れてきた。

駒津教授がギョッとするも、倒れてきたのは掃除用具入れの中に詰まっていた、ただのモップだった。

床に散乱した掃除用具はそのままに、駒津教授が用具入れの中を覗き込む。扉が全開となったため照明の灯《あか》りが注がれ、狭いロッカーの中身が全て露《あら》わとなる。

でもそこに、玲奈の姿はなかった。

隠れる余地どころか、人が一人だけ入れるかどうかという五〇センチ四方しかない掃除用具入れの中は、モップが倒れたこともあってがらんどうだった。

大教室の中の空気が、一瞬で凝固する。

——確かにロッカーの中に吸い込まれたはずの玲奈が、どこにもいない。

全てが固まっていた時間は一秒か二秒だろう。でも三〇〇人からの学生の時間が全て停止し、やがて目の前の怪異に耐えられなくなった誰かがおののいて「ひぃ」というあえぐような短い悲鳴を上げた。

それが引き金だった。その悲鳴で学生たちの時間は一気に動き出し、絹を裂いたような、あるいは金属をひっかいたような無数の甲高い悲鳴が教室内を揺らした。

——当たりまえの反応だろう。目の前で人が一人消えたのだ。手品だ悪戯《いたずら》だ、と玲奈を揶揄《やゆ》していた連中も関係ない。むしろそうやって高を括《くく》っていた奴らほど、とても演技とは思えない、実際に演技ではない、玲奈が消える瞬間を目にして顔を青くしていた。

半分以上の学生が同時に席から立ち上がり、一目散に教室の出口へと殺到した。ギュウギュウ詰めとなり危ない状態であるにもかかわらず、それでも押し合いへし合いしながら、理解の及ばない何かを見てしまった学生たちが恐怖に駆られて我先に逃げ出していく。

「落ち着きなさい！　みなさん、席に着きなさい!!」

駒津教授が必死に学生たちへと呼びかけるが、誰も耳を貸す者はいない。学生たちは完全にパニック状態となり、震えて動けなかった残り半分の学生たちもこんな場所に取り残されたくないとばかりに教室から逃げ出そうとし始める。

そんな中でただ一人――湊斗だけは、その場で立ち尽くしていた。

原因が視えている湊斗は錯乱こそしないものの、だが啞然《あぜん》とはしてしまっていた。

――玲奈が消えた。玲奈が隠されてしまった。

最初のときは数秒だった。でも今は、教室の錯乱が始まってもう五分は経っているのにまだ玲奈は帰ってこない。

悪化していた。玲奈の身体が、どんどんと神隠しに馴染《なじ》んでいっていた。

自らの無力さに、自身の爪が食い込むほど強く湊斗が拳《こぶし》を握りしめると、

「……どうしてよ」

湊斗の背後で、嘆く声が聞こえた。

はっとなって振り向くと、神隠しから戻ってきた玲奈が湊斗の後ろに立っていた。

「……玲奈」

湊斗が呼びかけるが、玲奈の虚《うつ》ろな目は湊斗の顔には向かない。

死人のように白い顔をした玲奈は頭を両手で抱え、突き立てた指で自分の頭皮を掻《か》き毟《むし》る。

「なんで、なんで、なんでっ！」

錯乱した玲奈が喚《わめ》き散らす。教室の中の混乱もいまだに収まり切らない。

「神隠しには遭いたくない……私はもう、消えたくなんかないのよっ！」

人前であるにもかかわらず、あの玲奈が絶叫する。

今の玲奈に対し、湊斗はかけられる言葉を持っていなかった。

7

「少しは落ち着きましたか？　高原君」

駒津教授が差し出してくれた紙コップに入ったコーヒーを、パイプ椅子に座った玲奈が受け取る。いくらか落ち着いてはきたものの、しかしまだまだ血の気のない真っ青な顔をして玲奈は申し訳なさそうに目を伏せた。

僅か六畳の広さの部屋に聳《そび》える、左右二面の天井にまで届くほどの高さの本棚。中身がびっしり詰まったその本棚だけでも圧巻なのに、窓際にはこれまた書物が無造作に積まれた木製の机まである。そんな本に囲まれた室内で湊斗と玲奈が座るのは、部屋の中央に申し訳程度に置かれた折り畳み机とパイプ椅子の質素な応接セットだった。

ここは大教室棟からもほど近い、国際文化棟の五階にある駒津教授のゼミ室だった。

――とんでもない大騒ぎとなってしまった、比較文化人類学の講義。

玲奈の神隠しを目撃した学生たちが恐慌状態となって、蜘蛛《くも》の子を散らすように講義から逃げ出したことはすぐさま学内へと広がった。当然ながらその話は事務局の耳にも届き、おっとり刀で職員が大教室へと駆け付けてきた。例の玲奈に訓告処分を言い渡したことのある女性職員が大教室に入ってきたとき、中に残っていたのは駒津教授と湊斗と、それから茫然《ぼうぜん》自失で涙ぐむ玲奈の三人だけだった。

大まかな騒ぎの概要を聞き及んでいた職員は、以前からの目の敵であり、かつ騒ぎの首謀者と目される玲奈へと嬉々《きき》として詰め寄ろうとする。

だがそんな玲奈を庇《かば》ってくれたのが、駒津教授だったのだ。

「何者かに引っ張られたときの高原君のあの姿が演技とは、とても思えませんね。今回の件、私は高原君も誰かが仕掛けた悪ふざけの被害者ではないかと思っています」

怯《おび》えて震えている玲奈の前に立って、事務局との会話を仕切ってくれる。

今回もまた騒ぎの渦中にいるのは問題児の玲奈だ。事務局としては少しも納得がいかない。だが駒津教授にそう言われてしまった手前、玲奈に強く出ることもできなかった。

よって玲奈の処分は保留となり、起きたことの調査は後日するということにして、とりあえずその場は解散となった。

事務局の職員たちが去っていくのを見届けてから、いまだに肩を抱いて震えている玲奈が落ち着くまでの休憩所として、駒津教授は自身のゼミ室を提供してくれたのだ。

「確か……奥津君でしたね。君は高原君の友人なのですか？」

いっしょにゼミ室に付いてきて玲奈の隣のパイプ椅子に座っている湊斗に、駒津教授が問いかけた。

「いや、別に友人というわけじゃ……」

こんなときぐらい適当に答えたらいい、と自分でも湊斗は思うのに、それでもつい口ごもってしまった。

そんな湊斗の顔を一瞥《いちべつ》してから、駒津教授が穏やかに微笑む。なんとなく心中を見透かされたような気がして急に落ち着かなくなった湊斗は、無理やり別の話題を振った。

「それにしても駒津教授が玲奈を庇ってくれるなんて、ちょっと意外でした」

「ふむ……奥津君は、私が高原君を嫌っていると思っていたわけですね？」

眼鏡越しの目こそ笑っているものの、ド直球な問いに湊斗は絶句してしまう。

「確かに、講義中に他の学生の迷惑となるような行為をすれば私だって注意ぐらいはします。ですがそれでも、私は高原君のような刺激的な学生は嫌いではありませんよ。それは――最初に会った一一年前からずっとね」

一一年前――という言葉に、不安そうに爪を噛《か》んでいた玲奈の口がピタリと止まった。

ギョッとした表情を浮かべて、玲奈がまじまじと駒津教授の顔を見据える。

「今期の最初の講義のときに、一〇年ぶりに復学した君の顔を見てすぐにわかりましたよ。当時の君と今の君とではもう違うのでしょう、と。そして私の顔を見たときの君の表情から、私のことも忘れているのだろうな——と、そう察しました」

口元を緩ませて、悪戯に成功した子どものような表情で駒津教授が笑う。

「……その通りです。私、神隠しに遭っていた間の記憶がないんです。それどころか、神隠しに遭う前の、大学に入ってからの半年分ぐらいの記憶も、歯抜けになっていてほとんどありません。というか昔の自分がどうして国際文化を専攻したのか、むしろ今の私はそれを知りたくて講義を受けている気がします」

膝《ひざ》の上で手を握った玲奈がうつむきながら、まるで告解でもするかのように湊斗も知らなかったことを語る。

その言葉を聞いて、駒津教授は鷹揚《おうよう》にうなずいた。

「なるほど。だったら君の中で何か参考になればと思いますが——今とは違う意味でね、かつての君はとても困った学生でした。一年生のときの最初の講義の終わりに『何か質問はありませんか？』と私が教室全体に訊《たず》ねたら、君はこう質問してきたんですよ。『人と人の文化を比較するのが比較文化人類学なのはわかりました。ですが人と〝かつて人だったモノ〟との間の文化を比較する学問は、なんと命名したらいいんでしょう？』——とね」

その話を聞くなり、あまりの内容に玲奈と湊斗は互いの顔を見合わせてしまう。

「私……そんなことを先生にお訊ねしたんですか？」

おずおずと訊《き》き返した玲奈に、駒津教授が苦笑した。

「えぇ、そうですよ。その後も君は本当に私を困らせてくれました。いつだって学問的にはあり得ない方向から質問を切り込んできた。単純に私を困らせたいだけではないのかと邪推したこともありましたが、でもどうも違う。君は学問的には決して認められないような内容を、いつだって真剣に口にしていた。だから私もいつもこう返していたのです。――怪異が本当にあるかどうかを議論する気は毛頭ありません、とね」

それは湊斗にも聞き覚えのある、いつぞやの講義中に駒津教授が玲奈に向かって口にした言葉だった。

「ですが今になって思い返すと、私はそんな君の質問が嫌いではなかった。いつだって新しい発想はあり得ない方向性から切り開かれるものです。私にとって君は、とてもエキセントリックな学生でしたよ。そんな高原君が周りを睨《にら》むでもなく、困って泣きそうにしていればね――真偽はわからずとも庇いたくなるというのが人情というものです」

玲奈が申し訳なさそうに、駒津教授に向けて頭を下げた。

その様を見て、駒津教授は少しだけ寂しそうな仕草で目を瞑《つぶ》った。

「私は、怪異が本当にあるかどうかを議論する気は毛頭ありません。ですが、これだけは言えます。高原君がロッカーの中に消えたときの様子は、とてもこの世の現象には思えなかった。少なくとも君が自ら望んで、掃除用具入れの中に入って消えたとはとうてい思えなかった。——そのことはもう一度、事務局に伝えておきます」

8

駒津教授の話を聞いているうちに、玲奈の様子はみるみると落ちついていった。

大教室に入ってきたときからずっと怯えていた玲奈だが、今は少しだけいつもの雰囲気を取りもどしていた。

「友だちでもない人が、いちいち人の顔色をうかがわないでよ」

普段の調子を取りもどしたら取りもどしたで、気軽に八つ当たりするのはやめて欲しいと湊斗は思うが、でも同時にこんな軽口を叩《たた》いているほうが玲奈らしいとも感じた。

「——本当にご迷惑をおかけしました。今日のところはそろそろ帰ります」

だいぶ日も暮れてから、玲奈がやや毅然《きぜん》とした表情で駒津教授に深々と頭を下げた。

「そうですね……とにかく二、三日はほとぼりを冷ましなさい。あの場に居合わせた学生たちはきっとまだ興奮状態ですが、落ち着いて考えれば人間が簡単に消えるわけがないという当たり前の事実に気がつくはずです。常識というのはとても強い。それに人が消失する手品の類《たぐ》いは誰だって一度や二度は見たことがあるわけで、時間さえ経てば彼らが高原君に感じた恐怖は薄れるはずですよ」

怪異を肯定も否定もしない駒津教授の助言を受けて、玲奈は小さく「はい」と答えると湊斗と連れだってゼミ室をあとにした。

ゼミ室内も静かだったが、外の廊下はいっそう静寂に包まれていた。六時限目の講義も終わっている時間ということもあって、普段は学生と教授が行き交っているだろうこの廊下にも今はまったく人の気配がない。五階の高さの窓から見える外の光景は、もうどこまでも暗くなっていた。

そんな静かな廊下を、二人並んで歩く。互いの足音しか聞こえない中で、湊斗は意を決して口を開いた。

「なぁ、玲奈。駒津教授はああいう話をしていたが……玲奈自身は、もう自分の身に起きている神隠しの霊障に気がついているんだろ？」

玲奈の肩がびくりと反応するがそれだけだ。玲奈は何も答えないものの、しかしうつむいた顔が湊斗の言葉が正しいことを暗に肯定していた。

玲奈の辛《つら》そうな表情を横目に、湊斗はふぅと長くて重い息を吐いた。

「実は、玲奈にあらかじめ言っておかなくちゃならないことがある」

「なに？」

「玲奈に憑《つ》いている霊が……その、つまり今回の霊障を起こしているはずの〝偽りの神隠し〟に遭った霊の姿が、よく視えないんだよ」

「……それは、どういう意味？」

訊き返された湊斗は、僅《わず》かに逡巡《しゅんじゅん》する。玲奈を今以上に混乱させたり、心配させたくはない。だから湊斗は夢で見た根拠のもろもろを勘と称することにした。

「これは勘なんだけど——今回の霊障を起こしている霊は、どこか違う場所に魂が囚《とら》われているんだと思う。とりあえず〝偽りの神隠し〟の影響で玲奈に引き寄せられていることは間違いないとは思うけれども、でも玲奈に霊障を起こすときにだけ周りに現れて、あとはまたすぐに自分の死体が隠されている場所に戻っているような気がする。だから玲奈に憑いている霊の姿が、俺にはほとんど視えない」

「つまり、湊斗は何が言いたいわけ？」

「——簡単に言えば、今の玲奈の隣で寝ても〝死人の夢〟を見ることができない」

湊斗が告げた途端に、玲奈が少しだけ息を呑《の》んだのがわかった。

行方不明となってしまった霊の、どこにあるともしれない死体を見つけなければ玲奈の霊障は解けない。〝死人の夢〟を見ることができないということは、過去二度に亘《わた》って〝偽りの神隠し〟を暴いた、その手段が今回は使えないということだ。

ぐっと唇を噛みしめそうになるのを堪《こら》え、玲奈は努めていつもどおりの声を出す。

「……そう、だったら仕方がないわね」

玲奈が平静を装っているだけなのは明らかだった。

湊斗としては、できるものなら〝死人の夢〟は見たくはない。でも〝死人の夢〟に頼らなければ、行方不明者の死体なんて容易にみつけられるわけがない。

今回の件は、別に湊斗には何の責もない。だがそれでも自分の無力さに打ちひしがれて「すまない」と口にしかけたとき——湊斗の顔が青くなった。

いつのまにか玲奈の足元に、手が転がっていた。

それは子どもの小さな手で、腕は床の上でもってうねりながら廊下の奥へと伸びていて——とっさに湊斗は、玲奈の両肩をつかんで自分の方へと引き寄せた。

同時に蛇の鎌首のように持ち上がった手が、玲奈の袖《そで》をつかもうとして空振りする。

「ちょ、ちょっと！　いきなりなにするのよ！」

湊斗から突然に抱き寄せられたような格好になった玲奈が、赤面しながら喚《わめ》いた。

だが今の湊斗は、そんな玲奈に構っていられるような余裕はなかった。

「いいから、後ろを見ろ！」

「えっ？」

言われるがままに玲奈が振り返ると、廊下と面したドアの一つがちょうど開くところだった。ドアの前には誰もいない。ドアの向こうにも誰もいない。部屋の中は照明がついておらずに真っ暗で、まるでドアの中には暗闇が詰まっているようにも見えた。

人が触れていないのに独りでに開いたドアを前に、玲奈の顔から血の気が引いた。

——さらには。

今開いたドアだけじゃない。その隣のドアも、そのまた隣のドアも開いていく。

駒津教授のゼミ室もあるように、この階は国際文化棟のゼミ室が並んだフロアだ。そのため廊下に面した形で多くの部屋のドアが並んでいて——視界の端にまで等間隔で並んだ無数のドアが、ギィと蝶番《ちょうつがい》を軋《きし》ませながらいっせいに開いた。

しかもどの部屋も中は一様に暗い。何が潜んでいるのかまるでわからない闇があった。

玲奈がガチガチと歯の根が合わないほどに、身体を震わせる。

玲奈の目には廊下にあるドアが全て同時に開くという怪異として映っただろう。でも湊斗には、開いたドアの奥から伸びる無数の子どもの手も視えていた。

「走れ、玲奈っ！」

そう声に出したときには、湊斗はもう玲奈の左手首をつかんで駆け出していた。

天井の照明が、パチリと音をたてていきなり消える。廊下もまた、ドアの向こうの部屋と同じ暗闇へと変わり、玲奈が悲鳴を上げる。

でも湊斗は走る足を止めない。玲奈も足を止めずにかろうじて走り続ける。

湊斗の視界の端に、玲奈の袖をつかもうと横から迫る手が視えた。でもその手が袖を握ろうとした瞬間、つかんだ玲奈の手首を湊斗がぐいと引いて、かわさせた。

するとそれが悔しかったのか、まるで怒りを表現するかのように全てのドアが激しく開いて閉じてを繰り返し始める。

玲奈が目に涙を浮かべながら「ひぃ」と悲鳴を上げるが、それでも玲奈の手首をつかんだまま湊斗は走るのをやめない。

やがて廊下を抜けて階段を駆け下り、それから玄関口を通って国際文化棟の外にまで飛び出すと、玲奈はその場で腰砕けとなって地面の上にへたりこんでしまった。

「もう、いやよ……」

玲奈がうつむいて嘆くが、でも湊斗は息を切らしながらも周囲を見回していた。

湊斗はもうわかっている。神隠しの霊障を引き起こすあの手は、必ずドアの向こうから伸びてきている。

ここは学校だ。あちらこちらに校舎が林立していて、それこそドアなんて山ほどある。キャンパスの中を歩いて駅へと向かえば、途中でいくらでもドアの前を通る。運良く駅にたどりつこうが駅舎の中にも、乗った電車の中にだってドアはある。電車を降りて町に出ても家の数だけ無数のドアがあり、かろうじて玲奈を自宅に送り届けたとしても、家の中にはそこに常にドアがあるのだ。

玲奈が自分の肩に爪を突き立てていた。震えの止まらない自分の身体を無理に制御しようとしているのだろうが、それでもまるで収まる気配はない。

もはや玲奈が限界なのは考えるまでもないことだった。神隠しの霊障とでは、玲奈はすこぶる相性が悪い。これ以上はきっと玲奈の心が持たない。

でも少しでも気持ちを落ち着かせられるところで、ドアのない場所なんて——そう思ったとき、湊斗の頭にふとある場所のことがよぎった。

「玲奈、ここはまだ危ない。とりあえず場所を変えよう」

湊斗は奥歯を鳴らして怖がっている玲奈の二の腕をつかみ、強引に立たせる。

無数のドアに囲まれた学内は、いつまたあの手が伸びてくるかわからない危険地帯だ。だから湊斗はキャンパスからもほど近く、少なくともここよりは安全であろう、玲奈も知っているあの場所に向かって歩き出した。

9

玲奈の手を引いて湊斗が移動した方向は駅とは反対側、キャンパスの北門を出た先にある裏手の小山だった。前に水浸しとなった玲奈がなりふり構わず叫んでいた、あの小さな社がある場所だった。

あの辺りなら周りに建物がない。建物がなければドアだってない。当然、照明もなくて暗いだろうが、それでもいつ隠されるかわからない恐怖で震え続けるよりマシだろう。

小山の頂上付近、神社の境内に上がる階段前まできたところで、湊斗は足を止めた。境内にまで上ると社殿がある。念のため、ここまでにしておくべきだろう。

段差を椅子代わりにして、湊斗が丸太の階段に腰掛けようとしたところ、

「ちょっと待って」

そう言って湊斗を止め、玲奈がカバンから取り出したのは一枚のタオルだった。

「もう水浸しにはならないけど……でも持ってないと、なんだかまだ不安なの」

苦笑した玲奈が、乾いたタオルを地面に敷いてその上に腰かけた。玲奈が身を寄せた

残り半分ほどの上に、湊斗も「ありがとう」と言って腰を下ろす。

タオルは思ったよりも小さくて、湊斗の肩は玲奈の肩と触れ合ってしまう。

はっとなった湊斗が、もう少し離れようと身をよじろうとするも——やめた。

湊斗と触れた玲奈の肩がまだ震えていたのだ。

だから湊斗は何も声をかけなかった。プライドの高い玲奈が震えているのを知り、何も話しかけなかった。その代わりにほんのちょっとだけ肩の触れ合う面積を増やした。

辺りは暗いが、月が出ているため暗闇というほどではない。濃淡は深いが、それでも互いの顔が判別できないほどでもない。

そんな中でどれぐらい無言のままじっとしていただろうか。やがて玲奈の震えが収まったと気がついたとき、湊斗は自分の肩に掛かる重みがふと増えたような気がした。

「……ねぇ、湊斗」

長い沈黙を破ったのは玲奈の方だった。空を見上げていたところを急に名前を呼ばれて「どうした?」と答える。

「前に私が、神隠しに遭う前の記憶があやふやだって、話したの覚えてる?」

「あぁ、確かこの上の神社の境内でそう言ってたな」

「あれね、実は——嘘なの」

「えっ?」

気がつけば自分の肩に頭を載せていた玲奈を、湊斗はまじまじと見てしまう。しかし玲奈は目を閉じていて、その表情からはどんな感情を抱いているのかわからなかった。

「本当はね、記憶はそれなりに残ってるの。でもね、それがどっちの記憶なのかがわからないの。——私が双子だってこと、これも前に言ったわね？」

「あぁ、それも聞いた」

「姉の玲奈と、妹の怜香——私たちは一卵性の双生児でね、産まれた日も同じなら、神隠しに遭って消えた日も同じなの」

これには湊斗も息を呑《の》んだ。

先日の久慈紫との会話を盗み聞いたときに、怜香というのは玲奈の双子の名なのだと湊斗はなんとなく察してはいた。

でも——玲奈と同じ日に神隠しに遭って消えていたとまでは、想像していなかった。

「あの日、私たちは一緒に家を出て、同じ駅から同じ電車に乗って、二人で連れだってある山へと登って——そして同時に、そこで神隠しに遭ってしまった。といっても細かいことは戻ってきてから両親に聞かされたことでね、当日やその数日前のことをほとんど覚えてないのは本当よ。それと駒津教授に話したように、神隠しに遭う前の半年分ぐらいの記憶も、まるで虫食いのように継《つ》ぎ接《は》ぎになってしまっているのも事実。でもね、それは憶えていないのであって、あやふやではない。だったら何の記憶があやふやなのかというと——私の中にある、玲奈と怜香の境界があやふやなの」

「……どういうことだ？」

「医者は、私のこの状態を一時的な記憶の混濁だろうって診断したわ。記憶もないまま一〇年も行方不明だったのだから、過去の記憶だってぐちゃぐちゃになっていても当たり前だって。だから身近にいてずっといっしょに暮らしていた双子の姉妹の視点を想像して、それを自分の記憶へと脳が勝手に捏造《ねつぞう》しても不思議はないらしいわ。ほんと笑っちゃうわよ、あやふやな記憶のせいで私自身は自分がどっちかわからなくなっているのに、でもそれを医者は変じゃないって言うんだから。

――〝本物の神隠し〟から帰ってきてから、いっしょに消えてしまっていた玲奈と怜香と二人分の記憶が、私の中には別々に存在してしまっているの」

玲奈が悲しそうに笑った。無理をして浮かべているその儚《はかな》い笑みは今にもボロボロに砕けて壊れてしまいそうで、湊斗には何も返せる言葉がなかった。

「この身体は、間違いなく高原玲奈の身体よ。一卵性双生児だから遺伝子は同じだけれども、でも身体の作りのなにからなにまで同じじゃない。そんなものは検査をされるまでもなく、自分でもわかる。だから神隠しに遭った二人のうち、帰ってきた私は間違いなく高原玲奈なのよ」

玲奈が立ち上がる。

そして頭を傾けて天を仰ぐと、月に向かって吠《ほ》えた。

「でもねっ!!　私は国際文化にも文化人類学にも、どっちも興味なんかないっ！　〝かつて人だったモノ〟の文化ってなによ！　そんなのわけわかんない！　私には刺激的な意見を言うこともできなければ、破天荒な発想をすることだってできやしない！　私にできるのは、地味に真面目に講義に出席することぐらい！　あとは周りに負けないように、強気に振る舞うのが精一杯よ！

　それでもね、それでもでも私は――高原玲奈なのっ‼」

　心からの叫びを上げる玲奈の顔に、湊斗は別の顔が重なって見えた気がした。

　――いや、その表現はおかしい。

　なぜなら重なった顔もまた同じ顔であり、同じく高原玲奈と名乗っているからだ。

　――私こそが、高原玲奈よ。

　夢で聞いた玲奈の声が、湊斗の脳裏で蘇《よみがえ》った。

　――そんなバカなこと、ありえるのか？

　――いや、ありえるはずなんかない。

　――でも、もしかしたら……。

　顔を青ざめさせながら、信じたくはないある一つの想像を湊斗が思いついたとき、立ち上がった玲奈の右袖《そで》に、真っ白な小さな手がぶら下がっているのが視えた。

　どうして――と思ったときには、もう遅かった。

　地面の上にいつのまにか長く伸びて横たわっていた腕がいっきにピンと張り、まるで釣られた魚のごとく玲奈の身体が宙を舞って、階段の上の境内へと引っ張られていった。

「玲奈っ！」

悲鳴を上げる間もなく消えた玲奈を追いかけ、湊斗が階段を駆け上がる。だが玲奈が連れ去られる速度のほうが圧倒的に速い。

それでも湊斗は諦《あきら》めずに玲奈を追いかけて境内まで上ると、ほぼ同時のタイミングで正面にある社の格子戸がバタンと閉まるのが目に入った。

息が切れていることも忘れ、すぐさま社に駆け寄って両手で格子戸をこじ開ける。

だが――社の中の薄暗い板間に、玲奈の姿はなかった。

神隠しの霊障によって、既に玲奈は隠されたあとだった。

「嘘だろ……」

社の床の上に、湊斗が膝《ひざ》から頽《くずお》れる。

――ますます玲奈の霊障が悪化している。

社に格子戸があるのは湊斗もわかっていた。だからこそ境内には近づかなかったのだ。この社から階段の下までは優に一〇〇メートルは離れている。だがそれでも、格子戸から伸びてきた手に袖を握られて玲奈は隠されてしまった。

扉からこれだけの距離をとってなお霊障に襲われるのであれば、もはやまともな社会生活を営める範囲で安全な場所などありはしない。つまり人としての生活をしていく限り、玲奈はこれからずっと神隠しの霊障の恐怖に怯《おび》えることになる。

そしてそんな状況に、玲奈はもう耐えることなどできないだろう。

立ち上がった湊斗は社の格子戸を閉め、縁側へと腰掛けた。

思えばこの場所は、前に玲奈に膝枕をしてもらった場所だった。

もともとは苦しんでいる玲奈を見かねて、湊斗はお節介で〝死人の夢〟を見ることにしたのだ。それで体調を悪くした湊斗に、玲奈が膝を貸して介抱してくれた。

玲奈は、湊斗の友達ではない。ましてや恋人なんかでもない。

でも湊斗は、神隠しの後遺症で生じた玲奈の霊感体質のことを知っている。

玲奈も、人と交わることを嫌う湊斗の特殊な霊感体質のことを知っている。

お互いに周りの誰からも理解されないし、認められることもない。

――だけど。

玲奈だけは湊斗の体質を厭《いと》わない。

湊斗もまた玲奈の体質を怖れない。

湊斗と玲奈は、友達ですらないただの無関係な間柄だ。でも同時にこの世の理《ことわり》からそっぽを向かれた者同士という、唯一無二の存在同士でもあった。

また〝死人の夢〟を見て起き上がれなくなったら、玲奈は膝枕で介抱してくれるだろうか。今度は濡《ぬ》れたスカートの上なんかではなくて、ちゃんと柔らかくて温かい膝の上でゆっくりと休ませてくれるだろうか。

我ながら邪《よこしま》なことを考えているなと、湊斗はそう思った。

でも今は、それでいいとも思った。

神隠しの霊障が悪化しているとはいえ、まだ玲奈はきっと戻ってくる。そして次に帰ってきたときには、もう玲奈を隠させない。

——どうしたらいいのか考えろ、奥津湊斗。

今回の〝偽りの神隠し〟は、玲奈にはごく短時間しか憑《つ》いてなく、自らの死体の在処《ありか》にほとんど隠れたままでいる。

死体の場所を見つけるには〝死人の夢〟を見る必要があり、でも〝死人の夢〟を見るためには玲奈の傍だけでなく死体の在処の近くでもなければならない。

これは矛盾だ。屏風《びょうぶ》の中の虎を追い出す方法を考えるようなものだ。

でも何かしらの手段を見つけることさえできたなら、

——きっと彼女の隣で、〝死人の夢〟を見ることができるはずだ。

だからこそ湊斗は必死で考えた。

ときに腕を組んで何度も状況を整理し、ときにスマホを開いてヒントを得るべく検索をかけてみた。

中天を越えた月が降り始めても、夜はまだまだ深まっていく。

初夏であるため、真夜中の森はまだ静かだ。耳が痛くなりそうなほどの静けさの中で、湊斗はただただ必死に考え続けた。

やがて空が白み始めた頃——湊斗の背後で土を踏みしめる足音がした。

湊斗が振り向けば、微《かす》かな朝の光を背にした玲奈が社の裏手に立っていた。

「……ねぇ、湊斗。私、どれぐらい隠されていた？」

力のない目をした玲奈が、ほとんど抑揚のない声で問いかけてくる。

湊斗は目を細め、感情を殺しながら静かに答えた。

「だいじょうぶ、まだたったの一晩だ」

その湊斗の答えに、力の抜けていた玲奈の拳《こぶし》が両方ともギュッと握られる。

「全然〝たった〟じゃないっ‼」

感情を剝《む》き出しにした玲奈の喚《わめ》き声が、辺りの梢《こずえ》を激しく揺らした。

「ねぇ、わかる？　消える前のときから記憶がブツッと切れて、それでいきなり戻ってきたときから繫《つな》がるの。私はただでさえ自分がどっちかわからないのに、さらに途切れ途切れになっていく。湊斗にはちゃんと一晩分の記憶があるんでしょうけど、私はあなたと階段の下で話をしたのが記憶の最後なの。月を見ながらあなたと話をしていたと思ったら、いつの間にか夜が明けてここに立っていた。私は昨日の夜から、いきなり今のこの瞬間に放り込まれたの。もう――滅茶苦茶《めちゃくちゃ》よっ！」

玲奈の膝がその場で崩れた。両手を地面に突いて下を向き、ぽたりぽたりこぼれ落ちた涙が土の中へと染みていく。

「最初は本当に数秒だったと思う。自分でも変だなと思ったけど、気のせいだと思い込もうとした。でもどんどん記憶がなくなっている時間が長くなって、周りではまた私の噂が出回り始めて、自分で自分を騙《だま》せなくなった。怖いのよ……私は神隠しに遭うのが、たまらなく怖いの。今日の昼間はたぶん一〇分ぐらいだった。でも今の今は、もう一晩になっていた。次は一週間なの？　もしくは一ヶ月、あるいは一年になるの？　私はもう消えたくなんかない。これ以上、自分が消えていくのはもういやなの」

　これまで黙って玲奈を見ていた湊斗が、社の縁側から立ち上がる。

　正直、少しふらふらした。というのも湊斗は一晩寝ていない。いつ玲奈が戻ってきてもいいようにと、一晩中考えながらずっとここで起きて待っていたからだ。

　湊斗が無理を押して歩き、膝が地面に着いたままの玲奈の傍らに立つ。

　湊斗のズボンの裾《すそ》を、玲奈がギュッと握り締めてきた。

「……最近ね、少しだけいいことがあったの。何もかもが違っていて、全てが嫌いなこの一〇年後の世界で、それでも『戻ってきて良かった』と思えることがあったの。『会えて良かった』って、そう感じられる人と出会えたの。――だから助けてよ、湊斗。あなたの力で、あなたがいるこの世界になんとか私を繋ぎ止めてよ」

　伏せていた顔を上げて、玲奈が縋《すが》るように湊斗の顔を見上げる。

「悪いけど、俺には玲奈が思っているような大層な力なんてない。あるのはただ死者が視えて、たまにそいつの死を味わってしまうだけのまったく役に立たない力だ。そもそも俺は人と話すのが苦手だし、他人と合わせるのも不得手で、性格だって良くなんかない。だから玲奈みたいに苦しんでいる人を安心させられるような、根拠のない嘘を吐く度胸なんて俺にはない」

　湊斗を見上げていた玲奈の目が曇った。湊斗のズボンをつかんでいた手も力を失い、再び地面へと落ちる。

でも──湊斗はしゃがみこみ、頽れている玲奈と目線の高さを合わせて、力を失っている玲奈の目をまっすぐに見つめた。

玲奈がはっとした表情を浮かべる。

湊斗の目は、助けを拒絶する目ではなかった。玲奈を一晩待って寝なかった証《あかし》にクマが浮かびつつも、でもギラギラとして明らかに何かと戦う意思を感じる目だった。

「必ず玲奈を助けられるなんて、そんな大それた約束は俺にはできない。でも助けられるかもしれない手段なら、ちゃんと見つけ出した。そしてその可能性は、決して低くはないと俺は思っている」

そう言って、湊斗は玲奈の鼻先へと自分のスマホを突きつける。

その液晶に表示されていたのは、ネット上で神隠しとして囁《ささや》かれた、とある幼児の行方不明事件のニュースだった。

二年前の事件の当時、まだ五歳だったその子は母親と自宅で遊んでいた際に急にどこかへと消えてしまったらしい。警察が家の中を捜しても見つからない、近隣を捜してもどこにもいない。狭い一軒家の自宅で起きた──謎の神隠し事件。

その事件の被害者である子どもの名は、久慈蒼汰《そうた》。

そして子どもの母親の名は、久慈紫。

そう──先日に喫茶店で玲奈と再会した、高校時代の玲奈の友人が母親なのだ。

玲奈の目が、大きく見開かれた。

湊斗は思い出す。あの喫茶店の中で見た、久慈紫の袖《そで》を握っていた子どもの手——あれが行方不明になっている紫の息子の手であれば、あのときに〝偽りの神隠し〟が〝本物の神隠し〟に引き寄せられた可能性は十分にあると思う。

「何しろ五歳の子どもだ。家の中で消えたのなら、そう遠くに行っているはずがない。警察が介入してちゃんと捜査している以上、痕跡《こんせき》が残りやすい誘拐の線も低いと思う。だから試してみる価値はある。この子が消えた家の中で、この子が憑いた玲奈の傍らで眠ることができれば、きっと〝死人の夢〟を見ることができるはずだ」

10

今の玲奈が電車やモノレールで移動するには駅はあまりに危険だと判断し、湊斗は日が完全に昇るのを待ってからタクシーを手配した。

自動車にもドアはあるが、でも車のドアはたぶん大丈夫だと湊斗は見込んでいた。これまで玲奈が引き摺《ず》りこまれた扉は、向こう側が真っ暗で見通せないものばかりだった。だから窓を通しドアの外が常に見えている昼間のタクシーなら、おそらく玲奈が引き摺りこまれて消えることはないはずだ。

でもそれらはただの推測に過ぎない。だから湊斗は配車の電話をした際、なるべく新しい車で来て欲しいともつけ加えた。最近のタクシーは走行中にチャイルドロックがかかり、ドアが開かなくなるものがあるらしい。新しければ当然その機能もあるだろうと、そう考えてのことだった。

物理的な鍵《かぎ》がどこまで怪異に有効かは全くの未知数であり、もしかすると車のドアからもあの手が伸びてくるかもしれない。とはいえ焼け石に水であろうとも、かけておくに越したことはないはずだ。

かくして湊斗たちの元に到着したのは、黒いトールワゴンの新しいタクシーだった。大学のすぐそばとはいえ、早朝の人気《ひとけ》のない山の中に男女二人がタクシーを呼ぶ。中年男性である運転手の目には怪訝《けげん》さと好奇の色が半々で浮かんでいたが、湊斗はあえてそれを無視して玲奈を先に後部シートに乗せた。

発車前には全部のドアをしっかりロックするようにお願いをし、それから目的地を湊斗が告げるとハイブリッドのタクシーが静かに発車した。

湊斗の読みが当たったか、はたまた霊の気まぐれなのか、幸いにしてタクシーのドアが開く気配はなかった。

途中、朝の渋滞に少し巻き込まれたもののそれでもタクシーは順調に走り続け、一時間と経たぬうちに目的地である西東京市《にしとうきょう》の住宅地にまで到着をした。

玲奈の手を引いてタクシーを降りた湊斗が、スマホで地図を確認する。間違いない、目的の住所はここだった。

辺りは一軒家ばかりが建ち並んでいる住宅街。たぶん昔からの住宅地なのだろう。建て直したと思われる築浅の最新式のデザイン住宅と、色褪《いろあ》せたトタン屋根をした昭和風味のある住宅があちこちで入り交じっている。

そんな雑多な景色の中、湊斗が見上げたのは周りと比べてもまだ新しい二階建ての住宅だった。レンガ模様のタイルが貼られた外観に、今どきの背の低い外塀。玄関よりもだいぶ往来寄りに建てられた門柱に掲げている表札の文字は――『久慈』。

ここは玲奈の高校時代の友人である、久慈紫の家だ。

そして同時に、五歳児の行方不明事件が起きたその現場でもあった。

――あの喫茶店での揉《も》め事のとき、湊斗は紫の電話番号が書かれたメモを拾っていた。何が幸いするかわからないもので、そのときのメモが湊斗のズボンのポケットにまだ残っており、紫にショートメッセージを送ってこの自宅の住所を聞き出したのだ。

時刻は朝八時を少し過ぎた頃合いであり、まさに紫が指定してきた通りの時間だ。この時間帯なら紫の夫も既に出勤しているので、家の中で話ができるということだった。

タクシーを降りてからずっと目を伏せたままの玲奈に代わって、湊斗が表札の下に備え付けられたインターホンを押す。

スピーカーから声がするだろうと待ち構えるも、反応のないままバタバタという家の廊下を駆ける音がしたと思ったら、猛烈な勢いで玄関の戸が開いた。

「玲奈！　来てくれたのね！」

朝の早い時間ということもあってか、先日の服装よりもラフな普段着の紫がサンダルをつっかけて表に飛び出してくる。

玲奈を見つけるや興奮しながら両肩に手を乗せるも、玲奈は無言のままで旧友から目を逸《そ》らすだけだった。

そんな玲奈を庇《かば》うように、湊斗が横から紫に声をかける。

「朝早くから、すみません」

紫の目が玲奈の顔から離れ、湊斗を爪先《つまさき》から頭のてっぺんまで探るように睨《ね》めつけた。

「……あなたが玲奈の代理で連絡をくれたお友だち？」

「はい、玲奈の友人の奥津です」

作り笑いを浮かべた湊斗を横目で睨んで、玲奈が「……友だちなんかじゃないでしょ」と小さくつぶやいた。

そこはこだわらずに話を合わせてくれよ——と、湊斗は内心で舌を打つ。

しかし玲奈のつぶやきを聞いた紫は、僅《わず》かに目を細めると玲奈と湊斗の顔を繰り返し眺めてから「ああ、そうなのね」と独りごちた。

……何か勘違いをされた気もするが、それはそれで今は都合がいいので湊斗は黙っておくことにする。

とりあえずは疑問が氷解したらしい紫は、再び玲奈へと詰め寄る。

「ねぇ、さっきのメッセージの件は本当なのね？　神隠しに遭った蒼汰を、本当にあなたが見つけてくれるのよねっ⁉」

興奮した紫の口から泡が飛んだ。

だがそれでも玲奈は何も答えず、その代わりに湊斗が口を開いた。

「本当です。これからあなたの息子さん――久慈蒼汰君の神隠しを解きますから」

11

――その日は、急に幼稚園が一斉休園となったらしい。

おりしも世界的な疫病の蔓延《まんえん》によって巣ごもりが奨励され、政府も世論も外出を控えようと高らかに謳《うた》っていた時期のことだ。

だから紫の息子の蒼汰君が家の中に居続けるのは、ある意味で仕方がないことだった。

今の紫は働いてはいない。都庁に勤める公務員の夫が、紫が家にいることを望んだからだ。だから夫との結婚を決めたさい、勤めてまだ一年も経っていなかった、親の知り合いの工務店の事務を退職した。それ以来、外に働きには出ていない。

よって急な休みであろうと家で子どもの面倒をみることはできるが、その日は幼稚園があることを想定していたため、前夜に夜更かしをしていた。おかげで寝不足で頭が痛く、いくら息子のものでも力の余った子どもの喚《わめ》き声が耳に辛《つら》かったそうだ。

だから相手の気を引きたいときのいつもの癖で、蒼汰君が右袖を引っ張りながら「かくれんぼしようよ！」と言ってきたとき、紫は二つ返事をした。

紫は「かくれんぼ」が嫌いではなかった。というのも、蒼汰君が隠れて自分が鬼をしている間は、いっとき子どもの遊び相手を休めるからだ。それはほんの短い時間かもしれないが、それでも静かな時間を取り戻して安らげるタイミングだった。

だからその日も、蒼汰君と「かくれんぼ」をすることにした。

ダイニングの椅子に座って目を閉じ、いつものように紫が鬼役となって数を数える。家の中をバタバタ走る音がしたと思ったら、今度はいきなりシーンとなる。たぶん動いた先から忍び足で移動しているためで、要は紫を攪乱《かくらん》しようとしているわけだ。五歳児ながらによく考えるものだと思っていたら、目を瞑《つぶ》っていたこともあって眠気の強い波がやってきた。

五分——いや三分。ほんの少しだけこのまま椅子で寝てしまおう。なにしろ蒼汰君は隠れていて、紫の様子はわからない。起きてからちょっと捜してみて、それで見つからなければ「降参！」と叫べば蒼汰君は得意顔ですぐに出てくるはずだ。そのときいつものように「見つけられなかった。すごい！　すごい！」とでも言っておけば、それだけで機嫌がいいままのはずだ。

そんなことを考えながら紫は微睡《まどろ》みの中に落ちていき——そして目を覚ましたときには、なんと一時間も経過してしまっていたらしい。

さすがに一時間はおかしい。五歳児が、それだけの時間をじっとしながら待てるはずがない。

だから紫はすぐさま家の中を捜し始めた。ひょっとしたら蒼汰君も隠れたままどこかで寝てしまっているかもしれない。だから名前を叫びつつ、家の中のあちこちをくまなく捜した。でもいない。家の中のどこにもいない。

心配になって玄関へと行ってみれば、ドアの鍵が開いたままになっていた。

――きっと、家の外に出たのだ。

顔を青くしながら紫も外に出て、家の周りを捜した。しかし家の外でも息子の姿は見当たらない。近所の公園まで行ってみたが、やはりいない。隣近所の知り合いにも訊《き》いてみたが、誰も蒼汰君を見ていない。念のため幼稚園にも電話して問い合わせてみたものの、園児は誰も来ていないという。

かくれんぼを始めてから実に六時間後――紫はとうとう警察に電話をした。

通報を受けた警察は、人手を割いて周辺の聞き込みや捜索を始めた。鍵を開けて玄関の外へと出て行ったと思われる、五歳児の足どりを警察は追ったのだ。

だがその状況が一変したのは、向かいの家にあった監視カメラの存在を知ったときからだった。自宅の防犯のために、二階から自分の家の庭を映していたカメラだったが、その画面の端には久慈宅の玄関も映っていたのだ。

警察は向かいの住人の協力を得て、その映像を隅から隅まで確認した。

しかし玄関から外に出る蒼汰君の姿は、カメラに映ってはいなかった。

朝に紫の夫が出勤をしてから、血相を変えた紫が外に蒼汰君を捜しに行くまでの間、久慈宅の玄関を誰一人として出入りなどしていなかったのだ。

朝の七時半には蒼汰君が家の中にいたことは確認がとれている。それは一斉休園の連絡を入れたさい、紫が出た電話の向こう側で蒼汰君が叫んでいる声を担任の先生が聞いていたからだ。だがそこから先、家の外に出る姿がいっさい録画されていないまま、蒼汰君は煙のように消えてしまっていた。

当然ながら警察は家の中をくまなく捜索した。最悪の事態を——それこそ久慈紫が嘘を吐いている可能性を大いに考慮して、天井裏から床下まで、はてはX線を使って壁の中やカメラに映らない庭の隅の地中にいたるまでも捜してみた。

でも確かに家の敷地内のどこにもいないのだ。

まだ通報前の段階で、紫が慌てて玄関から外に出ていく姿は監視カメラに残っている。だが相当に慌てていたらしく手荷物一つ持っていない。いくら五歳児でも、手ぶらの状態では隠しながら家の外に連れ出すことは不可能だ。仮に蒼汰君の行方不明が紫の自作自演であるなら、証拠隠滅は警察を呼ぶ前にしていなければあまりに不自然過ぎる。

だから蒼汰君は家の外に出ていなければ、家の中にだっていない。

生きている痕跡《こんせき》も見当たらなければ、死んでいる証拠もない。

まさに——神隠し。

母親と遊んでいる最中に、蒼汰君はきっと家の中で神隠しに遭ってしまったに違いないと、そんな考察をするオカルトサイトすらも出てくる始末だった。

それから二年――未《いま》だに蒼汰君は神隠しから帰ってきていない。

ゆえに紫は、喫茶店で玲奈と再会したときに詰問をしたのだ。

神隠しで消えた人は、どうすればこちらに帰ってこられるの――と。


これが久慈紫の口から語ってもらった、久慈蒼汰君の行方不明事件の概要だった。

内容としては、湊斗がネットを利用して調べた内容ともおおむね合致する。

確かに朝には自宅にいたはずが、家を出た形跡がないのに午後には行方不明となって、死体すらどこからも見つからない――現代の神隠し事件。

「ね、こんなの神隠しでしょ？　神隠し以外には考えられないわよね？　蒼汰はこの家の中で、本物の神隠しに遭ってしまったに違いないのよ！」

長い話を終えた紫が、ダイニングキッチンのテーブルの上に身を乗り出す。

紫の目が見据えているのは、対面に座った玲奈の顔だけだ。その隣に座ってともに話を聞いていた湊斗になど目もくれない。

「だから、蒼汰だって――帰ってこられるわよね？　今の玲奈みたいに、何年経っていようとも、きっと帰ってきてくれるんでしょ？」

喫茶店のときと同じだった。紫の目が尋常じゃない。

あのときはわからなかったが、情報が出そろった今なら湊斗にもわかる。

この目は〝神隠し〟に縋《すが》っている者の目だ。

一〇年以上前と同じ姿で目の前にいる旧友——玲奈は、紫の希望なのだ。〝本物の神隠し〟が確かに存在していることを、玲奈が証明してくれている。

だから自分の息子も同じなのだと。消えてしまったあの日とまったく同じ姿できっと戻ってきてくれるはずだと、玲奈の姿を見ているだけでそう信じられるのだ。

「……ごめんなさい、紫」

玲奈が紫と目を合わせることなくぼそりと謝った。

申し訳なさそうな玲奈の声に、紫の表情が固まった。

「……どうして謝るの？　神隠しから帰ってきた玲奈が、神隠しに遭っている蒼汰を探してくれるのよね。私の息子を見つけてくれるんでしょ？　私はね、玲奈に対して『ありがとう』って気持ちでいっぱいなのよ。あなたと友だちで本当に良かったと、そう思っているの」

「はっきり言っておく。紫の子どもを見つけることは、私にもメリットがあるからすることなの。たとえそれが——紫の希望を壊すことになってもね」

〝本物の神隠し〟が焼き付いた玲奈の身体は〝偽りの神隠し〟を引き寄せる——そして〝本物の神隠し〟など極々一部であって、玲奈以外にはまず考えられない。

さらに湊斗は、この世のものではなくなった子どもの手を何度も視ている。

だとすれば——そういうことだ。

紫に向けた愛想笑いの裏で、今から湊斗がやろうとしているのは〝偽りの神隠し〟に縋る母親の願いを引き裂く行為に他ならない。

ぐっと下唇を噛《か》んで玲奈が顔を上げ、紫と目を合わせた。

「それにね、悪いけど……私は紫ともう友達なんかじゃない」

「何を言っているの？　私たち、高校のときはずっと友達だったじゃない」

「だからこそよ、私の記憶の中、最後に会ったときの紫は高校生よ。それは私の中の時間ではまだたった一年前に過ぎないの。だから――あなた、誰？」

「えっ？　――だから、久慈紫よ」

「言ったでしょ。私の中の紫は、今もまだ別の学校に通っている短大生なの。紫はまだ社会人じゃなくて学生のはずだし、結婚したなんて話だって聞いてもいない。だから紫に子どもなんてできようはずもなければ、ましてその子が五歳で行方不明になっているなんてまったく意味がわからない。

久慈紫って誰？　私が知っているのは藤元《ふじもと》紫よ。だって私はあのときのままの姿なんだから。あなたは私と別れてから、ちゃんと一〇年以上の時を過ごしてきたんでしょうよ。でも私は一年だけなの。一〇年もの時間を失っているの。普通の時間を過ごしてきた人と、今さら友達になんて戻れるわけないじゃないっ！」

最後は叫ぶように訴えて、玲奈が肩ではぁはぁと息をした。

紫は何も言えず、ただ玲奈を前にして目を丸くしている。

湊斗もまた言葉はなく、今にも泣きそうな玲奈の横顔を見つめていた。

——言われればその通りだと、湊斗は思った。

霊障さえ解消すれば玲奈は普通のどこにでもいる女子に戻れるのだと、湊斗は勝手に思い込んでいた。外見の問題さえ気にしなければすぐに周りと馴染《なじ》めると、安易にそう考えてしまっていた。

でも玲奈の中ではそうじゃない。玲奈には一〇年の時間を失った空白がある。決して埋まることのないその空白は、玲奈を過去の世界からも今の世界からも隔絶する溝となっているのだ。

「紫からすれば、私の言っていることの方がおかしいのはわかってる。でも許して、無理なの。私はもう紫とは友達には戻れないし、一〇年前に帰れないのならもう戻りたくもない。——ごめんなさい、〝本物の神隠し〟から帰ってきてしまって」

「そんなこと言わないで、玲奈！　私はあなたが帰ってきてくれて、嬉《うれ》しいのよ」

「ありがとう、紫。……でもね、それは私が心配だったからじゃない。紫の子どもが神隠しから帰ってこれるかもしれないって、そう感じたから嬉しいんでしょ？」

玲奈の歯に衣着《きぬ》せない言葉に、紫の顔が凍りつく。

そのひと言はさすがに一線を越えていると感じた湊斗が、椅子から立ち上がって二人の会話に割って入った。

「玲奈、そろそろ蒼汰君の部屋に行こうか」

「……そうね」

湊斗はあらかじめ、自分のことを霊能者だと紫に説明してあった。玲奈と友人で、神隠しが縁で知り合った霊能者だと。

それはまるっきりの嘘ではなく、むしろ玲奈と友人というところ以外はほぼ事実なのだが、同時にそんな胡散臭《うさんくさ》い話を紫もよくも簡単に信じたと湊斗は思っていた。

――それだけ自分の息子は〝本物の神隠し〟に遭ったのだと、今もこの世ではない異郷で生き延びているのだと、そう信じたいに違いない。

だから蒼汰君を捜すために、気配が色濃く残っている蒼汰君の部屋を貸してもらって集中させて欲しいと最初にお願いして、既にその許可はもらっていた。

玲奈は立ち上がると紫に背を向けて、蒼汰君の部屋がある二階への階段に向かう。

ダイニングから去って行く背中に向かって「……玲奈」と紫がつぶやくも、あえて湊斗もその声を無視して玲奈の後を追った。

先に上った玲奈を追って湊斗が二階に上がるとすぐ右手側のドアが開けられていて、中は絵に描いたような子ども部屋になっていた。

蒼汰君が消えたときはまだ五歳の幼稚園児だったわけだが、部屋の角には立派な学習机があって、反対側の壁には子ども用のベッドもあった。壁には年齢問わず大人気な捕まえたモンスター同士を戦わせるゲームのポスターが何枚も貼られていて、床にはそのゲームに出てくるキャラクターのぬいぐるみが山と積まれている。

埃《ほこり》はいっさいたまっていない。きっと紫が日々掃除しているのだろう。消えてから既に二年、綺麗《きれい》なままの子ども部屋の様相に、いっそう紫の心情が察せられた。

「……私、これから紫にひどいことをするわ」

湊斗が部屋のドアを閉めるなり、先に中にいた玲奈が吐き捨てるようにつぶやいた。

「安心していい、実際にひどいことをするのは玲奈じゃない……俺だ」

玲奈がなんとも表現のし難い、困ったような苦笑を浮かべた。

一方で湊斗は、この家の中に入ったときから気配のようなものを感じていた。

姿がはっきり見えないのは、きっとまだ『かくれんぼ』をしているからなのだろう。だがこれだけ気配が濃厚ならば、きっと隠れている場所も近いはずだ。

玲奈がいる状態でもってこの部屋で眠れば、きっと〝死人の夢〟を見ることができる。できれば急いだ方がいい。今は大人しいものの、またいつドアの陰から手を伸ばして玲奈を隠してしまうかわからない。

――しかし、その前に。

「……なぁ、玲奈。俺とSNSのIDを交換しておかないか？」

蒼汰君の部屋の中の観察をしていた玲奈が振り向き、眉《まゆ》を顰《ひそ》めた。

「何よ、こんなときに……湊斗もSNSなんてやってなかったんじゃないの？」

「入れたんだよ。これまで俺には必要のないアプリだと思っていたけどさ、玲奈に霊が憑《つ》いているのを見かけたとき、学内を捜して歩くより連絡できたほうが楽だろ」

「……女子と連絡先の交換をする理由としては、最低ね」

「そうだな……俺もまあ、ひどい理由だと思うよ」

ため息をついた玲奈がカバンから自分のスマホを取り出すと、ロックを解除してからすっと湊斗に差し出した。

「前にも言ったけど、私のスマホにはSNSアプリなんて入ってないの。だから湊斗のと同じ、おすすめのアプリを入れてくれる?」

「待ってくれ。俺はSNS自体が初めてなんだから、入れてあるアプリだって本当に使い易いかどうかなんてわからないぞ」

「そんなので私に連絡先を教えてなんて言ってきたの? 男ならカッコつけるためにそれぐらいリサーチしておきなさいよ」

「男女は関係ないだろ」

とは言いつつも、玲奈からスマホを受けとった湊斗は悪戦苦闘を始める。玲奈も湊斗の隣に立つと、必死になって自分のスマホを操作する湊斗の手元を眺めながら、少しだけ楽しそうに微笑んだ。

湊斗が入れてあった、たぶん日本で一番利用者の多いSNSのアプリをインストールし、どうにかこうにかお互いのID登録まで終える。湊斗が玲奈にスマホを返すと、受け取ったスマホの画面を物珍しげに眺めてから、玲奈が怪訝《けげん》そうに目を細めた。

「ねぇ、湊斗。私たちは友達じゃないのよね?」

「……そうだよ、俺と玲奈は友達じゃない」

「そうよね、あなたは私と友達にすらなってくれないものね」

「というより、俺なんかと友達になんてなったらダメなんだよ」

——玲奈の心情を僅《わず》かに理解した今、湊斗は「友達にはなれない」なんて安易に口にしたことを少しだけ後悔していた。

だがそれでも根本的な考え方は変わっていない。いつか神隠しの後遺症が治るときのことを考えれば、きっと互いに友達ではないほうがいいに決まっている。

そんな風に考える湊斗の鼻先に、玲奈が自分のスマホの液晶画面を突き出した。

たった今湊斗を登録したばかりの緑の色をしたSNSの画面。そこには「友だち」と書かれたタブがあって、その欄に「奥津湊斗」という名が表示されていた。

頬を引き攣《つ》らせた湊斗が慌てて自分のスマホを確認するも、同じだった。

湊斗の画面の「友だち」タブには「高原玲奈」の名が登録されている。

「……言っておくけど、湊斗が登録しようって言ったんだからね」

「し、仕方がないだろ！　まさかID交換したらこんなタブに名前が登録されるとか、今初めて知ったんだよ」

それのいったいなにが仕方がないのか、湊斗自身もわからぬまま焦って声を上げる。

途端に、玲奈が笑った。

あの玲奈が「あははっ」と大きな声を上げて、腹を抱えて楽しそうに笑ったのだ。

──今はお互いに、これ以上は誰も登録する相手なんていない。

それでもいつか玲奈は、もっと多くの相手を登録することになるだろう。

だが今はこれでいい。玲奈が笑えるのであれば、登録は今しばしこのままにしておこうと湊斗は思った。

今にも霊障に襲われたっておかしくない状況なのに、何がそこまで面白いのか。玲奈はそのまましばらく笑い続け、でもはたと何かに気がつくと笑うのをやめた。

「どうかしたのか？」

「そうだ……私、今日は睡眠導入剤を持ってきていないわ」

最初から玲奈には話をしているが、湊斗はこれからこの部屋で〝死人の夢〟を見る。そのためには今から眠りにつく必要があるわけだが、人間の身体は寝ようと思っていつでもすぐ寝られるほど便利にはできていない。

それを心配しての玲奈の発言なのだろうが、湊斗は思わず苦笑してしまった。

「だいじょうぶさ、睡眠導入剤なんて要らない」

「でも……前のときも、その前のときだって飲んだでしょ？」

「それは確かにそうだけど……今の俺は完徹明けなんだよ。正直に言うと、今にもこの場で倒れて寝ちまいそうだ」

いつ玲奈が帰ってきてもいいようにと、昨夜の湊斗は一晩中あの社の縁側に腰掛けて起きて待っていた。

そのことに思いいたったのだろう、少しだけばつが悪そうに玲奈が目を伏せた。

でもすぐに思い直したように目線を上げると、上目でキッと湊斗を睨《にら》みつけてくる。

突然のことに怯《ひる》む湊斗だが、玲奈はそんな湊斗に構うことなくその場でフローリングの床の上に正座をすると、スカートの上からぽんぽんと自分の膝《ひざ》を叩《たた》いた。

「……貸してあげるから、使っていいわよ」

耳まで真っ赤になった玲奈が、さっきまで睨みつけていた目を今度は必死で湊斗から逸《そ》らし始める。

玲奈のらしくない仕草と挙動を目にし、湊斗まで気恥ずかしくなってしまう。

反射的に「いや、遠慮しておく」と口にしてしまいそうになるものの、でも湊斗はとっさに思い出した。

――自分は昨日の夜に何を思った？

――玲奈のこの膝で寝るために〝死人の夢〟を見ると、そう決意をしたはずだ。

「……そうか。それじゃ、少し借りるな」

肝を据えた湊斗がその場に座ると、自分から貸すと言ったはずの玲奈の肩がびくりと跳ねる。しかし膝だけはその場から動かさず、湊斗は仰向《あおむ》けでゆっくりと横になっていき、最後は後頭部を静かに玲奈の膝の上へと乗せた。

玲奈による二度目の膝枕――正直に言って、一度目は霊障のせいで玲奈がびしょ濡《ぬ》れになっていたため、冷たさとしっとりした感触ばかりが記憶に残っている。

しかし今回のそれは、まるで違った。

薄いスカートの生地の向こう側に、玲奈の両腿《りょうもも》を感じる。後頭部は軽く沈んでいるも、でも弾《はじ》かれるような柔らかさもあって、ほどよい心地よさに湊斗の眠気がいっきに加速していく。

瞼《まぶた》を閉じれば今のままでもすぐ寝てしまいそうなのに、玲奈は湊斗の側頭部に両手を添えて首にかかる頭の重みを軽くしてくれる。

本当はこのまま寝てしまったほうがいいはずなのに、あまりにもったいなさ過ぎて湊斗は今しばらく起きていたい衝動にも駆られてしまう。

そんな葛藤《かっとう》を密《ひそ》かに抱いていた湊斗の顔の上に、玲奈の綺麗な顔が覆い被《かぶ》さってくる。耳と肩の間から垂れた玲奈の黒髪が、湊斗の頬を撫《な》でるように触れてきた。

「……あのね、湊斗」

囁《ささや》く玲奈の声とともに、湊斗の顔に甘やかな吐息まで落ちてくる。

心臓が早鐘を打ちそうになるのを必死で堪《こら》えつつ、湊斗は平静を装って「どうした」と訊《き》き返す。

「私ね……神隠しから戻ってきてから半年間、なんで私だけ戻ってきてしまったんだろうって、ずっとそう思ってた。玲奈と怜香――二人で消えたはずなのに私だけ戻ってきて、それなのに自分がどっちかもわからなくなっていて、こんなんだったら戻って来たくなかったって、ずっとそう感じていたの」

「……そうか」

「でも最近、少しだけ嬉《うれ》しいと思えることがあったの。こっちに帰ってくることができて良かったって……そう思える人に会えたの」

「それはもう聞いたよ」

　ついぶっきらぼうな口調で湊斗が答えてしまう。

　いつもならそれだけで睨み返してきそうな玲奈だが、

「だから私が消えてしまっても、ちゃんと私を見つけてね。お願いよ――湊斗」

　微笑みながら自分の名前を呼ぶ玲奈の顔を前に、湊斗は痛いほど実感した。

　――あぁ、違う。この玲奈は、やっぱり夢で見るあの玲奈なんかじゃない。

　同じように笑っていようが、まるっきり違うのがはっきりとわかる。

　夢の中の玲奈がいくら自分こそが玲奈だと名乗ろうとも、そんなのはどうでもいい。

　湊斗にとっては、この玲奈こそが高原玲奈だ。

「言ったように約束はできない。――でも安心して待ってろ、玲奈」

　思わずその綺麗《きれい》な顔に手を伸ばして触れてしまいそうになる湊斗だが、実際には腕が上がることはなかった。

　既に限界を迎えていた湊斗は玲奈の微笑みを前に、どこか安堵《あんど》した気持ちですーぅと眠りに落ちていた。

12

『かくれんぼ』が好きだった。

本当はゲームの方が面白いと思うし、幼稚園の友だちと話をしていたってゲームの話の方が盛り上がる。

それでも『かくれんぼ』の方が好きなのは、僕がとても隠れることが上手だからだ。

お母さんも『かくれんぼ』が好きだ。家に二人でいるとき、僕が「かくれんぼをしようよ」と言えばすぐに『かくれんぼ』で遊ぶことになる。そして隠れた僕を見つけることができず、いつだって勝つのは僕のほうだった。

あとから隠れていた場所を教えてあげれば、お母さんはいつも「すごい、すごい！」と驚いて僕を褒めてくる。

だから僕はすごいんだ。隠れることに関しては、誰にも負けないぐらいすごいんだ。けど、すごくたって僕は努力も惜しまない。お母さんをもっと驚かせるため、もっと褒めてもらうため、いつだって新しい隠れ場所を探している。

家の中はもうダメだ。天井裏も台所の下も、全部隠れてしまった。お母さんに「どこに隠れていたの？」と聞かれて、みんな教えてしまった。

だから新しい隠れ場所を見つけなくちゃいけない。お母さんに「すごい」と思ってもらえるように、絶対に見つからない隠れ場所を探さないといけない。

僕は考えて考えて、そしてとてもびっくりするとっておきの隠れ場所を思いついた。そこなら大丈夫。絶対に見つからないだろうし、あとでお母さんに教えたらとっても驚くだろう。いつも以上に「すごい、すごい！」と言ってくれるに違いない。

その新しい隠れ場所を思いついてから、ずっとそわそわしながら『かくれんぼ』できる日を待っていた。

そうしたら──急に幼稚園がお休みになった。

お父さんはお仕事に行って、家にいるのは僕とお母さんだけ。だから僕はいつものように、手が届くお母さんの右袖を引っ張りながらこう言ったんだ。

「かくれんぼしようよ！」

そう言うと、それまで疲れた顔をしていたお母さんも笑って「いいわよ」と言ってくれた。

嬉しくなった僕が「じゃあ、隠れるよ」と言うと、お母さんは椅子に座って目を瞑《つぶ》りながら、いつものように数を数え始めた。

僕はわざとドタバタと音を立てながら廊下を走っていくと、玄関のところまで行ってからドアの鍵《かぎ》を内側からカチャリと開けた。

──これは引っかけだ。さも玄関から外に出たように勘違いさせる作戦。この作戦もあとからお母さんが知れば「すごい、すごい」と褒めてくれるだろう。

今度は足音を立てないようにして、僕は玄関から二階へと向かう。階段を上ってすぐ右手の、僕の部屋の前を通り過ぎ、そのまま一番突き当たりの物置部屋に入った。

物置部屋はいっぱい隠れるところがあるようにも思えるけど、でもダメだ。押し入れの中は物がいっぱいで、大人よりも身体が小さい僕ですら入れる隙間がない。僕は押し入れの部屋をまっすぐ抜けると、ベランダに出るガラス戸に張りついて音がしないようにゆっくりゆっくり開けた。

晴れた日の朝は、お母さんはベランダに洗濯物を干す。それから洗濯物を取り込む夕方まで、いつもベランダの鍵は開いたままだ。だから玄関と違って、こっちは鍵が開いたままでも変だとは思われない。家の中のどこを捜しても僕が見つからなければ、きっとお母さんは玄関から僕が外に出たと思うだろう。

お母さんの驚いた顔を思い浮かべて僕は少しだけ笑うと、ベランダに出てからそっと戸を閉めた。でもこれだけじゃ全然足りない。透明なガラス戸の外にいるだけじゃ、すぐ見つかって隠れたことにはならない。だから僕が隠れようと思っている先は、このベランダの隣——そう、ジャンプしたらきっと届くだろう隣の家の中だった。

隣の家の人は僕が幼稚園に上がる前に引っ越してしまって、今は空家だ。空家ということは誰も住んでいなくて、きっと中に入って隠れても問題ないはずだ。

お母さんのお腹の辺りぐらいの高さがあるコンクリートの柵《さく》を、僕は両手を使ってなんとかよじのぼる。思った通りだ、柵の上から隣の家のベランダまでは、幼稚園でいつもやってるタイヤ渡りの一個飛ばしぐらいだ。これだったら大丈夫だと、僕は幅跳びの要領で隣の家のベランダにまで跳んだ。

ちょっとだけ遠くて片足が柵の上に着くのがやっとだったけれども、その足ですぐさま柵を蹴《け》ってベランダの床に着地した。足がじんとしたけど、こんなこと幼稚園で遊んでいたらいつものことだ。

これでたぶんお母さんには見つからない。今日もまた僕の勝ちとなるだろう。

でも――隣の家の柵は錆《さ》びた鉄の格子状で、物置部屋からだと僕の家の柵があって見えないけれど、もしもお母さんがベランダに出てきて覗《のぞ》けば今の僕の姿は丸見えだ。

――どうしよう？

もっとしっかり隠れたい僕は、中が真っ暗な隣の家のガラス戸を試しに引いてみたところ、鍵がかかっていなくてガラリと開いた。

思わず嬉しくなって「うわぁ」と声を上げてしまった。

隣の家の中にまで入って隠れたら、もう絶対に見つかることなんてない。あとでどこに隠れていたのかをお母さんに教えれば、きっといつもの何倍も「すごい、すごい、すごい！」と褒めてくれるに違いない。

開いたガラス戸の隙間からするりと忍び込み、素早く戸を閉めた。内側から鍵をかけておくことだって忘れない。これでこの家に僕がいるかもとお母さんが思っても、入ってはこられないはずだ。

けれども――もっともっと上手《うま》く隠れたい。

　ガラス戸越しに見つかるかもしれない部屋から僕は廊下へと出る。誰も住んでいないのだから何も気にせずに、僕は一階へと下りた。雨戸が閉められている一階は二階より暗くて怖いけど、でも隠れるにはうってつけだ。

　僕はお母さんに教えてあげたら絶対に感心しそうな場所を探して歩き、そして見つけたのは台所の隅にあった、古くて大きな冷蔵庫だった。

　お母さんとお父さんと僕の三人暮らしであるうちの冷蔵庫よりも、もっと大きい。

　試しに両手で引いてドアを開けてみれば、思ったとおり中は空っぽだった。前にうちの冷蔵庫の中に隠れようとしたときは中身がいっぱい詰まっていて諦《あきら》めたけれど、これだったらだいじょうぶだ。

　僕は黴臭《かびくさ》い冷蔵庫の中へとよじ登ると、驚くお母さんの顔を思い浮かべながら――内側から冷蔵庫のドアを閉めた。

　バタンという音がして、冷蔵庫の中が真っ暗になる。

　同時に急に静かになり、まったく音も聞こえなくなった。

　いつものように膝《ひざ》を抱えて小さくなって隠れるも、冷蔵庫の中はしーんとし過ぎていてなんだか耳が痛い。

　でもお母さんをびっくりさせるためには、もうちょっとがまんだ――と思うけれど、今日のこの静かさはいつもとあまりに違った。

なんだか……怖い。

誰の声も聞こえず、何の音も聞こえず、おまけに真っ暗でいつもと違ってとにかく怖かった。

「……お母さん？」

普段なら隠れているときには絶対に声を出さない。でも今の僕は不安で、自然とお母さんのことを呼んでしまった。

でもやっぱり反応はない。隠れたらすぐに聞こえてくるはずの「お母さんの負けよ、降参っ！」という声も、今日に限ってはいつまでも聞こえてこない。

少しだけ……ほんの少しだけ冷蔵庫のドアを開けておこうと、そう思った。

ここまで隠れたんだ、ちょっとぐらい開けていたって絶対に見つからない。

怖くてたまらなくなってきた僕は、冷蔵庫のドアを内側から押してみる。

——でも。

「えっ？」

まるでビクともしなかった。ドアのはずなのに、押してもまるで動かない。

だから今度は両手で全力で押してみた。

でも——開かない。外から引いたときはあんなに簡単に開いたのに、今はちょっとの隙間すらできない。

冷蔵庫の中で両足を突っ張ってドアを押してみる。

手だけじゃなくて、体重を乗せて肩でも押してみる。

けれどもやっぱりダメだった。冷蔵庫のドアはぴくりとも開かない。

怖さが胸の中でどんどん膨れた。膨れ過ぎて溢《あふ》れてしまって、気がつけば悲鳴となって僕の口から飛び出ていった。

「お母さんっ！　お母さんっ！　お母ぁさぁぁんっっっ!!」

突っ張っても、蹴っても開くことのないドアの向こうに向かって全力で泣き喚《わめ》く。

「ここだよ、ここっ！　僕は、ここにいるよっ!!　これからはもっと見つかりやすい場所に隠れるからっ！　お母さんが疲れているときも遊んでって何度も言ったりしないから——だから！　早く僕を見つけてよっ、お母さんっっ!!」

——怖い！　怖い！　怖い！

もしも……もしもお母さんがこの隠れ場所を見つけてくれなかったら？

いつもみたいにお母さんがここを見つけられなかったら、僕はどうなってしまうのだろうか？

——ずっとここにいるのだろうか？

——死ぬまでここにいるのだろうか？

——死んでも、ここにいなくちゃいけないのだろうか？

いやだ、いやだ、いやだ！

そんなの、いやだよっ！

「僕はここだよっ!!　早く僕を見つけてよぉっ!!」

13

ゴンッ――という後頭部を襲った激しい衝撃で、湊斗は目を覚ました。

最初、何が何やらわけがわからなかった。

今の今まで冷蔵庫の中に閉じ込められていたはずなのに、でも気がつけば自分の部屋の床で寝ていて、ああ夢だったのかぁ――と思った直後、おぞましいまでの恐怖がぶり返してきて、湊斗は猛烈な吐き気に苛《さいな》まれた。

昨日の夜から何も食べていなかったのが幸いし、胃液のみの逆流物を飲み込むことで、湊斗はなんとかフローリングの床を吐瀉物《としゃぶつ》で汚さずに済んだ。

――そうだ、ここは自分の部屋なんかじゃない。ここは久慈蒼汰の部屋だ。

久慈蒼汰は久慈紫の息子で、二年前に自宅の中で行方不明となって、ネットにも様々な考察が転がっている事件の当事者だ。

自分とは違う。自分は、そう――奥津湊斗だ。

と、〝死人の夢〟による意識の混濁を振り払うなり、湊斗は気がついた。

眠りにつく直前、確か玲奈に膝枕《ひざまくら》をしてもらっていたはずだ。柔らかくて温かく、心地のよかった感触を湊斗は確かに憶《おぼ》えている。

でも今この部屋に、玲奈の姿はない。

突然にカチャリという音がし、キィと軋《きし》みながら子ども用のクローゼットの扉が僅《わず》かに開いた。たぶん扉の留め具がしっかり閉まっていなかったのだろう。扉の隙間から見えるクローゼットの中は真っ暗で、それを見ただけで湊斗は状況を理解した。

早く見つけて欲しい一心で暗闇から伸ばされてくるあの手に右袖《そで》をつかまれて、またしても玲奈は隠されてしまったのだ。

湊斗の顔が青くなる。急がないといけない。玲奈の霊障は隠されるごとに悪化をしていた。時間が経てば、本当に帰ってこられなくなるかもしれない。

湊斗は立ち上がる。でも立った瞬間にくらりとなって、膝が床に落ちた。

今回の〝死人の夢〟は、玲奈が途中で消えたことで膝から床の上に湊斗の頭が落ちて目を覚まし、結果として久慈蒼汰の死の瞬間までは見ていない。だからこそ意識の混濁が戻るのも早かったのだろうが、それと心の問題は別だということだろう。

湊斗の両足が震えていた。クローゼットの中の僅かな闇すら怖くて、足が竦《すく》んでいた。

――怖い！　怖い！　怖い！

久慈蒼汰の恐怖がぶり返してくる。閉じ込められたまま、どうやっても出られない。どれだけ母親を呼んでもまるで反応はなく、微《かす》かな外の音すらも聞こえて来ない。

本当に恐ろしかった。気が狂いそうだった。

あの後、どれだけの期間をあのまま閉じ込められていたのだろうか。冷蔵庫が完全に密閉されていて窒息をしていたのならまだいい。でもそうじゃなくて、何日も何日もあのままで、ゆっくりじっくり飢えと渇きで死んでいったのだとしたら——。

全身を怖気《おぞけ》が駆け巡った。心の中からあふれてきた恐怖が指先まで浸透していく。

——でもこれは、久慈蒼汰の恐怖だ。

「しっかりしろっ！　安心して待ってろって、そう言っただろうがっ！」

自らを叱咤《しった》して、湊斗が走り出す。子ども部屋のドアを開け放ち、足がもつれて滑って転びかけながらも、廊下の奥にあるはずの物置部屋へと駆け込んだ。

全ては夢で見た通りだった。物置部屋のベランダに出る戸の鍵《かぎ》は開いていて、湊斗は勢いのままに戸を開けるとベランダへと飛び出した。

幼稚園児でも跳べた距離に物怖《ものお》じする気はない。湊斗はコンクリートの柵《さく》に足をかけてよじ登ると、同じ二階にある隣家のベランダに向かって跳んだ。

着地は無様なものだった。隣家の柵に足を着いたものの、錆《さ》びた鉄は幼稚園児の体重は支えられても、成人男性の湊斗の体重は無理だったらしくあっさりと折れた。バランスを崩して肩から隣家のベランダの床へと落ちる。その場でうずくまってしまいそうなほどの痛みに襲われるものの、でも今はそんなことに構ってはいられない。

湊斗はなんとか再び立ち上がると、隣家の戸を開けようとする。でもこれも夢で見た通りで、蒼汰君が隠れるときに内側からかけた鍵がそのままだった。だから湊斗は、さっき折れた鉄製の柵の棒を拾うと、それで戸のガラスを叩《たた》き始めた。

「あなた、なにをしているの！」

声に反応して振り向けば、おそらく二階の騒ぎを聞きつけてやってきたのだろう紫が、久慈宅のベランダに立っていた。空家とはいえ隣家のベランダに侵入してガラス戸を割ろうとしている湊斗を見かけ、ヒステリックな声を上げる。

だが今は理由を説明している暇はない。一刻も早く玲奈を見つけなければならない。

湊斗は紫を無視すると、錆びた鉄の棒をガラス戸に叩きつける作業を再開する。そしてヒビが入ったと思った次の瞬間、ガシャンという激しい音がしてガラスが割れて落ちた。

紫の悲鳴が重なるが、湊斗は気にせず割れたガラスの隙間から手を差し入れて鍵を回し戸を開けた。隣家に入り込んだ湊斗は、すぐさま二階の部屋を抜けて一階へと下りる階段に向かう。

ガラスを割ったときに散った欠片《かけら》か、あるいは鍵を開けたときに引っ掻《か》いたのか、気がつけば右手の甲から手首にまでいたる大きな切り傷ができていた。心臓が鼓動を打つのと合わせて傷からドクドクと血が溢れ出し、焼けるような痛みが湊斗を襲う。

転倒したときにぶつけた肩の痛みも引いておらず、我ながら満身創痍《まんしんそうい》だと、湊斗は思わず笑ってしまいそうになった。さらには空家とはいえども器物損壊まで犯し、ほんと何をしているのかと、ふと自分の行為に呆《あき》れてしまいそうになった。

でも――安心して待ってろと、湊斗は見栄《みえ》を切ったのだ。

玲奈の前で、らしくもなくカッコつけてしまったのだ。

「だったら、迎えに行ってやるしかないもんな」

神隠しの霊障から帰れなくなる前に、なんとしても玲奈を見つけ出す。

指先からボタボタと血が滴るのも構わず、湊斗は階段を下りていく。

本当は駆け下りたいぐらいだが、しかし向かっている一階はあまりに暗かった。夢で見た光景よりも遥《はる》かに暗くて、この二年の間に窓を塞《ふさ》がれたのか、あるいは庭木の枝葉が伸びて日を遮ったのかもしれない。

まったく見えないため、湊斗がスマホのライトを灯《とも》す。照らされた箇所が僅かに明るくなったものの、でも灯《あか》りの範囲外はいっそう闇が深くなってしまい、スマホの照明ごときではどちらが台所なのかよくわからなかった。

――玲奈はきっと待っている。この暗がりのどこかに隠されて怯《おび》えながら、でも湊斗が来るのを信じてじっと待っているはずだ。

焦る湊斗が内心で舌を打ったとき、はたと閃《ひらめ》いた。

ライトは点《つ》けたまま湊斗はスマホの画面を操作して、昨日の夜に入れたばかりのSNSアプリを立ち上げた。

画面に表示されたのは友だちタブがついたリスト。そこについさっき加わったばかりの玲奈の名を選んで、恐る恐る音声通話のボタンを押してみた。

少しの間、無言で耳を澄ましてみると――聞こえた！

暗闇ばかりが充満しているこの先のどこかから、微かな電子音が湊斗の耳に届いた。ライトで足元を照らしつつ音がするほうへと向かう。

物の散乱した廊下を抜けて、開いたままのドアを潜り、軋む板張りの床を踏みしめて、湊斗は一歩また一歩と鳴り続ける着信音の下へと近づいていく。

やがてライトが照らした輪の中に、古く大きな冷蔵庫が浮かび上がった。着信音は、まさにその冷蔵庫の中から聞こえていた。

――まだ〝死人の夢〟の残滓《ざんし》を拭《ぬぐ》いきれていない湊斗にとって、それは目を背けたくなるほどに禍々《まがまが》しい冷蔵庫だった。

でも湊斗は、音声通話の呼び出しを切ってスマホを床に置くと、左右に一枚ずつある冷蔵庫のドアの取っ手をそれぞれ握り締める。

恐怖からほんの少しだけ歯を食い縛るが、それでも湊斗はゆっくりと扉を引いた。

冷蔵庫の中には暗闇が入っていた。周りよりも一段と濃い闇が中で凝《こご》っていた。

その闇の中から、最初に浮かび上がったのは白い手だった。まるで血の気がなくて真っ白い、蠟《ろう》でできたような右手。

でもそれは、子どもの手ではなかった。子どもの手は、その手の袖を握っていた。ただし肉がない。皮と骨しか残っていない、小さな手が袖をつかんでぶら下がっていた。

意を決して、湊斗が冷蔵庫のドアを完全に開け放つ。

やはり、二人ともそこにいた。

一人は玲奈だ。眠っているかのように目を閉じたまま、胎児のような姿勢でもって冷蔵庫の中にすっぽりと玲奈が詰まっていた。

そしてもう一人は――玲奈が収まっていた残りの空間に、座っていた。

ボロボロの半ズボンを穿《は》いたまま、頭蓋骨《ずがいこつ》の形がわかるほどに干からびきった顔を傾げて壁にもたれさせて――久慈蒼汰《うつ》が、冷蔵庫の中に隠れていたのだ。

とうに目玉などなくなって虚ろなだけとなった眼窩《がんか》と、湊斗の目が合う。

途端に、玲奈の右袖を握り締めていた骨と皮だけの手が離れ、カランと音を立てて冷蔵庫の底に転がった。

同時に冷蔵庫の中にぴったり収まっていたはずの玲奈の身体がグラリと揺らいで、丸まった姿勢のまま湊斗の方へと倒れてくる。

慌てて受け止めようとする湊斗だが、突然のことにバランスを崩してしまい、玲奈に押し潰《つぶ》される形で背中から倒れた。

ドスンと激しい音がして、部屋中に埃《ほこり》が舞い上がる。

気がつけば、猛烈に右手が痛かった。いっとき痛みを忘れていたものの、しかし変わらずダラダラと血が出続けている手の甲の傷をあらためて見ながら、肩も激しく痛い湊斗は思わず泣きそうになった。

本当に散々な目にあったなと、湊斗は長い長いため息を吐く。

――だけれども。

「……ただいま、湊斗」

倒れた衝撃で目を覚ました玲奈が、下敷きになっている自分を見つめて微かに笑った途端、何もかもがどうでもいいかと思ってしまった。

「……おかえり、玲奈」

神隠しから帰ってきた玲奈の重みを感じながら、湊斗も返す。

それから床に転がった自分たちの隣に、いつのまにか落ちていた蒼汰君の遺骸《いがい》を目にして、湊斗は痛みを堪《こら》えながら怪我をしている手を伸ばした。

「……君もおかえり、ほんとにすごいところに隠れていたね」

脂分も水分も飛んでパサついている髪をした、蒼汰君の頭をそっと湊斗が撫《な》でる。

ようやく見つけてもらった蒼汰君の眼窩は、どことなく嬉《うれ》しそうにも見えた。

14

その夜、湊斗はまた夢を見た。

今回の場所は、文学部棟の裏にある木陰のあのベンチだった。人目につかずお気に入りのベンチに湊斗は座っていて、その隣に玲奈も座っていた。

「――何はともあれ、お疲れさまってところかしらね？」

疲れ切った表情でうな垂れていた湊斗に向かって、玲奈が笑いかける。

上唇をピンクの舌で舐《な》めて「うふふ」と声を出すその仕草だけで、これはあっちの玲奈だと湊斗にはわかった。

「とりあえず、私のアドバイスが役に立ったみたいでよかったわ」

互いの肩と肩が触れるほどの距離まで玲奈が近寄ってくる。そして何気なく膝《ひざ》の上に置いてあった、怪我をしている湊斗の右手を手にとった。そして包帯の上から口づけでもするかのように自分の顔のほうへと近づけていき――玲奈の口と自分の手の甲が触れるより先に、湊斗は眉《まゆ》を顰《ひそ》めながら乱暴に玲奈の手を振り払った。

玲奈がほんの少しだけ目を丸くするも、またすぐにいつもの笑みを浮かべ直した。

「あら、つれない。私のために負った傷なのだから、せっかく慰めてあげようとしたのに。それとも……ひょっとして膝枕のほうがいいのかしら？　なんだったら、いまここでまたしてあげましょうか。あのときのあなた、笑えるぐらい鼻の下が伸びきっていたものね」

玲奈が小バカにしたような声でくすくすと笑う。

「……なぁ、訊《き》いてもいいか？」

「なあに？」

「おまえは本当の本当に、高原玲奈なんだよな？」

「前からそう言っているでしょ。あんまりしつこいと、私に嫌われるわよ」

「だったら、おまえの目的は何なんだ。高原玲奈なら、現実の玲奈だけで十分過ぎるほど間に合ってる。――どうして、わざわざ玲奈が俺の夢に出てくるんだよ」

瞬間、玲奈が糸のように目を細めて笑った。

酷薄な笑み――とでも称せばいいのだろうか、口は引き結んだまま口角だけが上がり、確かに表情は笑っているのに細まった瞼《まぶた》の奥にある瞳《ひとみ》は少しも笑っていなかった。

「実はあなたに、頼みたいことが一つあるの」

まるで感情の籠《こ》もっていない目で見据えられて、湊斗は自分でも知らぬうちにゾクリと背筋を震わせてしまう。

――そして。

「高原怜香を見つけなさい」

「……え？」

「あなたも知っての通り、私の身体は〝偽りの神隠し〟を引き寄せてしまう。だからね、あなたに高原怜香を見つけて欲しいの」

湊斗は最初、玲奈が何を言ったのかわからなかった。

でもちょっとずつ意味を理解して、すぐにいろんな考えが頭を巡って――。

「ちょっと待て、それはどういう意味だ！」

脳裏をよぎった不穏な想像に、気がつけば湊斗は玲奈を睨《にら》みつけていた。

だがまるで風になびく柳のごとく、湊斗の態度が変化すると同時に玲奈の顔はいつもの微笑へと戻っていた。

「どういう意味もないわよ。姉が、まだ神隠しから戻ってきていない妹を心配して捜して欲しいとお願いする——それは何か、おかしなこと？」

湊斗が言葉に詰まって、ぐっと唇を嚙み締めた。

現実の玲奈より、夢の中の玲奈のほうがずっと上手だ。自分の夢であるはずなのに、湊斗はどうしても玲奈にあしらわれてしまう。

「でも安心して。怜香を見つけてくれても、ちゃんとあなたの望みは叶《かな》うから」

湊斗が「それは、どういうことだ？」と玲奈に問おうとする。

しかし口を開くよりも早く、伸びてきた玲奈の両手が強い力で湊斗の頰を挟み込んだ。

驚きで見開かれた湊斗の目が、強制的に玲奈の顔を見つめさせられる。

「あなたが望みさえすれば、ちゃんと玲奈はあげるわよ。——だって人と〝人じゃないモノ〟を比較していく上において、あなたはとてもエキセントリックだもの」

玲奈の顔はあい変わらず笑っていた。

皮膚の下に潜んだいびつな願いをひた隠すように、どこまでも機械的に笑っていた。

その笑みはもう妖《あや》しいを通りこして、どちらかといえば怪しいに近い。

人間の顔というのは怒ったり悲しんだりしたときよりも、笑っているときのほうがずっと歪《ゆが》むのだと——湊斗は、そんなことを感じながら目を覚ました。

15

「呼び出してしまって、ごめんなさいね」

学校帰りに玲奈を追って入ったあの喫茶店内、玲奈と再会したときとまったく同じ席に座っている久慈紫が、湊斗に向かって深々と頭を下げた。

対して湊斗は、あのときの玲奈と同じ席に座りながら、どうしたらいいかわからず困って「いえ」とだけ小さく応《こた》えた。

「あの日のことは、本当に申し訳なかったと思っているの」

「あんな状況でしたから当然のことだと思います」

「それでも玲奈とあなたはちゃんと約束を守ってくれた。だったらどんな結果であれ、私はあなたたちに感謝をすべきだったと今は思っているのよ」

そう言って顔を上げた紫の表情は、なんとも苦々しいものだった。

どう応じるのが正解なのかわからない湊斗は、とりあえずコーヒーを飲もうと手を伸ばす。しかしカップの取っ手をつかもうとするなり、右手に巻いた包帯が目について慌てて左手に切り替えた。痛み止めを飲んでいるため、ついつい忘れてしまう。

紫の家を訪ねたあの日の怪我のせいで、湊斗は右手の甲を五針も縫っていた。

――久慈蒼汰の死体が発見されてから、もう一週間が経過している。

あの日、怪我をした湊斗と冷蔵庫の中に隠され憔悴《しょうすい》していた玲奈とは互いに肩を貸し合って玄関から外へ出た。

そこに往来で待ち構えていたのは、紫だった。空家とはいえ自宅のベランダを介して湊斗が隣家に押し入るさまを見ていた紫は、どうしたらいいかがわからず隣家の玄関先で悩んでいたのだ。

二人が外に出てきて紫はほっとしたものの、しかしそのタイミングで湊斗が告げた。

――息子さんが見つかりました、と。

――この家《ほう》の冷蔵庫の中にいました、と。

一瞬だけ呆けた顔をした紫だが、意味するところをすぐに察して顔を白くした。

満身創痍《まんしんそうい》の湊斗を突き飛ばし、紫は湊斗たちが出てきた玄関から隣家の中に駆け込む。

しばらくしてから魂が裂けそうなほどの叫喚が、開いたままの玄関から噴き出してきた。

湊斗たちからの通報を受けて、やがて警察がやってきた。

最近は、違う意味でご厄介になることが多くて本当に頭が痛いが、今回の警察への説明は主に玲奈がしてくれた。

紫と玲奈は古い友人であり、偶然再会したところに紫の息子さんが行方不明になっていると知って腕のいい霊感占い師を紹介した。占いの結果で捜し人は隣家にいると出たため、多少強引だったが空家に入って調べてみたところ、冷蔵庫の中から本当に息子さんの死体が見つかった——そんな設定だった。

玲奈の話は全てが事実だったことに加え、死体が既にミイラ化していたこともあり玲奈と湊斗の事件への関与はないと判断され、二人はすぐに警察から解放されることになった。

しかし警察の聴取が終わってもなお湊斗の手の傷からは血が止まっておらず、病院に行くためにタクシーを呼んで二人が待っていたところ、隣家の現場から警察によって連れ出される紫とばったり遭遇してしまった。

「あんたたち、蒼汰の神隠しを解くって言ったじゃない！　それなのに、どうして蒼汰の死体を見つけるのよっ！　玲奈は生きて帰ってきたのに、なんで蒼汰は死体で帰ってくるのよっ！　こんなんじゃ——ずっと神隠しに遭ってくれていたほうが、まだマシだったわよっ!!」

錯乱していた紫はすぐに警察に取り押さえられ、湊斗と玲奈の前から連れ去られた。

きっと警察は、息子の死体を見て半狂乱になった母親の戯《ざ》れ言《ごと》と思ったことだろう。

でも湊斗と玲奈には、紫の言葉の意味がわかっていた。

……痛いほどに理解できてしまった。

遺《のこ》された者にとっては〝本物の神隠し〟も〝偽りの神隠し〟も、どちらも神隠しであることには変わりないのだ。死体さえ見つからなければ実際にはどこかで殺されていようが、野垂れ死んでいようとも、いつかはきっと帰ってきてくれるはずだと信じて待つことができる。

蒼汰君が消えて二年――紫だって想像ぐらいはしていたはずだ。でも大切な息子を諦《あきら》めることができず、甘い夢へと縋《すが》ってしまった。自分の中にある幻の希望を信じたい一心で、玲奈という〝本物の神隠し〟から帰ってきた友人を利用してしまった。

その結果、蒼汰君の〝偽りの神隠し〟は湊斗の〝死人の夢〟によって暴かれてしまい、ただの親の監督不足による事故へと貶《おとし》められてしまった。

半狂乱となっている紫には何を言っても無駄だろうし、どんな言葉も届かないだろう。だからその日は何も言うことなく二人は紫の前から去り、病院へと向かったのだ。

そんな紫から、湊斗のスマホへと『先日はごめんなさい。蒼汰のためにもちゃんとお礼を言わせてください』とショートメッセージが入ったのは、昨日のことだった。

紫は元来は玲奈の友人だ。だから紫が送ってきたメッセージを玲奈に転送し確認してみたのだが、一日待っても玲奈からの返事はなかった。

だから湊斗は少し悩んだ末に「玲奈は同席できませんが、自分だけで良ければ」と紫に返信をした。

湊斗は蒼汰君の〝死人の夢〟を見ている。息子である蒼汰君の心情を慮《おもんぱか》れば、紫の気持ちに少しでも決着をつけさせてあげたいという思いもあった。

――その結果、指定された例の喫茶店で湊斗はこうして紫と会うことになったのだ。

「あらためまして、蒼汰を見つけてくださって本当にありがとうございました」

ソファーに座ったまま、先日に隣家の前で詰《なじ》られたときとはまるで違った口調で、ちゃんとしたお礼を口にしながら紫が深々と頭を下げた。

「やっとお母さんに見つけてもらえて、きっと蒼汰君も喜んでいると思います」

「……そうよね。やっと長い長い『かくれんぼ』を終えることができたのだもの。これでようやくあの子をすごいって、私も褒めてあげられるわ」

頭を上げた紫がハンカチを取り出して眦《まなじり》を拭《ぬぐ》う。

玲奈を神隠しの霊障から助けるには必要なことであったとはいえ、それでも半ば騙《だま》すようにして自宅を訪れて、蒼汰君の〝偽りの神隠し〟を暴いた湊斗としては、息子の死をただ悼んでいる今の紫の姿には罪悪感を覚えてしまう。

――やはり、来るべきじゃなかったかもしれない。

自らしたことのケジメの意味もあって誘いを受けた湊斗ではあるが、どうにもいたたまれなかった。

だから早いところコーヒーを飲み切って席を立ってしまおうと、そう思いつつ紫から目を逸《そ》らしてカップに口をつけたところ、

「――だからね、夢のお告げに従ってこの喫茶店に来て、今は本当によかったと思ってるの」

カップを傾けていた湊斗の手が、ピタリと止まった。

「夢の、お告げ？」

「えぇ、そうよ」

「……それは、どういう意味ですか？」

「あら、玲奈から聞いていないの——って、あぁそうね。確かに言っていなかったかもしれないわね。私と玲奈がここで再会できたのはね、あの日の朝に私の夢に出てきた玲奈のおかげなのよ」

その紫の言葉に思わず手にしたカップを落としてしまいそうになりながらも、湊斗はかろうじて皿の上に戻した。

「ここは私と玲奈、それから怜香も含めてみんなで高校時代によく来ていた喫茶店なの。でもこのお店を気に入っていたのは、玲奈と怜香の二人だけなのよ。私は高校を卒業してから一度もここには来ていなかった。けれどもあの日の朝にね、玲奈が私の夢に出てきて、昔みたいに微笑みながらこう言ったのよ。

『神隠しに遭った紫の息子を見つけてあげるから、高校時代に通ったあの喫茶店に来て私に会いなさい』ってね。玲奈が神隠しから帰ってきた噂は、高校の同級生たちから聞いて知っていたわ。だからひょっとしたらと思ってここを訪れてみたら、本当に夢のお告げ通りに玲奈に会えたのよ」

——間違いない、夢の中に出てくる方のあの玲奈だ。

「……どういうつもりなんだ」

「えっ？」

自然と漏れ出た湊斗の言葉に、紫がきょとんとした表情で首を傾げる。

湊斗が自分の口を手で塞《ふさ》ぎながら「……いえ、こちらのことです」と紫に答えた。

——なんで玲奈と紫を再会させた。

——どうして〝偽りの神隠し〟を、あえて近づけた。

考えてもまるで意味がわからず、湊斗は紫に気づかれぬよう小さく首を左右に振る。

学生の湊斗からすれば高めのコーヒーは、まだほとんど口をつけずに残っている。でも夢の中の玲奈の話を聞いた今、湊斗はもう落ち着いて紫の話を聞けるような心境ではなくなっていた。

「……すみません。午後の講義がありますので、この辺で」

そう言って席から立ち上がった湊斗に、紫が「ねぇ」と呼びかけた。

「玲奈が私と会いたくないのはわかっているわ——だからね、一つだけ伝言を頼まれてもらえないかしら」

「伝言？」

「えぇ、そうよ。伝言ぐらいだったら、別にいいでしょ？」

立ち上がったまま、湊斗は少し思案する。でも伝言だけなら確かにいいかと、すぐにうなずいた。

「そう、ありがとう。だったら玲奈に伝えてちょうだい。——『早いところ怜香も見つかるといいわね』って」

紫が湊斗に向かって微笑んだ。

それは言葉尻《ことばじり》だけとらえたら、玲奈の妹の身の上を案じ、そして紫自身にとってはかつての自分の友人を心配している言葉だ。

でも湊斗を見上げた紫の目には、確かに暗い感情が渦巻いていた。

――どうせ、おまえの妹だってもう死んでるよ。

湊斗には、紫の言葉はそう言っているように聞こえたのだ。

〝偽りの神隠し〟を暴かれて、息子が生きているかもしれない期待を無惨にも潰《つぶ》されてしまった紫からの恨みの伝言――その真意に、湊斗の背筋はゾクリと震えた。

「……わかりました。玲奈に伝えておきます」

冷静を装いつつ、なんとか湊斗は言葉を返す。

「えぇ、お願いね。必ずよ――必ず、玲奈にそう伝えてちょうだいね」

再び紫が微笑みを浮かべる。

その笑い顔は、夢に出てきた玲奈が浮かべていた笑みとあまりに似ていて――人はやっぱり笑っている顔が一番恐ろしいのだと、湊斗はあらためて感じた。

16

喫茶店を後にした湊斗が大学に到着したとき、時間はちょうど昼休みの頃合いで、キャンパス内は学生たちで激しく賑《にぎ》わっていた。

午後の講義があるからと紫との話を切り上げてきた湊斗だが、正直なことを言うと今日の三限は休講だった。だから次の講義は四限であって、まだかなりの時間がある。さすがに三限が始まる前から、四限のための席とりをするわけにもいかない。

とりあえず湊斗は、校舎の入り口が建ち並んだ表側の通りを一人で歩く。でも笑い声を上げて行き交う学生たちの姿に酔ってしまい、すぐに気分が悪くなった。

短い昼休みを謳歌《おうか》すべく、楽しげな学生たちが談笑しながら闊歩《かっぽ》するキャンパスは、下手な繁華街よりも雑然としていて湊斗にとっては辛《つら》かった。

——どうせ次の講義まで、まだ時間はたっぷりある。

湊斗は四限の講義があるホール棟近くまで行くのを諦めると、慣れ親しんだ文学部棟の裏手に回ることにした。

はしゃぐ学生たちのざわめきが徐々に遠くなっていき、辺りがすーぅと静かになっていく。それにともなって、湊斗の気持ちも徐々に落ち着きを取りもどしてきた。

文学部棟の裏手は木戸の事件があった因縁の場所でもある。だがそれを差し引いてもここは静かで——、

「……あ」

「……あ」

例の一つきりのベンチで昼食をとっていた玲奈と、互いの声が被《かぶ》った。

大口を開けて子どもの拳《こぶし》ほどもある唐揚げを囓《かじ》ろうとしていた玲奈が、そそくさと弁当箱に箸《はし》を戻しながらゴホンと咳払《せきばら》いをした。

別に気にせず食べればいいじゃないか——そう湊斗は思いつつ、玲奈の隣にドサリと腰を落とす。

「……いい加減にこんなじめじめした場所で昼食をとるのをやめて、表通り側に行ったらどうだ?」

「いやよ。——いまどきの若い子の話になんてついていけないもの」

——一〇年を経て神隠しから帰ってきた玲奈の胸の内を知る今となっては、こういう繊細な冗句が一番笑えないんだよなと、湊斗は心の中だけで苦笑せざるを得なかった。

箸で割いた唐揚げを小刻みに口に運んで食べ終えた玲奈が、弁当箱に蓋《ふた》をする。その場で両手を合わせてから、玲奈は湊斗に顔を向けぬまま小声でつぶやいた。

「……紫に、会ってきたんでしょ?」

返信はなかったものの、お礼を言いたいという紫が指定してきた場所と時間を湊斗は玲奈に伝えてある。だからこの時間に学内で出くわせば、紫に会ってきた後だと思われるのも自然の成りゆきだ。

「紫、何か言っていた?」

玲奈の問いかけに思わずギョッとした表情を浮かべかけるも、そこはなんとか堪《こら》えて湊斗は努めて平静を装う。

「早いところ妹さんが見つかるといいな――って、そんな伝言を頼まれたよ」

死んだ妹がとっとと見つかって玲奈も苦しめばいい――そんな仄暗《ほのぐら》い感情が込められた伝言だったことは、湊斗はおくびにも出さない。だがそれでも、人の想いはやはり言葉の端々に滲《にじ》むのかもしれない。

紫の伝言を聞いた玲奈は、どことなく寂しそうに笑った。

「……それこそ私に相応《ふさわ》しい報いかもね」

玲奈が、そう言って静かに空を見上げた。

自分がどちらなのかわからないらしい玲奈にとって、もしも本当に双子の妹が帰ってくれば今以上に自分を見失うことになるのだろう。

――だが。

遠くを見つめる玲奈の横顔を見据えつつ、湊斗は夢の中の玲奈が言っていた言葉を思い出していた。

私の神隠しだけが、本物なのよ――と。

それが真実であれば、玲奈以外の人間の神隠しは全て偽りとなってしまう。

つまり紫の本心からの望み通りに、玲奈の妹の怜香もまた〝本物の神隠し〟ではない――ただ死体が見つかっていないだけの行方不明者に過ぎない、〝偽りの神隠し〟に遭っていることになってしまうのだ。

そして〝本物の神隠し〟が焼き付いた玲奈の身体は〝偽りの神隠し〟を引き寄せる。

だからこそ、湊斗は想像をしてしまうのだ。

もしも玲奈の身体が引き寄せた〝偽りの神隠し〟が、血をわけた妹のものだったときはどうなるのか？

もっと突き詰めて考えれば、遺伝子すら同じ双子の妹の魂を、双子の姉の身体が引き寄せてしまったら、はたしてその中身はどうなってしまうのか？

――玲奈と怜香の境界があやふやなの。

前に自分の異常さを暴露したときの、玲奈の言葉が湊斗の脳裏をよぎる。

――あなたが望みさえすれば、ちゃんと玲奈はあげるわよ。

夢の中の玲奈が言った意味深な言葉が、湊斗の頭の中で反芻《はんすう》される。

それらから導かれる想像を、湊斗は考えてはいけないと思いつつも、どうしても考えてしまう。

もしも夢の中の玲奈の頼み通りに、怜香の〝偽りの神隠し〟を暴いて死体を見つけてしまったら――目の前のこの玲奈は、本当に今の玲奈のままでいられるのか、と。

「……ねぇ、やっぱり痛むの？」

突然の玲奈の問いかけで、湊斗ははっと我に返った。

気がつけば包帯を巻いた湊斗の右手を見つめ、玲奈が心配そうな表情を浮かべていた。

この手の怪我は隠された玲奈を見つけるときに負ったものだ。気にしなくていいと湊斗は何度も言ったが、それでもやはり気になるのだろう。

知らぬ間に深刻そうな顔をしていたので、湊斗が痛みに苦悶《くもん》していると玲奈が思ったに違いなかった。

「いや、痛みはもうそんなにないからだいじょうぶだ。だからそうじゃなくて……ただちょっとだけ、夢のことを考えていたんだ」

「夢？　――ひょっとして、例の〝死人の夢〟のこと？」

「いや、違うよ。……というよりも、できれば〝死人の夢〟のことはしばらく考えたくもないな」

ここしばらく立て続けに見るはめになった〝死人の夢〟をちらりと思い出し、湊斗が辛そうに眉間《みけん》に皺《しわ》を寄せた。

湊斗の表情を見て、玲奈が包帯を巻いた湊斗の右手の上に軽く自分の手を重ねる。

「嫌なのはわかるけど……でもまた憑《つ》かれたときは、私を助けてよね」

夢の中の玲奈に包帯の上から口づけされかけたときは、嫌悪感が走ってその手を払ったのに、でも傷の上に乗った今の玲奈の手の重さは決して嫌じゃなかった。

二人が手を重ねていたのは、たぶんほんの数秒だろう。

湊斗の手の上に乗っていた玲奈の手はすぐに離れ、弁当箱を放り込んだトートバッグの肩紐《かたひも》を握りながら、玲奈がすっくと立ち上がる。

――そして。

「〝死人の夢〟を見てくれるときには……また膝枕《ひざまくら》ぐらいならしてあげるから」

耳まで真っ赤になった玲奈が、下を向いたまま駆け出していく。

振り向きもせずに逃げるように走り去る玲奈の背を見送ってから、包帯越しのぬくもりがまだ微《かす》かに残っている自分の手を見つめ、湊斗がぼそりとつぶやいた。

「まあ、考えておくよ」

——なんでだろうなぁ。

同じ顔をしているはずなのに、自分をくれると言った夢の中の玲奈よりも——わからずやで怒りやすく、すぐに臍《へそ》を曲げるうえに気分屋でもあって、面倒臭くてたまらないはずの現実の玲奈のほうが、湊斗はずっとずっといいなと思った。

本書は書き下ろしです。
この作品はフィクションであり、実在の人物・
地名・団体等は一切関係ありません。

彼女《かのじょ》の隣《となり》で、今夜《こんや》も死人《しびと》の夢《ゆめ》を見《み》る

竹林七草《たけばやしななくさ》

令和5年 8月25日　初版発行

発行者●山下直久

発行●株式会社KADOKAWA
〒102-8177　東京都千代田区富士見2-13-3
電話　0570-002-301(ナビダイヤル)

角川文庫 23778

印刷所●株式会社暁印刷
製本所●本間製本株式会社

表紙画●和田三造

ISBN 978-4-04-113798-7　C0193

◇◇◇

角川文庫発刊に際して

角川源義

第二次世界大戦の敗北は、軍事力の敗北であった以上に、私たちの若い文化力の敗退であった。私たちの文化が戦争に対して如何に無力であり、単なるあだ花に過ぎなかったかを、私たちは身を以て体験し痛感した。西洋近代文化の摂取にとって、明治以後八十年の歳月は決して短かすぎたとは言えない。にもかかわらず、近代文化の伝統を確立し、自由な批判と柔軟な良識に富む文化層として自らを形成することに私たちは失敗して来た。そしてこれは、各層への文化の普及滲透を任務とする出版人の責任でもあった。

一九四五年以来、私たちは再び振出しに戻り、第一歩から踏み出すことを余儀なくされた。これは大きな不幸ではあるが、反面、これまでの混沌・未熟・歪曲の中にあった我が国の文化に秩序と確たる基礎を齎らすためには絶好の機会でもある。角川書店は、このような祖国の文化的危機にあたり、微力をも顧みず再建の礎石たるべき抱負と決意とをもって出発したが、ここに創立以来の念願を果すべく角川文庫を発刊する。これまで刊行されたあらゆる全集叢書文庫類の長所と短所とを検討し、古今東西の不朽の典籍を、良心的編集のもとに、廉価に、そして書架にふさわしい美本として、多くのひとびとに提供しようとする。しかし私たちは徒らに百科全書的な知識のジレッタントを作ることを目的とせず、あくまで祖国の文化に秩序と再建への道を示し、この文庫を角川書店の栄ある事業として、今後永久に継続発展せしめ、学芸と教養との殿堂として大成せんことを期したい。多くの読書子の愛情ある忠言と支持とによって、この希望と抱負とを完遂せしめられんことを願う。

一九四九年五月三日